英文達人必讀系列

英文文法有道理！

MAKING SENSE OF ENGLISH

重新認識英文文法觀念

交大外文系、外文所

劉美君 教授——著

英文達人的你，能回答這幾個問題嗎？

為什麼英文不能說「Because..., so...」？

Any 只能用在疑問和否定句嗎？

現在分詞和過去分詞有何不同？

這本書就是要**翻轉**你所有的文法概念

前言

This is a book that makes sense of English.

你是否背了許多文法規則，卻對英文仍有「距離感」？

你是否學了許多年的英文，但仍覺得沒把英文「學通」？

你是否買了許多的英語教材，卻仍然不能「理解活用」？

這本書就是為你而寫的。

這本書是為每一位對英文「認真」的人而寫的！

> 本書的定位：
>
> 一本試圖對英文進行「個性剖析」的書
>
> 本書的目的：
>
> 想把英語語法的「道理」說清楚、講明白
>
> 本書的課題：
>
> 在每一個學過的語法規則後面加上一個問號「？」然後解釋為什麼。
>
> 本書的使命：
>
> 把英語語法「教通」，所以學生可以「學通」！
>
> 本書的讀者：
>
> 對英語語法「只知其然，但不知其所以然」的每一位！
>
> 本書的價值：
>
> 了解語法並愛上語法！

語言是溝通的工具，語法又是語言的「中樞神經」，要完成溝通，必須靠語法，藉由清楚的語法標記才能清楚傳達說話者的語意。在強調「溝通式」教學的今天，語法教學更是不可或缺的一環，唯有掌握了語法，才能有效地溝通。但是傳統的語法教學只注重 what（What is the rule?），而不注重 why（Why is there a rule?）。學生背了一堆的文法規則，但無法活用、貫通。本書即是針對這個普遍的問題，將語法規則背後的「為什麼」說清楚，講明白。目的在於**翻轉**過去英語教學不注重「理解」的缺憾，把「語法」和「溝通」連結起來，將「形式」背後的「功能」解釋清楚，使文法規則「活」起來，進而將英語教學導入「理解語法、有效溝通」的新途。

國立交通大學外文系、外文所教授

劉美君

推薦序

原來文法是語言的交通號誌！

大部分人都有考駕照的經驗，考駕照都要考的就是「交通號誌與交通規則」。瞭解了交通號誌，例如「禁止左轉」、「單行道」、「紅燈」、「綠燈」等，都具有可以讓所有人一看就懂的「共通性」，紅燈停、綠燈走，配合上交通規則，任何會開車的人就可以順利的到達目的地了。

劉老師告訴我們，其實文法就是一種語言的交通號誌與交通規則，只要瞭解號誌與規則，語言的使用就輕鬆了。過去我一直以為，文法是拿來「背」，而不需要「懂」；但我卻常常發現文法規則彼此之間會有衝突，且文法規則都有例外，到了用英文寫信或寫文章的時候，對於造句與用語常常沒把握，重要的文字就一定要靠 native speaker 審閱才行。我覺得英文文法對我來說，一直都是有「背」沒有「通」！讀了這本書我清楚的知道英文文法是一種標記系統，只要理解語法中相對應的溝通功能，文法可以理解，造句對不對可以判斷，心中頓感輕鬆。

舉例來說，何時該用 in ？何時該用 at ？對於介系詞選擇常常困擾我。現在我知道介系詞是一種「空間概念」，in 是「在範圍之內」；at 是「在定點」，所以 "in a box" 指「盒子裡」；"at a station" 意指「在車站」。所以我就知道了 in the train station 與 at the train station 有清楚不同的語意。

很高興告訴大家，「英文文法真有道理！」，也相信這本書對你理解英文以及使用英文會有很多幫助！

ETS 台灣區代表　王星威總經理

全國各地英語老師一致好評推薦！

這本書最大的優點就是告訴讀者「什麼是文法」、「文法背後的成因是什麼」，以及「我們應該要怎麼學英文才能快、易、通」。

——江姿儀（大學英文講師）

在這個以英語文做為國際場合主要溝通交流媒介的時代，「英文」一直是學生、家長、老師們最重視的科目之一。為了在高中、大學入學測驗取得高分，或滿足大專院校畢業門檻，莘莘學子莫不埋頭苦讀，想盡辦法希望把 7000 個單字、900 條句型塞進腦袋，但往往事倍功半。問題在哪？孔老夫子早已教訓我們：「學而不思則罔」，請問，將諸多語法規則囫圇吞棗死背下來的我們，是否問過「為什麼」？語言是人類溝通的工具，語法形式必有其溝通功能。《英文文法有道理！》一書對於我們在英語學習漫長道路上曾出現的種種疑問，以溝通目的為基礎，提供清楚的語法解釋，必能讓莘莘學子們享受英語學習，成效事半功倍！

——胡佳音（大學語言中心英文講師）

如果你心中曾經出現這樣的疑問：「為什麼中文可以這樣說，直接翻成英文卻不行？」，那這本書你一定不能錯過！中文跟英文的差別，不是只是一些細碎的、文法概念上的「規則」不同。這本書將帶你從一個更「宏觀」、更「原始」的角度來認識中文及英文。回到語言的根本，探索所有規則背後的溝通意義。不同語言背後所蘊含的價值觀，形成了不同的語言使用方式。此書不教你「背」英文、不教你「記」英文，而是教你「懂」英文。

——陳俞汶（高中英文教師）

你是不是在學習英文的過程中對於英文文法既頭痛又充滿疑惑？
是不是總在提出疑問後卻得到「這是習慣用法」或是「背起來就對了」的答案？
語言確實是藉由大家的習慣用法而形成一個又一個的文法規則，
但是究竟這些規則從何而來，大家為何會有這樣的習慣用法呢？
這本書替你將每一個文法規則後面加上一個問號，
從溝通功能的角度切入細看英文文法，絕對能夠給你滿意又信服的解答，從此對英文不再害怕！

——蔡幸珊（高中英文教師）

很多人一遇到句型文法，就退怯畏縮，我反而最享受教授句型文法的時刻，我的學生們亦然，因為句型和語法才是真正反映不同文化的核心重點，若有所領略便趣味盎然。「在什麼情境下，我們會使用這樣的句型呢？其中是否蘊含著特別的訊息和語氣呢？」這正是此書能夠帶領大家親近文法的要領。因為此書，我發現語言的本質其實很單純，僅需稍微調整角度，無論是語言學習或是語言教學，都能輕易地樂在其中！

——邱子玲（大學英文講師）

目錄

Contents

本書架構導覽

綜覽 Overview

一覽本書的核心、精髓、初步認識英文語法十大標記特點

細說溝通 Close-up

細究英文文法的十大溝通目的、十大標記特點

誰對誰？詞序/主受詞之分	發生了什麼事？動詞的選擇	重點何在？主要、次要子句	是哪一個？冠詞的選擇	什麼時候的事？時段	事情如何發展？時貌	事件確實發生了嗎？情態	誰該負責？主動 vs. 被動	在哪裡發生？介系詞的使用	溝通清楚了嗎？規則 vs. 例外

每一章包含：

◆ 基礎篇

—解說基本的語法溝通目的、標記特點

◆ 進階篇

—延伸解說英文的標記特性、道理

◆ 語法現身說

—包含四～五個大題的練習題

→ 基礎理解題：如選擇題、克漏字，驗收學習效果

→ 開放性延伸理解題：如比較中英文的特性、從短文分析句子結構，訓練獨立思考的理解能力

◆ 解答

—除了提供正確解答，更詳盡解說其中的道理，真正理解語法標記的應用

Overview

語言有語性、
語法表現語性

語言法則大不同

語法表達溝通目的

語法是形意配搭的標記系統

語法表現獨特的語性

中英基本語性的差異

英語的十大標記特點

Chapter 00

你認識語法嗎？

什麼是文法？

為何有文法？

英文文法有何特別之處？

Do you
know grammar?

在台灣學英文，文法一直被視為最重要的基礎，但是背了一大堆的文法規則，為什麼要使用時仍然會「猶豫」，不知道到底要如何正確運用，用得對不對？問題出在那裡？有什麼方法可以把文法解釋得更清楚？

其實大家不知道的是英文文法也有所謂的「語言法則」，什麼是語言法則呢？

0. 語言法則大不同

語言法則不同於數學法則，1 + 1 永遠等於 2，絕少例外。只是我們所背的「文法規則」總是會有例外，英文老師的至理名言不就是：「Every rule has an exception.」（有規則，就有例外。）為什麼語言的法則會有例外？這是怎麼回事？

首先我們要了解「語法」的本質是什麼？大家都知道語言是溝通的工具，卻很少去了解：語言是如何完成溝通的？其實語言能夠完成溝通背後的大功臣就是語法。人類因為有了語法，所以可以談古說今；動物就沒有這個「特權」（privilege），你可曾看到兩隻猩猩坐在樹下談他們明年的計畫？人與動物很大的不同點就在我們有語法！「語法」到底是什麼？

◎ 何謂語法？語法為何？

➤語法是為了溝通而存在：語法是為了要「用於」溝通而產生的常規，每一個法則的背後都有一個明確的溝通目的，都是為了回應某個溝通需要。所以語法規則必然有溝通上的「道理」，學習時不能只是「死背」what，而是要「理解」why？除了知道 What is the rule? 更要瞭解 Why is there such a rule? 在學習規則的同時，透過理解它的用途，才能適當的使用，達成溝通目的。

➤語法是一個標記系統：語法以「形」表「意」，透過「形」「意」搭配的原則，來標記語意。「標記」雖然聽起來很生疏，但其實生活周遭俯拾皆是。例如交通號誌就是一種標記，利用「紅燈」的形式來表達「停！」的語意，形式和意義間有固定的搭配關係。又如服裝搭配也是一種「標記」，像有人愛穿柔軟輕薄的短衣短裙，就傳達了一種個人獨特的風格，這就是「標記」的意義。語言是最完整的標記系統，利用不同的語法形式（form）來表達不同的溝通功能（function）。語法規則就是將一個「使用語言的形式」與一個「使用語言的目的」連結起來，關鍵就是要瞭解如何藉由「形式」與「意義」的

搭配（form-meaning association），來傳達明確的語意。想要表達什麼「意」，就要用什麼「形」，形、意互為表裡，不可分割。

➤ **語法各有基本特質**：人有不同的個性，語言也各有其獨特的「語性」，就是語言的個性。人的行為表現，是受個人的個性影響；語言獨特的法則也受基本語性的影響，表現出獨特的標記形式。例如，中文說「吃了沒？」，可以省略主詞不說，但英文一定要把主詞說清楚 "Have YOU eaten?"，呈現出不同的形式要求。這都是依照語言的「基本個性」發展出來的標記方式與搭配特色！

雖然中文和英文所要表達的「溝通需要」大同小異，但所選擇的「標記原則」卻不一樣。要「理解」這些標記原則，就要把所有學過的文法規則加上一個問號「？」，釐清這些獨特的「規則」有何溝通目的？形意的搭配有何原則？又和英文的基本語性有何關聯？任何規則都不可能無中生有，而是「基本語性」的投射和具體表現。既然如此，就得像瞭解一個人的個性一樣，要先探究英文的基本「語性」是什麼？英文在形式與意義的搭配原則上有何風格特色？這就是語法教學最需要、卻又最缺乏的一環。

現在，讓我們來細究**翻轉**語法學習的重要觀念。

I. 語法為了溝通而存在

如果有人問：「語言是什麼？」標準答案肯定是：「溝通的工具」。語言既是溝通的必要工具，那請問：語言和溝通間如何彼此連結？語言究竟如何達成溝通目的？

答案就是因為語言有語法，語言的神經中樞在語法。能夠用同一種語言溝通，是因為擁有共同的「語言法則」。要用英語溝通，就要先把英語的語法學通。可是我們上了很多年的英文課，到底「學通」了沒？是否「學」會用英文溝「通」？如果沒有，那究竟該怎麼「學」才能「通」呢？

讓我們回到語言的基本功能來檢視語法。

一個有趣的場景：貓追狗

假如你在路上，看到一個有趣的場景：一隻肥貓在追一隻笨狗，你想要告訴朋友這件好笑的事，請問語言要提供哪些法則才能幫助你表達清楚？

首先要說清楚「誰對誰做了什麼？」（Who does what to whom?）。「誰」對「誰」就是主詞、受詞不同的角色，誰在前？誰在後？如何區別？「做了什麼」就是「動詞」所要表達的，該用哪個動詞？如何用？然後，還得說清楚究竟是哪一隻貓追哪一隻狗？世界上這麼多的貓狗，到底是不是你認識的那一隻？還有事情是「什麼時候」發生的？是說話前還是說話後？動作的「進展」又如何？正在進行呢？還是已經結束了？還有，你說的是「真的」嗎？是事實或假設？另外，是在「哪裡」發生的？貓在哪裡追狗？最後，還要考量對方是否「正確理解」了？

這一連串的問題都需要表達清楚，因此，針對每一個「需要」，語言都提供了一個「標記法則」讓我們能輕易、有效地完成溝通。既然語法是溝通的媒介，我們所背的每一條規則的背後，也都有一個清楚的溝通目的。

◎ 英語教育達成溝通目的了嗎？

以往的學習經驗是我們背了一堆規則，卻不太清楚這些規則究竟幫助我們「溝通」了什麼？

?「第三人稱單數要加 s」究竟在溝通什麼？

?「過去式要加 ed」究竟在溝通什麼？

?「及物動詞後面要加受詞」究竟在溝通什麼？

如果學生問老師，為什麼「第三人稱單數要加 s」，得到的答案通常是：「這是習慣用法」。是的，英語是藉由一個個約定俗成的「習慣法則」來完成溝通，大家都得遵守這些「習慣」。問題是：這個習慣究竟為何產生？習慣背後到底有沒有「溝通」上的道理可言？本書將每一個規則習慣加上一個問號「？」，嘗試藉由溝通互動上的考量原則來釐清語法形式的意義。

II. 語法是形意搭配的標記系統

◎ 何謂標記？

所謂「標記」，就是用「符號」來標記「意義」；生活中最常見的例子是交通號誌：

 stop sign 代表「必須停下來」

 這個標誌代表「禁止進入」

這些標誌（sign）都有明確的意義，藉由一個明確的圖案形式 （form），配搭一個明確的規範含意（meaning），一看到「形」就聯想到「義」，這就是「標記」的功用，「形式」和「意義」建構成一對一的搭配關係。

語言和交通號誌或衣著服飾一樣，都是在「標記」。語言也用固定的語法結構（形式），傳達與溝通相關的種種意義（功能）。各國交通號誌的形式也許不太一樣，但需要傳達的交通規範卻大同小異。同樣，各個語言的語法形式不一，但要藉以傳達的溝通需要卻大同小異。學語言時不要忘了，中國人想要說的話也是美國人想要說的，問題在於標記的方法原則有何不同？

我們從小生活在一個母語環境中，自然而然學會了一套獨特的標記原則。語言提供聲音、

詞彙、句式、語調等符號來表達各種思想、意念、感覺、經驗，藉由符號和概念間的搭配連結，成為一個完整的標記系統。這種搭配關係用海倫·凱勒的故事來說明，就會更明白。她的家教蘇利文老師，為了教導又聾又啞又瞎的海倫，刻意讓「水」流過海倫的一隻手掌，同時在她另一隻手掌上重複拼寫 w-a-t-e-r 這個字串，成功地讓多重障礙的她透過手掌的感知形式學會了語言。包括手語在內的任何語言，都藉由形意配搭的原理，將一串聽覺或視覺符號（w-a-t-e-r）跟經驗概念（水）連結起來。

What and Why?

The mapping between Form and Function

Structure	Communication
Form 1 ——————	Function 1
Form 2 ——————	Function 2
Form 3 ——————	Function 3
Form 4 ——————	Function 4
What?	**Why?**

◎ 形式與功能的配搭：**What and why?**

既然「語法」最真切的定義是「標記形式」（form）與「溝通功能」（function）間的配搭法則，形式與功能就是一體的兩面（two sides of the same coin）密不可分。我們回到前一段所提出的問題來說明 what 和 why 之間的關聯，規則（what）為何存在（why）？

➤ 為什麼「第三人稱單數要加 s」：面對面溝通時，最直接自然的參與者只有第一和第二人稱的「你和我」（you and I），第三人稱他或她（he / she）是對話場景之外的特殊人物，如同婚姻中的第三者，身份特殊，在溝通上要特別注意，因此特別標記警示。

➤ 為什麼「過去式要加 ed」：任何事件發生，一定牽涉到時間，一定發生在時間座標的某一點上。描述事件時，就得清楚表明發生的時間。英文選擇直接在動詞上加標記，多了 ed，就多了一個語意：事件在說話前就發生了。選擇在動詞上來標記時間，因為動詞是表達事件最直接的成分。這種在動詞詞形上作變化的標記方式，在印歐語言中很常

英法文法有道理！重新認識英文文法觀念

見，但是中文少有詞形變化，只能用額外的詞（「昨天」或「了」）並根據上下文已知的情境，來傳達時間。

➤ **為什麼「及物動詞後面要加受詞」**：及物的意義就是「及於另一物」，有些動作必然涉及另一人或物，當然要標記出來，語意才完整。不管什麼語言，如果說「我打……我打……」，對方一定想知道打「誰」？打「什麼」？因為「打」的事件一定會牽涉「被打」的另一物，必須加上受詞，及物事件的語意才完整。

在日常生活中，我們希望透過語言來表達的任何事情，都成為「溝通目的」，都搭配固定的語法形式。反過來講，每一種語法規則都是為了傳達某個重要的溝通目的。因此想要「把話說清楚」，就要用適當的標記形式來「標記清楚」。

本書整理了十項重要的溝通目的，各章的主題就是針對這十大溝通需要來說明語法的道理。這些溝通目的和英語所選擇的的標記方式有如下的對應關係：

溝通目的	標記方式
1. 誰對誰？Who (does what) to whom?	詞序 / 主受格之分 Word order / Case
2. 發生了什麼事？What happened?	動詞的選擇 Verb form
3. 重點何在？What is the main point?	主要 / 次要子句 Main vs. Subordinate clause
4. 是哪一個？Which one?	冠詞的選擇 Article (a vs. the)
5. 什麼時候的事？When does it happen?	時段 Tense
6. 事情如何發生？How does it happen?	時貌 Aspect
7. 事件確實發生了嗎？Is it real?	情態 Modality
8. 誰該負責？Who is in control?	主動 vs. 被動 Active vs. Passive voice
9. 在哪裡發生？Where does it happen?	介系詞的使用 Preposition
10. 溝通清楚了嗎？Can people understand?	規則 vs. 例外 Rule vs. Exception

世界上各種的人種族群，雖然都有著相似的溝通需要，但這些需要卻連結到不同的標記方式，因而產生了不同的語言。各種語言都有自己的特殊性格，而語法形式就是特殊性格的反映與體現。由於母語的配搭原則根深蒂固，學習新語言的障礙就常來自母語的影響。中文本身有獨特的「形 - 意」搭配原則，這些原則和英文的搭配原則不同時，就造成學習上的困擾。再加上過去英語教學總是「重記憶，輕理解」， 因此規則背了一堆，但是「只知其然，不知其所以然」。要解決這個困境的根本之道，在於釐清英文的基本語性，深刻體認英文與中文不同之處，進而瞭解「形式」和「功能」間獨特的配搭關係如何體現英文的基本「性格」。一旦能夠掌握語性，理解規則背後的成因和緣由，所有「知其然」的英文達人也就能「知其所以然」了。

以下藉由中英文的對照，以實例來凸顯標記差異造成的學習障礙：

◎ 中英文配搭關係的差異

在形式與功能的配搭上，中文和英文的差異可能出現在對應關係的本身（form-function association）：當英文以一種形式對應一種功能時，中文可能以一種形式對應多種功能。這種配搭關係的差異，就造成學習英語時的母語障礙。

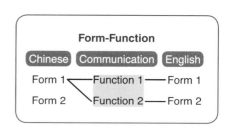

例如，中文說：我「有」一棟房子，房子裡「有」四個人。兩句在中文都用「有」，但就其語意，前一句的「有」是表示「擁有歸屬」的關係，後一句的「有」則是表達「空間存在」的狀態。在英文中，這兩種不同的語意概念，必須用不同的動詞形式來呈現：

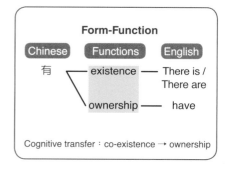

「擁有」：I have a house.

「存在」：There are four people in the house.

再舉一例，很多人搞不清楚 to 和 for 的區別，原因在於中文說「書賣給你」跟「書買給你」，兩個都是「給」，但是「給」的涵義是不同的：「賣書」給你是移轉給「贈授對象」，是 to 的概念；「買書」給你是「為了」你的好處，是 for 的概念。用英文來表達，就會有 to 跟 for 的區別：

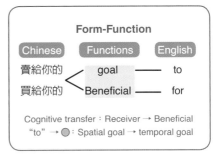

賣給你：The book is sold to you.

買給你：The book is bought for you.

IV. 中英文語性的基本差異

◎ 中文重視情境，英文是語句導向

中英文在詞彙概念上有不同的配搭方式，同樣，就語句整體的標記而言，也有基本的差異，各有各的特色。

中文跟英文在語法的標記原則上最大的不同，就是中文是「情境導向」（discourse-oriented）的標記系統，而英文則是「語句導向」（sentence-oriented）的標記系統 [1]。什麼意思？

「情境導向」就是將說話時的「情境場景」也納入考量，成為標記系統的一環。情境中已知的成分，既已在場景中出現，就可以不必在句子中重複，比如，「我」拿著一本「書」問「你」：

問：看了沒？
答：還沒看。

到底「誰」看了「什麼」？「誰」又還沒看「什麼」？都沒說出來，但都很清楚。這就是中文「情境導向」特性的表現，因為在說話當下的「對話場景」中都已清楚標明了。

---

1. 參考 Huang, James. 1984. On the distribution and reference of empty pronouns. Linguistic Inquiry 15, 531-574.

情境導向的標記原則落實在句子的結構上，就出現以「主題」（topic）為核心的句式。「主題」成為句子的必要元素（topic-prominent）[2]，每個句子有一個共通的主題，用主題來貫穿整個句子，舉個簡單的例子：

[他的家]主題 房間很大，院子很漂亮，我們常常去。

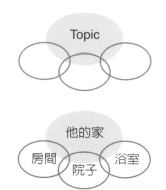

[他的家] 是句子的主題（topic），其後的小句都是圍著這個主題轉：[主題] 很大，[主題] 很漂亮，我們常去 [主題]。

一旦主題明確了，其後的小句中就不必重複出現，甚至各小句還可能有自己的主語（subject）：

[他的家]主題 房子很大，院子很漂亮，浴室還有自然採光。
　　　　　　　　主語₁　　　　主語₂　　　　主語₃

中文句子一開頭通常會講明主題是什麼，跟同一主題相關的小句，用逗號來分隔，直到這個主題告一段落，才用句號。逗號連結主題相關的小句，句號則表示接下來要另起一個主題了，所以中文句號代表的是「主題」單位，後面可有多個主詞不同的小句。以下這段文字就是最好的例證，長長一整段話只是一個句子，圍繞同一個主題轉：「竹塹玻璃工藝博物館」，句號前總共有 7 個逗號，8 個小句：

> [竹塹玻璃工藝博物館]主題，建於西元 1936 年，為日治時期自治會館，亦為日本昭和皇太子來台巡視時之行館，整體東方現代化的建築，不僅表現出歐洲風格的豪華氣派，更因座落於麗池旁，與人典雅幽緻的印象。（《典藏心築》，P.35）

一旦主題明確，場景清楚，中文允許在此情境下「不說也可理解」的部分可省略掉，上文中的主題貫穿每一個小句，無須再贅述。無論是書面文字或是口語對話都是如此，就像下面所舉的例子，在這個敘述情境中，說話者和聽話者都知道所講的是誰，就不需要一再將已知的角色標記出來：

> [ ] 來這裡的路上，[ ] 看到一隻小鳥，[ ] 羽毛是藍色的，[ ] 很漂亮。但是 [ ] 一走近，[ ] 就飛了！

2. 出自 Li, Charles and Sandra Thompson. 1976. *Subject and topic: a new typology of language*. In Subject and Topic, ed. by Charles Li. London/New York, Academic Press.

到底是「誰」來這裡？「誰」看到一隻小鳥？「誰」的羽毛是藍色的？「誰」很漂亮？「誰」一走近「誰」，「誰」就飛了？中文都沒說清楚，卻都很明白，這就是「情境導向」、「主題為大」的意涵。

英文卻截然不同，是「語句導向」（sentence-oriented）、「主詞為大」（subject-prominent）[3] 的標記原則。語句導向就是以「句子」為單位，每一個語意成分都得在句子的層次上嚴謹標示。所以句子內誰是主詞、誰是動詞、誰是賓語（受詞），「主」「動」「賓」缺一不可。即使我明明拿著書看著你，也要在語句中清楚標示「誰」看「什麼」，以滿足語句形式上嚴謹的要求：

問：Have **you** read **the book**?
答：**I** have not read **it** yet.

S**ubject** + V**erb** + O**bject**

即使主詞或受詞在問話中已提過（you, the book），回答時再次提到，仍要加以標記（I read it.），不可省略。這種標記方式在形式上極為嚴謹，很少有模糊的空間。每個句子都要有明確的主詞，明確的動詞，明確的受詞（及物動詞），構成基本的 SVO 語序。

此外，以「語句」為本的前提下，每個句子一定要有一個重點，也只能有一個重點，形式上就要有一個主要子句，其餘成分為輔，主從關係的標記有清楚的區別：

主要子句　　　　附屬子句
I bought this book　　[because] 附屬連接詞 I am serious about English.

主要子句表達語句的重點，語意和形式皆完整獨立，另一子句則是附屬子句，要加上「附屬」標記。也正由於每個語句一定要有一個主要重點，英文不能說「because..., so...」，因為兩者都加上附屬標記，就沒有主要子句、沒有重點了。

在語句導向的標記原則下，英文產生了與中文迥異的語法要求。個別規則反映整體語性，扉頁上的三個問題正是英語語性具體而微的展現，若能先瞭解英語的特質，就會發現這些規則都是依循基本語性而「必然」出現的標記原則：

3.Topic-prominent 出自 Li, Charles and Sandra Thompson. 1976. *Subject and topic: a new typology of language*. In Subject and Topic, ed. by Charles Li. London/New York, Academic Press.

● 為什麼英文不能說「Because..., so...」？（見第三章）

● Any 只能用在疑問和否定句嗎？（見第七章）

● 現在分詞和過去分詞有何不同？（見第八章）

這三個問題的答案，分別來自「主從分明」、「明辨真假」與「釐清責任」這三個標記特點。為了更進一步全面剖析英語的獨特性格，以下將英語的標記特色歸納為十大特點，本章先做重點說明，詳細的「道理」將在後面的各章中一一探討。

Ⅴ. 英語的十大標記特點

在「語句導向」的標記原則下，英文要求所有溝通成分在語句形式上都要有嚴謹的標記，以下這十項具體的標記特點可幫助我們對英語語性有一個透徹的理解：

特點 1：「主」「動」「賓」不可缺

英文要求所有句子中，主詞、動詞、賓語（即受詞）都得有明確的標記，缺一不可。中文裡以情境表明，可省略的主詞或受詞，在英文裡全得「說」清楚：

> 問：你喜歡英語嗎？
>
> 答：[主詞] 喜歡 [受詞]！
>
> ---
>
> 問：Do you like English?
>
> 答：Yes, I 主詞 like it 受詞！

再把上面主題式的中文例子改以英文來表達，即可明顯看出英文對主、受詞嚴謹的標記要求：

> **Hsinchu Glass Art Museum** was built in 1936; **It** was used as the local government building under the Japanese ruling. **It** also served as the residence for the Japanese Prince, Zhaohe, during his visit to Taiwan. **Its** modern, oriental design not only expressed the European grand, luxurious style, but also gave an impression of elegance and tranquility due to **its** location near Pond Beautiful.

每個句子當中的主詞、受詞、所有者都得標記出來，不可任意省略。口語上的表達也是如此，中文裡省略不說的參與者全得老老實實地「歸位」：

> On **my** way here, **I** saw **a bird**. **Its** feathers were blue and looked gorgeous. But as **I** came near **the bird**, **it** flew away.

英文所有名詞性的參與者均需清楚加以標記，增加了語言的明確性，也使語言的模糊性相對降低。翻開英文電腦手冊，我們常看到這樣的指令：

> Step 1: turn on your computer.
>
> 電腦的所有者是誰，在英文需清楚標記（your computer），但翻成中文時，情境已幫助理解所有者是誰，就不需重複提到。若照英文逐字翻譯：「第一步：打開你的電腦」反而顯得累贅了，因為情境已清楚指明，不是「你的」還是誰的？所以在情境幫助下，中文只要說：
>
> 第一步：打開電腦。
>
> 這樣才有「中文味」！相反的，若在英文裡忘了標記名詞的所有者，而說成「Turn on computer!（×）」，就成了「中式英文」的笑話了！

◆ 主詞要有一致性

英文寫作時，台灣學生常出現一個問題，就是主詞變來變去，所以作文老師常提醒：英文的主詞要一致。為什麼？

原因就在英文每個句子的主詞（subject）就是主題（topic），若是主詞換來換去，就等於主題變來變去，思路就顯得雜亂了。前面說明過，中英文對主詞的要求不一樣：中文以「主題」為大，有額外標示的主題成分，同一主題下的小句可有不同的主詞。但是英文以「主詞」為大，主詞不同，主題也不同，因此英文相鄰的幾個句子必須有一致的主詞，才能維持相同的「主題」。兩三個句子延續共同的主詞，成為一個小段，藉主詞的一致性使主題也保持一致。

◆ 為何有虛主詞？

在「主」「動」「賓」都必須明確標記的原則下，即使主詞不明，比如描述天氣時，中文說「下雨了」，根本沒有主詞，但英文還是得加上個「虛位」主詞：It is raining. 用代名詞 it 代表天氣的主體，在語意上沒有具體的涵義，但在語法形式上一定要出現，這就是所謂的「虛主詞」。

◆ 為何有 BE 動詞？

英文既然要求「主」「動」「賓」都得明確標記，每一個句子就一定有個動詞。但有些句子似乎並沒有牽涉到任何動作，如：「他很高」，「他很聰明」，中文就直接用程度副詞「很」來描述。但在英文裡，狀態或關係的描述也要有「動詞」，就得用 Be 動詞，表達一種狀態或關係的連結（Linking verb）：

狀態：He is tall. / He is smart.

關係：I am his teacher. / He is my student.

特點 2：重點在前

一句話由多個詞組（phrase）組成，詞組內又牽涉到一個以上的語法元素，如名詞詞組有名詞和修飾語（活潑的形容詞人名詞），動詞詞組有動詞和副詞修飾語（快速地副詞走動詞）。這兩個元素，一個是「頭」（重點），一個為「輔」（修飾），名詞詞組的頭就是名詞，動詞詞組的頭就是動詞。但究竟哪個先說哪個後說？排列的先後次序也是語法的一大特色。中文是「重點在後」（head-final）的語言，例如：

[活潑的] 修飾語　[人] 重點

[快速地] 修飾語　[走] 重點

[我寫的] 修飾語　[書] 重點

放在前面的是修飾語，放在後面的才是「重點」。 英文則剛好相反，是「重點在前」（head-initial）的語言，習慣將語法和語意上的重點先講。請比較以下的中、英例句：

重點在後：努力的 [人]

重點在前：[a person] who works hard

重點在後：我昨天買的 [那本書]

重點在前：[the book] that I bought yesterday

重點在後：小強比小安 [高]。

重點在前：[John is taller] than Anne.

重點在後：昨天晚上 7 點 [我去看電影]。

重點在前：[I went to see a movie] at 7 pm last night.

重點在後：他同學中的 [三個人] 參加熱舞社。

重點在前：[Three] of his classmates joined the pop dance club.

重點在後：如果全球一起努力，[赤貧就會消失]

重點在前：[Extreme poverty will disappear] if a global effort is undertaken.

中文跟英文這樣一比對，很明顯可以看出，英文習慣把重點詞或是重點訊息放在前面先說，跟隨在後的則是修飾或補充說明的背景資訊。「重點在前」這個特色，使英語使用者在溝通上習慣先講重點，再闡述相關的細節和背景。說話如此，寫文章也是，一開始就破題，因而給人開門見山，直接了當的印象。

特點 3：由小到大

在英文中，「重點先講」的特色，就好像拍電影時「由近而遠」的運鏡方式，由焦點慢慢擴大至全景（zoom out）。中文剛好相反，是「由遠而近」的運鏡方式，由全景慢慢縮小至焦點（zoom in）。這在地址的書寫方式上特別明顯：中文的標記習慣是「由大到小」，由大的地區範圍慢慢縮小到幾巷幾號，英文的順序則是倒過來的，「由小到大」，由「焦點號碼」開始，漸漸擴大至國家地區：

大→小：台灣 台北市 新生南路 三段 22 巷 100 號

小→大：No. 100, Lane 22, Section 3, Hsin-sheng South Rd., Taipei, Taiwan

---

同樣的原則也適用於年、月、時間的表達：中文說「中華民國一○一年六月二十八日星期四」（大→小），英文則倒過來「Thursday, June 28, 2012」（小→大）。中文說：「八點差一刻」，英文說：「a quarter to eight」。中文說：「早上 11 點」，英文說「11 am 或 11 o'clock in the morning」。

英文這種「由小到大」「由近而遠」的標記特點符合「重點先講」的原則，不僅表現在句子的構成上，也反映在篇章的結構上。英文作文的寫作方式，是在首段的首句就點出主題（topic sentence），再藉由首段的後句提出論點（thesis statement），闡明全篇文章的主旨與作者的立場。在接下來的分段中，再就同一主旨提出具體例證，擴大說明細節，用以支持第一段的主旨。在個別段落的鋪陳上，也是重點先講，第一句必須承先啟後，發揮主題句的功能，點出該段的重點所在，再加以延伸。

換句話說，中文的溝通習慣及語篇結構多半由遠而近，先東拉西扯，再言歸正傳。先從範圍較廣的背景訊息（background）開始，再慢慢聚焦，逐漸縮小到訊息焦點（foreground）。英文則剛好相反，開宗明義，直接切入重點，細節留後說明。

特點 4：主從分明

一個句子中出現兩個或以上的子句，就成為較複雜的句子，就會有孰輕孰重的問題。中文多個子句圍繞一個主題（topic）轉，彼此地位較平等，相互連結，像鍊條間節節相扣的關係（clause chaining）[4]。但英文嚴謹講究子句間的主從關係，一個句子只能有一個主要子句（main clause），因為重點只能有一個，主要子句表達的就是重點事件，其他的都是說明因果、條件、時間等背景的附屬子句（subordinate clause）：

MAIN ← Subordinate

---

4. 參考曹逢甫教授著作。Tsao, Feng-fu. 1990. *Sentence and Clause Structure in Chinese: a functional perspective*. Taipei: Student Book Co..

❓ 為何英語不能説：Because..., so...?

在學英語的過程中，大家一定聽過老師反覆叮嚀幾項「鐵律」，其中一項就是：because 不可以跟 so 一起用，although 也不能跟 but 一起用。但不是很奇怪嗎？中文可以說「因為……所以……」、「雖然……但是……」也很合乎邏輯呀？為什麼英文不能這樣用？

原因就在「主從分明」的要求。英文的句子結構必須有「主從之分」，若有兩個子句，一定是「一主一從」，一定要有一個陳述重點的主要子句。主要子句就是可獨立成句、結構完整、語意完足，包含主詞、動詞，及時態標記的子句，因此又稱為獨立子句。而附屬子句則是帶有附屬標記的子句，語法語意均不完整，不能單獨出現，故亦稱為「次要」子句。試比較以下兩個句子：

> 獨立子句 I went to the party last night. → 可獨立成句，語意完整
> 附屬子句 If I went to the party last night.（×）→ 無法單獨出現，語意不全

附屬子句常以附屬連接詞標記，如 because, so, although, but, since, if, if only, in case that, provided that, when 等等。反過來講，有這些附屬詞標記的子句，都是扮演附屬的角色。所以，如果句子當中同時用了 because...so...，或是 although...but...，等於出現兩個配角而沒有主角，只有兩個附屬子句而沒有主要子句，造成語句的重點不清、主從不分，嚴重違反了英語「主從分明」的標記原則。

除了「附屬連接詞標記」附屬子句外，不定詞（to V）、分詞（V-ing）、及名詞子句（that + CL）等形式，也是「附屬的標記」，例句如下：

> I went to the party **to see my friends**.
> I went to the party **thinking about my friends**.
> I went to the party **that started at 7 pm**.

在這些句子中都出現了兩個動詞，如第一句中的 went、see。根據「主從分明」的原則，若有兩個動詞，代表兩個事件，必須是一主一從，只有一個是「主要動詞」。但如何判定誰是主要動詞呢？就是帶有清楚時間標記的動詞（the tensed V）。因為主要動詞在眾多事

件中擔任主角，負責描述重點，提供時間主軸，其他動詞則依附於這個時間主軸。反過來說，每一個子句中一定要有一個重點動作、重點時間，這就是所謂的「主要動詞」（Main verb）。以下的圖示簡單說明「主要動詞」和其他動詞的區別：

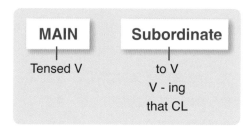

語言的任何規則都不是無故出現的，都是按照基本語性發展出來，有跡可尋的。英文裡兩個附屬連接詞不能合用，其實這就是「主從分明」這個大原則的具體展現。英文要求主從分明，句子裡一定要有一個主要子句，主要子句裡一定要有一個主要主詞、主要動詞。若有兩個子句，必須一主一副；若有兩個動詞，也必須一主一副。每個語法層次，必須要有一個「主」，也只能有「一個」主，其餘為輔，必須有明顯的「附屬」標記。英文嚴謹要求明確區分主從關係，維持「主從分明」的原則。

特點 5：先後有序

這個特色是從「主從分明」和「重點在前」延伸而來的。英文句子最正常自然的順序是重點在前，背景在後，「先主後從」就不用額外再加標點符號，但若違反這個順序，背景在前，重點在後，「先從後主」則需要加上逗號，以示主從關係顛倒：

先主後從：John went to the party at 8 pm last night.
先從後主：Last night, at 8 pm, John went to the party.

當句子包含兩個子句時，依照重點先講的原則，比較重要的主要子句既是陳述重點，就該先講，通常會放在次要的附屬子句之前，例如：

A president must have been deceased for two years **before** he can be on a coin.

（99 年指考）

英法文法有道理！重新認識英文文法觀念

主從擺放的順序若顛倒過來，也可以，只是附屬子句若放在前面，後面必須加上逗號，以提示這一句並非主要子句，重要的訊息還在後面：

> **After** he gave a superb performance, the musician received a big round of applause from the appreciative audience. （99 年指考）

何時要加逗號？

以上兩句的區別清楚表明什麼時候要加逗號，什麼時候可以不加：如果主從的順序是符合重點在前的常態順序，就無須逗號的提示，但如果「從在前、主在後」就要加標點警示。因此，英文的標點符號也是有語法含意的。

> 先主後從：Please fasten the seat belt to avoid death or injury.
> 先從後主：To avoid death or injury, please fasten the seat belt.（加上逗點）

若是表達因果關係，按照「先主後從」的原則就會產生「先果後因」的順序：

> 英文傾向「先果後因」：Please fasten the seat belt to avoid death or injury.
> 中文傾向「先因後果」：為了避免傷亡，請繫緊安全帶。

基於重點在前的考量，英文的「常態」語序傾向「先主後從」、「先果後因」。

何謂形意相符？

在寫作時，形、意要彼此相配，語意上的「重點」（即主要事件），亦需藉由語法上的「主要形式」（即主要子句）來表達。如果溝通上的重點是要強調 I went to the party last night，而不是描述天氣，就要在形式上也將此句話標記為主要子句：

> 主從「形」「意」相符：**I went to the party last night** although it rained heavily.
> 主從「形」「意」不符：Although **I went to the party last night**, it rained heavily.

形式上的主要子句其實就是要用來表達語意上的主要事件，如此「形」「意」相符，語意功能上要強調的主要事件，搭配語法形式上的主要子句，相互配合，相得益彰。

如果好幾個動作的重要性相當、分不出高下時，要如何排列呢？敘事的通則是「先發生的先說，後發生的後說」，既然地位相當，就可用對等連接詞（and / or），來幫助連接這些連續發生的事件：

I **went** to the park, **took** a walk, and **sat** on the bench.

這句話中有三個重點事件，分別以三個帶有時態標記的動詞表達，並以「對等」連接詞（and）連結，表示其主從地位相當，是連續發生的「對等」事件。

特點 6：時間清楚

表達時間是溝通上一件非常重要的事。事件發生的時間，每種語言有不同的標記方式。中文的原則是依靠已知的情境或加上明確的時間詞來標記，但動詞本身沒有變化，不管過去、現在或未來，動詞的形式不變：

中文動詞形式不變：我昨天吃蘋果
　　　　　　　　　　我今天吃蘋果
　　　　　　　　　　我明天吃蘋果。

但英語選擇把時間標記在「動詞」上，因此動詞有時態變化，藉由動詞本身不同的形式就直接標記事件發生的時間點。就算句子裡沒有提供其他關於時間的訊息，單看動詞形式，就知道事件到底發生在那個「時段」：

說話前發生的：She **ate** an apple.
說話時發生的：She **is eating** an apple.
說話後才發生：She **will eat** an apple.

❓什麼叫「現在」？

要把時態概念學清楚，關鍵在於：什麼叫「現在」？能夠明確定義「現在」，才知道什麼是過去，什麼是未來。「現在」就是說話的當下，你說話的當下就是你的現在，他說話的當下就是他的現在，每一次說話，都有一個不同的「現在」。清楚了「現在」的概念，才能正確判斷事件的時態。說話者說話時刻之前的時段就是「過去」，說話者說話時刻之後的時段就是「未來」。

❓究竟有幾種時段區別？

長久以來，教科書都告訴我們，英文的時態分為現在、過去、及未來三種時態。依據這樣的分類方式，以下這句話的時間就很難區分了：

> She eats apples. 她是吃蘋果的。→ 「現在」發生的嗎？

這句話往往被歸類為現在式（以「現在」表「習慣」，或稱為現在簡單式），但這種說法很有問題。因為這句話的意思與「現在」毫無關係，並不是「現在」發生的，若是現在發生，必然要說成：

> She is eating apples. 她在吃蘋果。→ 「現在」發生中

既然第一句（She eats apples.）指的是一種事實或習慣，表達她對蘋果這種水果的接受度或是她吃水果的習慣，就可能是過去如此、現在如此、將來也如此。這句話的時間概念橫跨過去、現在、和未來各時段，是一種特殊的、有別於其他三種時段的第四種時間概念，可稱為「習慣式」。

總體而言，英文以「說話當下」的時間為基準（speech time），對事件發生的時間（event time）做一相對性的分類，總共區分出四種時段（tense）：過去、現在、未來、及「事實習慣」，形式上也各有各的標記方式：

> 當事件發生在說話**當下**，以現在式表達：
> She **is eating** apples. → 動作必然正在進行

當事件發生在說話之**前**，以過去式表達：

She **ate** apples.　→ 說話前吃的

- -

當事件發生在說話之**後**，以未來式表達：

She **will eat** apples.　→ 說話後才會吃

- -

當事件沒有明確的發生時間，而是涵蓋過去、現在、未來各時段，以習慣式表達：

She **eats** apples.　→ 一直有吃

在不同的時段中，我們又可以選擇用不同的「觀點」來描述事件發展的「樣貌」。例如，若你中午時和同事提起「我早上 7 點吃了早飯」這件事，根據不同的情境觀點，你可以選擇呈現這件事不同的樣貌：

事件單純發生了：I ate breakfast at 7 am.

事件正在進行中：I was eating breakfast at 7 am.

事件在參考點前已完成：I have eaten breakfast (by now).

這三種描述方式，都是指同一件事，發生時間是一樣的，但描述的「角度」卻不同。選擇用哪一種形式，取決於說話者看待這件事的觀點角度，這就是「時貌」（Aspect）的意義：事件的「樣貌」。

❓什麼是進行？什麼是完成？

以上的說明讓我們看到同一個事件其實可以用不同的角度來描述。「進行」和「完成」就是兩種描述事件的角度觀點。「進行式的觀點」是：說話者選擇強調「事件正在進行中」（ongoing），這個觀點放在不同的時段，就有了過去進行、現在進行、未來進行、及習慣進行：

過去進行：He was reading the book.　→ 在過去某點同時進行中

現在進行：He is reading the book.　→ 在說話此刻同時進行中

未來進行：He will be reading the book.　→ 在未來某點同時進行中

習慣進行：He is always reading the book.　→ 在任何一點同時進行中

「完成式」的觀點則是：將事件與一個「完成參考點」關聯起來，強調事件「在參考點之前」已經完成。這個「參考點」最常落在說話當下，表示「在說話時間之前」（by now）已完成，這就是「現在完成」的意義：在「現在之前」完成的。當然，這個參考點也可能是過去或未來的某一點，於是依照「參考點所在時段」就有了過去完成、現在完成、及未來完成（習慣無實點，所以不能作為參考點）：

過去完成：I had read the book (by yesterday).　→ 在過去某一點之前完成
現在完成：I have read the book (by now).　→ 在說話此刻之前完成
未來完成：I will have read the book (by tomorrow).　→ 在未來某一點之前完成

❓「現在完成」是現在才完成的嗎？

「現在完成式」所表達的事件，如 I have read the book.，明明是在過去發生的，為什麼叫做「現在」完成？這個問題曾經讓我很困惑，後來才瞭解「現在完成」的正確說法應該是**「現在之前」**完成，「現在」指的是判定完成與否的那個「裁判點」，而非事件本身的時間。判定事件是否完成的關鍵在於由哪一點來看，譬如你現在還在看這本書，在此刻之前還沒完成：

You have not finished reading the book by now.

如果下個月或明年再來看，希望在那個未來的「參考點」之前你已經看完了：

You will have finished reading this book by next year.

「完成」的概念需要一個時間上的裁判點，由此參考點往前看，才能判定事件到底完成了沒有？所以我們應該替學過的完成式「正名」如下：

現在完成 →「現在之前」完成　He has found the answer before reading it now.
過去完成 →「過去之前」完成　He had found the answer before he read the book.
未來完成 →「未來之前」完成　He will have found the answer before next summer.

❓ 進行式的講究？

「進行」這個觀點強調事件「與時並進」，正在進行中（ongoing）。能夠「進行」的必然是動態動詞，因為只有動作可以隨時間推進，不斷行進；狀態則是靜止的，恆常不變，不會「與時俱進」，因此不能說：I am knowing him.（×），只能說：I am getting to know him.

「時間清楚」這個要求，是許多台灣學生的致命傷，關鍵在於：我們對於動詞所要表達的時段概念（過去、現在、未來、習慣），有沒有定義清楚？「完成」與「進行」這兩個不同角度的描述觀點，有沒有解釋清楚？更重要的是：有沒有養成在「動詞形式」上來標記時間的習慣？

特點 7：你知我知

名詞表達的是「物件」的概念，每次使用名詞都牽涉一個基本問題：指哪一個？「桌子」這個物件在世界上有無數個，你指的是哪一個？是我知道的那一個嗎？名詞所指涉的對象可能是對方知道的，也可能不知道，必須藉由語法的標記來提示。中英文在名詞標記上依舊反映基本語性的不同，中文借重已知的情境或「主題」前提，作為提示：

> 我要買書　→ 可能是任何一本
> 書我買了　→ 將「書」提前，明顯認定是已知的那一本

「我要買書」可能是買任何一本（非特定），但是我要買「那本書」就很清楚是「你知我知」的那一本（特定）。這種「特定」與「非特定」的指涉概念，在英語中有固定而明確的標記，就是所謂的定冠詞 the 與不定冠詞 a 的功用。這兩者的區別在於：名詞所代表的物件是否是「對方知道的那一個」？「你知我知」的那個就是 the，「你不知道」的那個就是 a。英文裡所有名詞出場，都得加上「是否你知我知」的標記，這是英語語法的「體貼」，用 a / the 的區別提供明確的提示。但是中文沒有這個標記習慣，正因如此，冠詞的用法對台灣學生總是霧煞煞。老師說的規則雖然謹記在心：「特定的用 the，非特定的用 a」，但卻無法心領神會，還是常常用錯。關鍵在於：什麼叫「特定」？

❓ 什麼叫「特定」？

「特定」的意思就是「你知我知」：我確信所提到的名詞是你能夠「認定分辨」的那一個，就是特定的，就可加上 the：

"the"「你知我知」的那個（可認定的 identifiable）：

I talked to **the boss**.　→ 你知我知的那個老闆

I went to **the park**.　→ 你知我知的那個公園。

- -

"a"「你不知道」的某一個（無法認定的 non-identifiable）：

I bought **a car**.　→ 你不知道哪一輛車

He married **a rich woman**.　→ 你不知道哪位富家千金

要強調的是，「你知我知」的意思就是「**你**可以清楚認定是哪一個」（identifieable to YOU）。「特定」與否的考量是針對「聽者」能否認定而言，說話者要一再自問：所指的東西，聽者是否有足夠的經驗訊息來認定辨明？若是對方無法認定辨明，就要用 a，是「我知你不知」，「對你而言」不夠明確的某一個，再以下例做一對照：

He gave me **a book**.

→ 你不知道是哪一本，但反正就是一本書

- -

He gave me **the book**.

→ 你知道的那本，就是那本我跟你提過的書

基本上，英文的原則是「名詞出場，必有標記」。每一次使用名詞時，都要清楚標記所指涉的對象為何？先要考量單複數：是單一的個體（單數），還是多數的群體（複數）？單複數確定後，要進一步考量：「是否你知我知？」，因此英文名詞可有幾種不同的形式：

Q：What are you reading?

A：A book.　→ 一本書（你可能不太清楚是哪一本）

　　The book.　→ 那本你知道的書

　　The book [you mentioned].　→ 那本 [你提到過的] 書

His book. → 他的一本書（所有者明確）

Books. → 一些書（你可能不太清楚是哪些）

The books. → 那些你知道的書

The books [I want to read]. → 那些 [我想讀的] 書

His books. → 他的那些書

使用名詞時，要記得「名詞出場，必有標記」，養成表達「知之否」的習慣。只要有名詞，就要標記清楚指的到底是哪一個。

特點 8：明辨真假

英文講求明確嚴謹的標記，當描述一件事時，除了參與者是誰、動作為何、何時發生等「主、動、賓、時」四大元素要有明確標記外，說話者本身也須針對事件的真實性及確定性加以標記。這是在四大元素之外，講求「真實與否」的溝通需要：事件究竟真實發生了嗎？真實已發生的事件（actual event），不管你知不知道，必然有確切的時間（real time）和確定的參與者（someone），但若是並未真實發生的事，既然還沒發生，則沒有確切的時間，也沒有確定的參與者（anyone）。這個推理邏輯，牽涉到英文的多項規則，其中有一條是大家所熟悉的：any 只能用在疑問句和否定句。

❓ Any 只能用在疑問句和否定句嗎？

老師說：any 只能用在疑問句和否定句。真是這樣嗎？請看看下面的句子：

I will do **anything** for you.

I promise to take **any** of your advices.

He is willing to see **any** doctor in the area.

這些句子既不是疑問，也不是否定，但卻都有 any，為什麼？我們背的文法規則錯了嗎？不是錯了，而是不夠完全，因為真正的關鍵不在疑問或否定，而是「事件真實發生了嗎」？疑問和否定句所代表的是「尚未發生的事」，既然未發生，參與者就有可能是任何人（anyone），任何事（anything）。因此，正確的規則應該是：**any 只能用在「尚未發生的事」**。

Any 的道理：any 無明確指涉，不能用在已經發生的事，只能用在「尚未發生的事」。

「尚未發生的事」就是「非事實」（non-real），疑問和否定句只是兩種常見的非事實，另外還有其它的句式也可表達「尚未發生的事」，如命令句、未來式，或尚未兌現的承諾！因為 any 沒有指涉性，不能代表確實的個體，只有在尚未發生的事中，所指的對象可以是開放的、不確定的，任何人都有可能參與。除了疑問與否定之外，還有下列其他可能出現的「非事實」：

> 命令句：Read **any** book you can find!
> 條件句：If you have **any** question, please let me know.
> 未來式：I will eat **any** food you make.
> 可能情態：He may solve **any** of your problems.
> 尚未兌現的承諾：I promise to do **anything** for you.

這些「非事實」，既然尚未發生，就可能出現尚不確定的任何人或物。但若事件確實發生了，就不能用 any：

> 確實發生的事，不管你知不知道是誰，必定有身份確定的某位參與者：
> Someone did it.　　　　　→ 確定的某人
> He has done something.　　→ 確定的某事
> 不可能說：
> Anyone did it.（×）　　　→ 不合邏輯
> He did anything.（×）　　→ 不合邏輯
>
> -
>
> 尚未發生的事，當然不確定是誰，當然沒有確實的參與者：
> **Anyone** will / may / can / should do it.
> He will / may / can / should do **anything** for you.

any 和 some 的使用與單純的邏輯推理有關，瞭解了 any 的語意本質，就不需死背「道理不清」的笨規則。語法不外乎人情人理，理解規則背後的溝通意涵才是正途。

❓ 如何標記真假？

「真實性」在英語中如何標記？假設和條件有何不同？

假設和條件，兩者皆表達「非事實」，在形式上必然要和「事實」有所區別。仔細說來，條件是指一種是「有可能」的假設，是對「未知情況」的臆測，有可能在未來發生；假設則是指「不可能」的條件，是對「既定事實」的追悔，對已發生之事的懊惱感嘆。既然「條件」有可能出現，但時間不確定，就沒有時間上可對應的實點，英文選擇用沒有特定時間的「習慣式」來表達條件：

可能出現的「條件」 → 以沒有特定時間的**習慣式**標記

If it **rains** tomorrow, we will cancel the outing.

If you **miss** her, you can always give her a call.

很多老師對 if 條件句的解釋是「以現在式表未來」，但正確的理解應該是：「**以習慣式表可能**」。

if 條件子句：可能的假設，以「習慣式」表達「可能條件」。

另外一種 if 子句，表達「與事實相反」的假設，也就是「不可能」實現的願望。這些假設都「與事實不符」，時態標記上就不能用正常的時態：

違反現在的事實 → 不能用現在式或習慣式 → 以**過去式**標記

If she **was** a man, her life would be different.

If I **were** you, I would tell him the truth.

- -

違反過去的事實 → 不能用過去式 → 以**過去完成式**標記

If I **had known** it earlier, I would have done something different.

If you **had invited** her, she could have enjoyed the dinner with us.

至於主要子句的形式,是情態助動詞加上完成式,表達「假設性的完成」,亦非真實完成:

> 假設完成:**should / would / could / might + 完成式 → 非真實完成**

總括而言,「辨明真假」既然是溝通上的需要,「事實」與「非事實」就必須有標記形式上的區隔。「假設句」的時態特殊,用意就在於以提示「真假值」(Truth value)。

特點 9:釐清責任

一件事情發生,到底是誰引起的?誰該負責?誰又是受害者?這是一個重要的責任問題。嚴謹的「英文紳士」要求釐清每一個參與者的責任歸屬:我「打」他,他「被打」,「我」是始作俑者,「他」則是無辜的受害者。這就是所謂「主動」、「被動」的基本區別。其關鍵在於:放在主詞位置上的那個傢伙到底是「主」導動作的人,還是「被」影響的人?

❓ 主動 / 被動的區別何在?

「主動」句的典型主詞是「有能力、有意願、自動自發的主導者」,也就是事件的「負責人」,動作的描述由這個「主導角色」的觀點切入,形式上是典型的 SVO:

> **God** created man.　→ 上帝_{主導}造人。
> **My father** built a house.　→ 爸爸_{主導}蓋房子。
> **Professor Liu** published a book.　→ 劉教授_{主導}出書。
> **New York Knicks** beat Chicago Bulls.　→ 紐約尼克_{主導}打敗公牛。
> **He** found a solution.　→ 他_{主導}發現了解決辦法。

「被動」句的典型主詞則是「不具主導力、被牽引、被製造、被影響、被發現的一方」,可能是受造、受力、受控、甚至受害者。描述的觀點從這個「被動的角色」切入,動詞形式改為 Be + V-en,表達結果狀態:

> **Man** was created.　→ 人被造
> **The house** was built.　→ 房子被建

> **The book** was published.　→ 書被出版
>
> **Chicago Bulls** were beaten.　→ 芝加哥公牛隊被打敗
>
> **A solution** was found.　→ 解決辦法被發現

就「釐清責任」的觀點而言，中文說「禮物買了」、「報紙送來了」，其實都是「被動」關係，禮物不會自己買，是被買的；報紙不會自己送，是被送來的。但中文都不需加「被」，為什麼呢？這又得回到中英文基本個性的差異，還記得前面提到中文是「情境導向」的語言，句子以「主題」為本，其後各小句均繞著主題轉。「禮物買了」這句話中的「禮物」是主題，「買了」是闡述，這是一個標準的「主題＋闡述」（topic-comment）的中文句式。

但英文有不同的標記原則：主詞與動詞間的責任關係要明確釐清！禮物自己不會動，報紙自己也不會走，禮物和「買」的關係，報紙和「送」的關係都是被動的，就要用被動式來表達：

> The gift was purchased.　→ 禮物被買了
>
> The newspaper was delivered.　→ 報紙被送了

❓ 分詞也有主動被動之分：「現在分詞」和「過去分詞」有何不同？

你曾疑惑過：「現在分詞」和現在有什麼關係？「過去分詞」又和過去有關嗎？現在我們來為這兩個分詞「正名」！

基於「釐清責任」的要求，每一個主詞與動詞間是「主控」還是「受控」的關係，都要一一釐清並在形式上標記清楚。使用分詞構句時也是如此，一樣要考量主語和分詞間的責任關係，是「主動」還是「被動」：

> 所謂的現在分詞就是「主動分詞」：
>
> **Helping his Mom**, he washed the dishes.　→ 他主動幫媽媽
>
> -
>
> 所謂的過去分詞就是「被動分詞」：
>
> **Helped by his Mom**, he washed the dishes.　→ 他被媽媽幫

幫媽媽的是 → a helping hand!

被媽媽幫的只是 → a helped kid!

很多人一提到分詞就頭痛，搞不清「現在分詞」和「過去分詞」有何不同？其實，「現在分詞」和「現在」無關，「過去分詞」也和「過去」無關，兩者的基本功能是用來表達「主動」和「被動」的不同。分詞構句省略的主詞，就是主要子句的主詞，因此要先釐清分詞和這個主詞間的關係：若是主動關係，就用現在分詞 V-ing，表示「主導負責」；若是被動的關係，就用過去分詞 V-en，表示「被影響」。

分詞構句又分為「簡單分詞」和「完成分詞」，下面以師生關係來說明其中的差異：

簡單分詞：表達「主詞相同」的關聯

主動：Teaching at a high school, she became an expert in life science.

　　　→ 老師為主詞

被動：Taught by an excellent teacher, the students are doing well in life science.

　　　→ 學生為主詞

- -

完成分詞：除了主詞相關，也強調時間先後，先前已完成

主動：Having taught for 25 years, she retired from the high school last month.

被動：Having been taught to study effectively, the students all went to a good college.

根據主、被動角色，我們可以下個結論：

The teacher is an expert in teaching. → a teaching model!

The students are well-taught. → well-trained!

下例中，藥物「傷」肝，所以被禁。藥物（the medicine）是造成傷害者，與 damage 之間是「主動」的關係，所以要用主動分詞（現在分詞）：

Damaging human liver, **the medicine** has been banned since 1990.

→ The medicine is **liver-damaging**. 此藥物會傷肝

→ It is a **liver-damaging** medicine. 這是傷肝的藥物

人吃了傷肝的藥，就成了「受害者」，所以病人的肝（the patient's liver）是被damaged，是「被動」的關係，就要用被動分詞（過去分詞）：

Damaged by the medicine, **the patient's liver** lost most of its functions.
→ The patient's liver is **damaged**. 病人的肝被傷了
→ He is a **liver-damaged** patient. 肝被傷了的病人

英文每一個動詞的使用都要釐清責任關係，每一個句子都有主動、被動之分。

特點 10：時空轉換

「空間」概念與「時間」概念是互通的。中文說：感恩節「走」了，聖誕節快「到」了。「走」與「到」其實都是源自空間的概念，但我們卻很習慣地用在時間的描述上。「時空轉換」是語言共通的特性，中英文皆如此。原因在於時間概念是抽象的，空間概念則較具體，因此我們會不自覺地藉由具體的「空間」關係來理解抽象的「時間」關係。在空間與時間的標記上，英文最常用的就是介系詞，而介系詞往往有多樣的用法，下面列舉 in 的多種用法，由空間到時間、由具體到抽象：

He saw a house **in** the nearby city.
The house was built **in** 1990.
He visited the house **in** the morning.
The house was located **in** a forest.
The house was covered **in** white and blue.
He fell **in** love with the house.
He is interested **in** buying the house.

❓ 介系詞為何如此多義？
瞭解語言具有「時空轉換」的基本特性，是理解介系詞用法的關鍵。 介系詞的核心語意都屬於空間的概念，表達固定而明確的空間關係，經過認知轉換，這個空間的「原型概念」可轉換成時間概念或非空間的抽象概念，因而產生了多重的詞義。

❓ 介系詞的「空間原型」：in、on、at 有何不同？

英文最常用的三個介系詞 in、on、at，分別有其獨特的空間「原型概念」，所有多義的用法都是按照這個「原型概念」發展出來的。

in 的核心概念是指「包覆於範圍內」（in a boundary），蘊含「容器」的圖像，如同東西裝在盒子裡：in a container / in a box / in a room。這個「容器式」的圖像概念，可延伸至時間，就表示「在時間範圍內」，所以 in 5 minutes 是指五分鐘「之內」；再延伸到非空間的抽象領域，就產生「涵蓋於內」的意思，in love 是指包圍沈浸在 love「之內」。

on 的核心概念是「在接觸面上」（on a surface），蘊含「平面」的圖像：on a table / on a shelf / on a highway。這個「接觸面」的圖像概念可延伸至時間，就成為「時間的接觸面」：on time、on Sunday。再進一步延伸為思想焦點的「面向」：focus on grammar；研究的主題「面向」：a study on physics。

at 的核心概念是「位於定點」，蘊含「實點」的圖像，牽涉「明確的地標」：at a bus stop / at a store / at the entrance. 這個「定點」的圖像概念經時空轉換後，可表示「時間定點」：at 1 pm / at 5:30 / at noon。再延伸為能力的「定位」：He is good at math.；廣告的「標的」：The ad targets at teenagers.

以下整理這三個介系詞的核心概念及語意延伸路徑：

介系詞	空間概念	時間概念	抽象概念
in (範圍內)	in a room in a box in a city	in an hour in August in 2011	fall in love interested in music
on 接觸面上	on the table on the ground on the highway	on July 4th on Monday on Monday morning	work on a topic insist on something
at 在定點 ●	at the bus stop at the store at the gate	at 10 am at 8:30	good at English look at the picture

❓ 地點有大小之分嗎？應該說 in Taipei 還是 at Taipei？有何不同？

有些老師說：in 是較大的範圍，at 是較小的範圍，這個說法有誤導之嫌，因為 in 和 at 可以用在同一個地點：

Where did you meet? → We met **in** Taipei.
→ We met **at** Taipei.

二者有何不同？ in 和 at 真正的不同不在大小，而是「空間概念」的區別：in 表達「範圍之內」，強調「包覆其中」的含意；at 表達「在定點」，強調「居其位」的概念。兩者都可以帶同樣的地點，但呈現不同的「空間圖像」，這就是 in 和 at 使用上的最高指導原則。

如此說來，「中華民國在台灣」也可以有兩種說法：

ROC in Taiwan → in a boundary → 在台灣這個範圍內
ROC at Taiwan → at a spot → 在台灣這個定點

要是老公上街買鑽戒，把鑽戒放在小盒子裡給妳，就要說：

He bought the ring at a store. → at a spot → 在商店這個定點
He put the ring in a small box. → in a boundary → 在盒子這個範圍內

介系詞的使用可能也讓很多人感到困擾，學通的關鍵在於正確「理解」介系詞的核心概念，再經由語意轉換的原則，將空間方面的核心概念推展延伸為「非空間」的概念。

小結

看完以上針對英文十大標記特色的說明，是不是有豁然開朗的感覺呢？英文是不是親切多了，也「活」起來了？

其實所有的「規則」都不是無中生有，規則的誕生與存在，一定有溝通上的動機與目的可循。英文和中文的語言特質大不相同，標記原則迴異，因此要掌握英語語法絕不能光靠死記硬背，否則「只會考試，不會活用」，文法規則背得越多，忘得越快，用得越亂。唯有回歸原點，思考語言的本質、語法的成因，才能理解規則背後的溝通意涵，這就是學通英文的不二法門！

這本書就是一個新的開始，要「翻轉」所有的文法觀念！
讓我們一起 make sense of English ！

細究溝通
Close-up

語法的道理

【前言】

語法既是為了回應溝通需要而產生的標記原則，就讓我們由具體的溝通場景，來檢視過去所學的語法規則，究竟背後的溝通目的何在。瞭解規則背後的溝通動機，語法就不再是死背的條文，而是可以活用的「標記策略」。瞭解規則背後的「為什麼」，就能「翻轉」我們在學習英語上的盲點！

【場景設定】

在回家的路上，小明看到一隻貓在追一隻狗，這個有趣的場景讓他很想把這件事描述給朋友聽。請問：小明需要「交代」清楚哪些意思，才能讓別人清楚知道發生了什麼事？這些需要交代的，就是語法必須提供「規則」的地方，就是語法需要「標記」的！

Chapter 01

「誰」對「誰」？
誰是「主」導者？
誰是「受」害者？

主詞 / 受詞有何區別？

為什麼要加「虛主詞」？

什麼時候用「受詞」？

Who (does what) to whom?

I. 溝通需要

小明看到誰？當小明看到貓追狗，他需要說清楚的第一點就是：「誰」對「誰」做了什麼事？是貓追狗？還是狗追貓？

語言最基本的溝通目的之一就是要表達「誰」對「誰」「做」了什麼？ Who does what to whom? 這三個溝通上的基本要素自然成為語法上必須標記的「三要素」— 主詞、動詞、受詞。每句話都得清楚表達：誰是主動做事的一方（主詞），誰是受影響的一方（受詞），以及動作本身（動詞）。這「三要素」的定義，在形式上，前後有別；在語意上，亦可顧名思義：

在主動句中，

主詞（Subject） 就是「主導」者，是主動發出動作的一方

受詞（Object） 就是「受害」者，是受動作影響的一方（又稱「賓語」：做來賓，而非主人）

動詞（Verb） 就是「動作」或狀態，是事件出現的原因

英文如何標記「誰_{主詞}對誰_{受詞}做了什麼_{動詞}？」本章先談「誰」對「誰」，第二章再詳細探討動詞的功用。

II. 標記方式

「主詞」、「動詞」、「受詞」各有各的位置。區分三者最基本的方式就是利用「先後排列」順序。這三要素在句子裡的排列方式，就成為各語言的基本詞序（word order）。英文的基本詞序是 Subject Verb Object，中文也一樣，所以「貓追狗」和「狗追貓」，順序不同，語意就不同。小明看到「貓」追「狗」，所以排列順序是：

The cat chased the dog.
Gafei chased Dumdo.
She chased him.

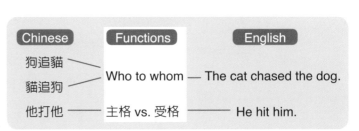

並非所有語言都是 S-V-O 的順序,人類語言可依基本詞序分為三類:(1)動詞居中 S-V-O,如中、英、法文;(2)動詞在前 V-O-S:如澳洲 Malagasy 語;(3)動詞在後 S-O-V:如日文、韓文。所以中文的「貓 - 追 - 狗」,換成日文語序就變成「貓 - 狗 - 追」。

 翻轉一:英文的「主格」、「受格」之分,表達不同角色

「主格」、「受格」的「格」(case)代表一種構詞標記,目的是要表達不同的「角色」。主格標記的就是擔任「主導者」的主詞,受格標記的就是擔任「受影響者」的受詞。雖然英文的基本詞序 SVO 已可清楚表達「誰對誰」(Who to whom),但在使用代名詞時,主詞和受詞的形式仍有區別:

[He / She / I / You / They / We / You all] 主格

chased 動詞

[him / her / me / you / them / us / you all] 受格 .

中文並沒有主受格之分,「他追他」,「他打他」,都是一樣的「他」,為什麼英文又有主、受格之分?這個問題牽涉到語法標記的多重選擇。針對同一溝通需要,語言可選擇採取多重標記方式 。使用代名詞時,為了避免角色混淆,英文選擇在基本詞序之外,也同時在詞形上作區隔,利用主格受格的詞形變化來強調角色的不同,這是「雙重標記」方式。中文最簡潔,只利用詞序,是「單一標記」方式。而法文除了採用詞序與主受格之別外,還要變化動詞的形式,來配搭不同的主詞,這是「三重標記」方式:

(1) 單一標記

以單純的詞序來標示主詞(who)和受詞(whom)的不同,這是最基本的標記方式:

S-V-O　貓追狗　→ A cat chased a dog.

　　　狗追貓　→ A dog chased a cat.

(2) 雙重標記

除了詞序外,英語在代名詞的使用上,另外加上構詞型式的變化,以強調主格與受格不同的角色:

S-V-O + 主／受格　**He** chased **him.**

　　　　　　　　　She chased **her.**

　　　　　　　　　They chased **them.**

(3) 三重標記

同時採用三種標記方式，像法文，除了語序和名詞形式，動詞的詞形也會隨不同的主詞而變化，下表中法文的 venir（come）用於不同的人稱就有不同的形式，等於在動詞上清楚標記出 who。主詞與動詞彼此配搭（agree），可以說是「證據確鑿」啦！

French：**venir**（come）

je viens (I come)　　　　nous venons (we come)

tu viens (you come)　　　vous venez (you come)

il vient (he comes)　　　ils viennent (they come)

翻轉二：英文的第三人稱單數要加 s，反映溝通上較特殊的人物

至此，細心的讀者可能已想到：法文加上動詞的變化來標記主語的不同，英文不也有類似的要求嗎？我們從小就學「第三人稱單數要加 s」，不也是一樣用到動詞形式的變化來標記「第三人稱單數為主語」？但是為什麼只有「第三人稱單數」很特別，動詞要加 s ？這又要回到語言的溝通本質來探討。

人類最自然、基本、直接的溝通情境是面對面的溝通，因此最直接的參與者就是「你」和「我」，第一與第二人稱。在「你和我」的對話中，「你」「我」是不言而喻的，而第三人稱所代表的則是不屬於此立即情境中的「第三者」，是較特殊的外人，因此英文選擇用較特別的標記形式來反映溝通上較特殊的人物。同理，上表中的法文動詞 "come"，用於第一人稱 I 和第二人稱 you 時，其形式是相同的（viens），但第三人稱就不一樣了（vient）。

大多數的法文動詞用法類似，這是基於同樣的道理：第三人稱所代表的參與者有別於最直接的 you and I。

何謂主詞？

就語意而言，一個動作的出現有「主」「受」兩方，主動句中的主詞通常就是「主事的一方」（agent），扮演主導者的角色，因此最典型的主詞就是有生命、有行為能力的「人」或「動物」，因為有生命才能動、才能做事：

> [**My brother**] 主詞 chased the dog.
>
> [**The cat**] 主詞 chased the dog.

除了典型「有生命」的主詞外，如果把「東西」當作主詞，等於讓無生物也有了活動的能力，因此構成一種擬人化的描述。例如：

> The book tells a great story.
>
> The blue sky smiled to us.
>
> My computer died.

除了人、物之外，事、時、地也都可以當主詞：

> [Working overtime every day] drives me crazy.（事情作為主詞）
>
> [Early morning] would be fine with me.（時間作為主詞）
>
> [This restaurant] reminds me of the old days.（地方作為主詞）

主詞長什麼樣？

就語法形式來說，最常見的主詞當然是名詞，因名詞的典型功用就是指涉周遭的人、事、時、地、物。但相當於名詞的動名詞或名詞子句也可作為主詞。我們來細看主詞的幾種型態：名詞（N）、動名詞（V-ing）、不定詞（To-V）、或名詞子句（Noun Clause）。

51

第一章 「誰」對「誰」？誰是「主」導者？誰是「受」害者？

主詞可能是一個單純的名詞或代名詞，也可能是加上修飾語的名詞組 NP（Noun Phrase）：

[John] hit the ball.

[His brother] hit the ball.

[A girl with long hair] passed by.

[The girl who has long hair] is John's sister.

如果句子的主詞是一個動作，那麼必須以動名詞或不定詞的形態出現：

[Playing computer games] is fun.

[To play computer games] is fun.

以動作做主詞，有時會造成「頭重腳輕」：主詞長 [to play computer games]，動詞短 [is fun]，這和人傳遞與理解訊息的習慣相違背，我們習慣將較長、較複雜的訊息放在後面。要避免頭重腳輕的問題，就要借用虛主詞 it：

It is fun to play computer games. → （It 代替的就是 to play computer games）

名詞子句亦為名詞，本身雖包含了事件結構，但語法性質像名詞，理論上也可以作為主詞：

[Whether he comes or not] doesn't really matter.

[That we are going to make this happen] is for sure.

[What the book wanted to create] was a better understanding of grammar.

但是這樣的句子會「頭重腳輕」，因此也會用 it 當作「形式上」的主詞，it 是一個代名詞，雖然佔了主詞該在的位置，語意上卻是代替後面的名詞子句。

It doesn't matter [whether he comes or not].

It is for sure [that we are going to make this happen].

翻轉三：「虛主詞」不具實質意義，但是形式上的標記

「虛主詞」顧名思義，就是「虛位」的主詞：佔在主詞的位置上，但徒具形式而「不具實義」。上面兩句中，語意上真正的主詞，因為內容複雜不適合放在句首，而被移到後面，動詞前擺了一個「虛位」的主詞 it，以滿足標記形式上的要求，但實質的語意內涵則在後面的子句中。使用代名詞 it 作為「虛主詞」，是順理成章的作法，因為代名詞本來就是「代替」名詞用的。

It is raining. 到底誰下雨？→ It 代表老天 / 天氣

- -

It is very nice of you to do that. → You are very nice to do that.

→ It 代表你所做的

至於 it 之外，還有哪些可能用到的虛主詞，請繼續看本章進階篇裡更完整的說明（p. 60）。

何謂受詞？什麼時候加受詞？

典型的主詞是有意志、可活動的「人」。那麼典型的受詞呢？典型的受詞是明顯「受到影響改變的」一方，可能因動作而出現或消滅、外在狀態改變、或者受到強烈程度的衝擊。有些動作必然影響他人，如 I hit him.，我打擊的動作是直接觸碰到他的身體，他應該會覺得痛，甚至會受傷，就算兩者都沒有，他起碼是「承受」到施加在他身上的動作。典型的受詞通常就出現在典型的及物動詞之後，表示動作必然「及於」另一物且造成改變：

I wrote **a book** 受詞 .（從無到有）

I destroyed **the car** 受詞 .（從有到無）

I hit **him** 受詞 black and blue.（打得鼻青臉腫）

既然受詞的出現表示動作「及於另一物」，所有及物事件都要有受詞，只是受詞「受影響」的方式、程度、輕重不一，比如：

53

第一章 「誰」對「誰」？誰是「主」導者？誰是「受」害者？

I scolded **him**.（內在影響）

I saw **him**.（視線所及）

I missed **him**.（有沒有耳朵熱？）

嚴格說來，這些「無接觸」的及物事件對受詞的影響程度似乎不太明顯，不像 hit、beat、smash 那樣直接、強烈。scold「罵」可以左耳進右耳出，不痛不癢；see「看見」和 miss「想念」，都不會造成實質的改變，但這些事件都被當作「及物」的關係來看待，因為在認知中，這些動作也都有一個對象，也都有形或無形地涉及另一物，加上了受詞，事件的語意才完整。

❓ 受詞長什麼樣？

受詞既是「受力」的一方，大多為名詞性的物體，語意上可能是人、物、事、地、時；語法形式上必須有明確的名詞標記。英語的代名詞有主 / 受格之分，受詞以受格出現時，凸顯受力者的角色：

> **受詞代名詞** He hit **him / her / me / you / us / them**.

當受詞為一般名詞時，必定展現名詞專有的常態標記：

◆帶有單複數標記：

He rode **a horse**.（你不知的某一匹）

He rode **the horse**.（明確可知的哪一匹）

He rode **horses.**（好幾匹）

◆帶有度量標記：

He drank **a cup of coffee**.

He ate **a bowl of rice**.

◆泛指類型：

He drank **coffee**.

He practiced the **piano**.

除了大多數名詞性的受詞以外，也有動詞性的受詞，例如：練習「彈鋼琴」，喜歡「打籃球」：這些受詞都表動作，語意上是個活動（activity），但語法標記上則要轉為名詞形式，必須用動名詞 playing basketball，代表名詞性的活動（nominal activity）：

名詞性受詞) I like basketball.（我喜歡籃球。）
動作性受詞) I like playing basketball.（我喜歡打籃球。）

- -

名詞性受詞) I enjoy coffee.（我愛好咖啡。）
動作性受詞) I enjoy drinking coffee.（我愛好喝咖啡。）

此外，受詞也可能是一個名詞子句，將受詞擴展為「子句形式」：

名詞子句作受詞：

I would like to know [**what you think about this book**].

He never listened to [**what I said**].

I don't care [**who you are, where you are from, or what you do**].

這裡的受詞子句，以疑問名詞（WH-word）為首，來引介相關事件，其結構類似以一般名詞為首的名詞子句，如下：

I would like to know [**the way** you think about the book].

He always listened to [**the words** you said].

I care about [**the kind of person** you are, **the place** you are from, or **the things** you do].

55

第一章　「誰」對「誰」？誰是「主」導者？誰是「受」害者？

III. 標記特點

◆「主詞」、「動詞」、「受詞」不可缺

以上說明讓我們瞭解主詞、受詞的標記方式，但是兩者一定都要出現嗎？中文說習慣了，我們會不自覺的省略情境中已知的主詞、受詞：

> A：你看了球賽嗎？
>
> B：[主詞] 看了 [受詞]！

但是英文的特性是：無論問答，「誰對誰」都得說清楚！每個句子裡的「主詞、受詞」都得明確標記（overtly marked），缺一不可。相對於中文可標、可不標的隨性，英文在標記上很嚴謹。

> A：Have you watched the game?
>
> B：Yes, I've watched it.

主詞受詞不可少，動詞當然更不能省略。因此，英語的第一大標記原則就是：

「主」「動」「賓」不可少，都得清楚明白地標記出來！

◆主詞、受詞要向「名詞」對齊

「誰對誰」的第二個標記特點是：主詞和受詞都得標記為「名詞」。這個原則看似簡單，但含意深遠。主詞和受詞既代表事件的「參與者」，本質上都等同於名詞，形式上都要與名詞對齊：

一般名詞

The book describes an exciting discovery.
主詞　　　　　　　　　　受詞

動名詞

Saving money equals to making money.
　　主詞　　　　　　　　受詞

名詞子句

What the book describes is an important discovery.
　　　　　　　主詞

It is important to understand what the book describes.
　　　　　　　　　　　　　　　　受詞

「與名詞對齊」的原則也可適用於 Be 動詞。Be 動詞表關係連接，後面可接形容詞或名詞，當前後所帶的兩個成分被此呼應時，也要向名詞對齊：

動名詞、名詞子句都有

Watching baseball games is what he would do every day.
　　　　主詞　　　　　　　　　　　補語

What he would do every day is watching football games.
　　　　主詞　　　　　　　　　　　補語

◆克服中文的干擾

主詞受詞在形式上都要保有名詞的標記。這個原則常會受到中文的干擾，因為中文裡名詞和動詞沒有「詞形」變化，例如：「安裝」一詞既是名詞也是動詞；

安裝「安裝手冊」→ V + N → install the installation guide

受到中文「動詞名詞不分」的干擾，一不小心就會出現「中式英文」：

我喜歡打籃球。

不可說：

I like play basketball.（×）　→ play 必須轉為名詞

- -

可以說：

I like basketball.　→ 我喜歡籃球（只用名詞）

I like playing basketball.　→ 我喜歡打籃球（轉為動名詞 V-ing）

I like to play basketball.　→ 我喜歡去打籃球（轉為不定詞 to-V）

57

第一章 「誰」對「誰」？誰是「主」導者？誰是「受」害者？

IV. 語法大哉問

? 英文的主詞、受詞為何一定要標記清楚？

本書一開始就提過標記原則是「語性」的表現，中文與英文的差別在於，中文是「情境」導向（discourse-oriented），情境本身也幫助標記；而英文是「語句」導向（sentence-oriented），句子裡的成分都要一一標記清楚。在中文裡，只要有清楚的上下文，主詞或受詞就不用一再地重複出現，可以直接省略。舉個常見的例子，學生在課堂上打瞌睡，老師可能把他叫起來，然後直接對著學生問：

師：＿＿＿ 幾點起床的？

生：八點多。

師：＿＿＿ 起來以後做了什麼？

生：＿＿＿ 吃早餐。

師：＿＿＿ 好吃嗎？

生：＿＿＿ 還不錯。

以上中文對話中，主詞都不見了，甚至主詞已經換了（早餐好吃嗎？）也還是可以省略，原因就在中文語法是以情境為主導，在主題清楚的前提下，主詞／受詞不說也知道。這就造成一般人學英文的盲點，常常忘了英文是以「句子」為本的標記系統，上下文幫不上忙，所有的訊息都得藉由句子層面一板一眼地標記清楚，所以每個句子的主詞、受詞一定要出現：

A：When did **you** get up?

B：Around eight.

A：What did **you** do then?

B：**I** had breakfast.

A：How was **it**?

B：**It's** good.

句子裡不只主詞要清楚，需要受詞的時候也不能隨意省略：

A：你喜歡英文嗎？

B：___ 喜歡 ___。

A：Do you like English?

B：Yes, **I** like **it**.

英文的標記特性是在句子層面「說清楚、講明白」：「誰」對「誰」「做」了什麼，一律都得明顯的「標記」出來。所以，學英文開宗明義第一講：**主、動、賓，不可少！**

59

第一章 「誰」對「誰」？誰是「主」導者？誰是「受」害者？

1-2 進階篇

英語在「主動賓、不可缺」的要求下，句子一定要標記主詞和受詞，但當主詞不明確、主詞太長或是搞不清誰該做主詞時，該怎麼辦？同樣的，受詞有沒有模糊的空間？可不可能省略不提？

什麼時候會用到「虛主詞」？

在基礎篇中已提到「虛主詞」的必要性。當主詞造成「頭重腳輕」或是搞不清誰該做主詞時（如描述天氣狀況），英文就以代名詞 it 作為主詞。把 it 放在主詞的位置上，滿足了語法標記上的要求，但其地位不同於典型的主詞，而是指代另一個語意較明確的名詞，這就是「虛位」的主詞（dummy subject）：

> **It** is raining.
> **It**'s beautiful.
> How beautiful **it** is!
> **It** is good to see you again!

除了 it 以外，語意較特殊的主詞還有表示空間存在的 there。要表達人物的存在，中文說「有一個人」，直接用「有」表明「存在」。但英文不能用動詞開頭，需要一個主詞，所以用表達空間方位的 there 作為主詞：

> **There is** a girl.
> **There are** two boys.

這是以空間詞 There + be 來表達存在狀態，there 雖然佔了主詞的位置，但語意上不如後面的「人物」重要，真正的主角是存在的人物，所以動詞的單複數要跟著後面的人物走。進一步想，用「空間詞」表達「存在」，其實很有道理，因為存在的基本定義就是「位於某處」：

A girl is there.　→ There's a girl.

Two boys are there.　→ There're two boys.

同理，若要強調的不是存在，而是人物的「出現」或「離開」，Be 動詞就要換成較具動感的「來去」動詞：

Here comes my food!　→ 上菜囉！

There goes my bus!　→ 走遠了！

受詞可以不出現嗎？
為什麼可以說 I don't know，但不能說 I don't like（×）？

動詞 know、eat、tell 明明是及物動詞，但為什麼常聽到不及物的用法？

Do you know?　→ I don't know.

Have you eaten?　→ I've eaten.

Can you tell?　→ I can tell.

這些的用法是例外嗎？有什麼道理？

語言的「懶人原則」

第零○章中已提到語法是為了溝通，若是溝通上有簡便的「捷徑」，當然能省則省，少說為宜，這個有趣的現象，我稱為「懶人原則」。人用語法來標記語意，而標記要靠口說或筆動，都很費力，「懶人原則」就是在不違背有效溝通的前提下，能省點力就省點力。對一些描述生活常規、出現頻繁的動詞，我們就傾向省力的講法。上面這些動詞後的受詞可以省略有兩個條件[5]：

(1) 動詞本身是常用的高頻詞（high-frequency word），know 的使用頻率極高，且語意恆定，久而久之，I don't know. 成了一種方便而固定的短語（fixed expression）。其他及物動詞像 like，則還沒有達到這種「境界」。

---

5. 觀念來自 Usage-based grammar 可參考：Bybee, Joan. 2006. From Usage to Grammar: the mind's response to repetition. Language 82.4: 711-733. Hopper, Paul. 1987. Emergent grammar. Berkeley Linguistics Society 13: 139-157.

61

第一章 「誰」對「誰」？誰是「主」導者？誰是「受」害者？

I don't know. → 固定短語

I don't like.（×） → 要說 I don't like it.（✓）

(2) 可以省略的受詞通常是最常用、最典型、不用多說也知道的「刻板型」受詞（stereotypical objcct）：

Have you eaten? → 一定是指吃三餐，而非嘴饞的零食

They went drinking. → 一定是喝酒，而不是喝優酪乳

Who cooks in your house? → 一定是指做飯，而不是做糕點

另外還有一類動詞也有及物、不及物兩種用法，sing、dance，後面可加、可不加受詞。這類動詞的語意本身包含一個「意象重複」的受詞（redundant object），sing = sing a song。當受詞出現時，也是重複表達了動詞本身的典型語意，例如：

I sang a song. → I sang.

I danced a waltz. → I danced.

I made a turn. → I turned.

I took a walk. → I walked.

這類動詞大多可以轉換為名詞使用，動作本身和動作的產物同形同意（to dance → a dance）。使用時，究竟該選擇哪一種形式？ "take a walk" 和 "walk" 兩種說法有何不同？

這還是要回到受詞的基本溝通功能來看，I walked. 就是單純地報告我動了動，不涉及他人他物，沒有受詞的產生。但是 I took a walk. 所表達的是 V-O 的及物概念，把 a walk 當作可及之「物」，多了一個「物化」的動作性名詞。既然已物化，後面就可以再對此「物」加以形容或說明：

I took a walk in the morning. It (=the walk) was about two hours. And it (=the walk) was truly pleasant and relaxing!

多了一個受詞，就多了一號人物，就多了一個可以談論的角色。

情緒哪裡來？情緒的主導者是誰？

對於情緒的表達，學生常有一個問題：明明是「我」對英文有興趣，為什麼要說成：

English interests me. I am interested in English.

以英文的邏輯來看，人是理性的動物，情緒上的變化並不是自己「主動選擇」的，而是受到外界刺激影響被挑起的。情緒的主導者其實是外界的刺激，而不是人本身。既然引發情緒的元兇是外界刺激，英文大多數情緒動詞就以「刺激物」為主語，由主控者的角度出發，人反而變成「受控」的一方。人產生情緒變化是被影響，被挑起，語意角色上成了「接受者」，只能作情緒動詞的受詞。這就是為什麼英語說：

It attracts me. → 不是我對他有意思，是他「勾引」我

It interests me. → 不是我對他有興趣，是他「激發」我

- -

我是無辜的，我會有情緒反應都是「被」激起的，所以要用被動：

I am attracted by her appearance.

I am interested in the book.

- -

「我很吃驚！」我無緣無故為什麼要吃驚？當然是外物造成的，我是被影響的：

I'm surprised! → It surprised me!

- -

「他的演出令人驚豔！」中文的「令」字表達出因果關係，他的演出是「肇因」，作為負責觸發情緒的主導者：

→ **His performance** amazed me.

- -

若單純以分詞形容詞來表達，要記住「他的演出」是驚豔的肇因，是主導者，就要配搭表「主動」的現在分詞：

→ His performance is amazing!

63

第一章 「誰」對「誰」？誰是「主」導者？誰是「受」害者？

倒過來說，若主詞換成「驚豔的人」，就是情緒被挑動的一方，必然要配搭表「被動」的
過去分詞：

> I was amazed.
>
> I was amazed at his performance.

所以，要溝通一件事，首先得確定誰是「主導」的一方？誰是「受影響」的一方？這就是
主詞和受詞在溝通上所代表的意涵。在語法層次上，兩者都要確實到位，標記清楚（overt
marking）。

語法現身說

Part I 請找出主要主詞（主要動詞已加底線）

❶ Mr. Martin <u>purchased</u> an imported car for $50,000 last month.

❷ Using solar energy <u>produces</u> no air or water pollution and no greenhouse gases.

❸ The staff of this company <u>is</u> on duty from 10 a.m. to 6:00 p.m.

❹ Three fifths of the book Julia bought yesterday <u>is</u> written about the decline of Japanese economy.

❺ With people dining out more often than before, being overweight <u>has</u> become an important issue of concern.

❻ There <u>were</u> so many children in Hong Kong needing help at that time.

Part II 請找出主要子句中的受詞

❶ The company allows employees to use sick leave to care for their families.

❷ Mr. Nakazato kept the engine moving for a few minutes in order to warm it up.

❸ A few members raised an objection to the plan because they thought it was risky.

❹ Mr. Dylan regards Alex as a man of action.

❺ William's boss refused to apologize to him.

Part III 克漏字

> (a) yourself　(b) anyone　(c) all　(d) someone　(e) readings

Tea Party at Sara's House

Saturday afternoon at 1 p.m.

Come one, come all to the annual super fancy tea party for all of Sara's acquaintances.

 (1) who knows me or knows (2) who knows me is welcome.

 (3) you have to bring is (4) , a tea cup, and if possible a sweet treat that goes

---

65

第一章 「誰」對「誰」？誰是「主」導者？誰是「受」害者？

well with black tea.

I also plan to have non-caffeinated tea for those who get the jitters.

Also, for those who have the courage, recital __(5)__ from my copy of Lewis Carroll's *Alice in Wonderland* would be greatly appreciated.

R.S.V.P. not required. Just come!

 Part IV 中、英比一比：基本句式

你能看出中、英文的不同嗎？

根據本章所講的道理，請就以下中、英文的對譯，分析英文在標記上與中文不同的特點。

A spider can produce several kinds of thread. She uses a dry, tough thread for foundation lines, and she uses a sticky thread for snare lines—the ones that catch and hold insects.

Charlotte's Web by E.B. White

中文翻譯

一隻蜘蛛可以吐出很多種絲。用乾燥堅韌的絲來做基礎線，陷阱專用的絲是黏稠的—用來抓昆蟲。

《夏綠蒂的網》懷特／著（聯經出版）

Part V 主詞大搜索

以下這段文字取自 J.R.R. Tolkien 所著的 **The Lord of the Rings:** *The Fellowship of the Ring*，以及中譯本《魔戒首部曲：魔戒現身》，有關甘道夫對佛羅多解釋魔戒的歷史，以及警告他咕嚕可能會從中作梗的計謀。

請回想這一章講解的英文主詞、動詞、受詞的概念，找出所有的主詞、受詞；第一行和第二行的 **it** 所代替的是什麼？請對照中、英文，中文是否省略掉了一些英文必須出現的主詞或受詞？

'Of course, he (Bilbo) possessed the ring for many years, and used it, so **it** might take a while for the influence to wear off—before **it** was safe for him to see it again, for instance. Otherwise, he might live on for years, quite happily: just stop as he was when he parted with it... I was not troubled about dear Bilbo any more, once he had let the thing go. It is for you that I feel responsible.'

...

'Though I am not sure that I understand you. But how have you learned all this about the Ring, and about Gollum?' (註：Though 和 But 各自成句，這是較古式的用法，though 和 but 都被當成句首副詞用。)

'I expected to find it. I have come back from dark journeys and long search to make that final test. It is the last proof, and all is now only too clear. Making out Gollum's part, and fitting it into the gap in the history, required some thought... What I have told you is what Gollum was willing to tell—though not, of course, in the way I have reported it.

The Lord of the Rings: The Fellowship of the Ring, by J.R.R. Tolkien

中文翻譯

「的確，他（比爾博）持有魔戒很多年，也曾經使用過；後遺症可能要很長一段時間才會消逝。舉例來說，最好先不要讓他再見到這枚戒指。如此應該可以快快樂樂活上很多年，不再像當初割捨魔戒時的樣子。……他放手後，我不必再擔心了，但必須對你負起責任。」

……

「我不確定是否明白你所說的。但你又是怎麼知道有關魔戒和咕嚕的過去？」

「在我預料之中。我經歷了漫長黑暗的旅程，就是為了要執行這最後的試煉。這是最後的鐵證，現在一切都真相大白了。不過，要構思咕嚕的過去，填補進歷史的空白，需要一些氣力。……剛剛告訴你的是咕嚕願意說的部分，不過當然不像我描述的那麼有條理。」

《魔戒首部曲：魔戒現身》 (聯經出版)

主詞大搜索

請找出以下各類型的主詞。

1. 虛主詞：

2. 動名詞作主詞：

3. 名詞子句作主詞：

67

第一章 「誰」對「誰」？誰是「主」導者？誰是「受」害者？

解答

Part I 請找出主要主詞（主要動詞已加底線）

❶ 答案：Mr. Martin

　道理：動詞 purchased 的主導者就是主詞 Mr. Martin。

❷ 答案：Using solar energy

　道理：動詞 produces 前的 Using solar energy 就是主詞，代表一種活動。主詞必須是名詞性的，所以將動詞 use 改為動名詞 Using，這種行為會產生較少的空氣或水汙染及溫室氣體。

❸ 答案：The staff of this company

　道理：The staff 指的是公司全體人員，是一個群體，一個集合，可以接單數 is。這句話是說明「該公司人員上班時間是上午十點到下午六點」。

❹ 答案：Three fifths of the book

　道理：最容易找到主詞的方式是找動詞前的名詞，但這句的主詞後有關係子句 [Julia bought yesterday] 修飾 the book，因此可能較不易辨別；特別注意此句的主詞是單數的概念，雖然 Three fifths 有加 s，但它只代表單數 book 的一部份，一本書的五分之三，還不到「一本書」，所以動詞仍用 is。

　若是 Three fifths of the books → 則必然用 are，因為多數 books 的五分之三仍是多數，即使是多數的五分之一也仍是多數：

　→ One fifth of the books are written in English.

❺ 答案：being overweight

　道理：being overweight 是 has 的主詞，表示「過重」的現象，Be 動詞作主詞必然要轉為 being，表示這個現象已成為大家關心的重要議題了。

❻ 答案：There

　道理：There 是形式上的主詞，與 were 配搭，表示「存在」，語意上的重點是存在者 so many children，其後接主動分詞 needing help。

Part II 請找出主要子句中的受詞

❶ **答案**：employees

道理：employees 是動詞 allow 的接受者，是主要子句的受詞，同時也是 to use 的主詞，兼有雙重身份。

❷ **答案**：the engine

道理：the engine（引擎）是 kept 的受詞，被 Mr. Nakazato 保持在發動狀態，因此後面接 moving。

❸ **答案**：an objection

道理：an objection（異議）是 raised 的受詞，是成員針對計畫所提出的反對意見，所以接 to the plan。

❹ **答案**：Alex

道理：Alex 是 regards 的受詞，被 Mr. Dylan 視為有行動力的人→ as a man of action.

❺ **答案**：這句話沒有受詞，但有不定詞補語 to apologize

道理：to apologize 是一種「行為」補語，refuse 後面所接的 to V 都是代表拒絕「要做的事情」。

Part III 克漏字

答案：b, d, c, a, e

道理：

1. 第一及第二題： (1) who knows me or knows (2) who knows me is welcome.

空格（1）後有關係子句 "who knows me or..." 且是 is welcome 的主詞，所以必定是「人」，是邀請的對象，以「不限指涉範圍」的 anyone 最適合
→ Anyone is welcome，代表「任何一位」認識我的人

空格（2）則是 knows 的受詞，又是關係子句 "who knows me" 的「頭」，只有 someone 最合適 → someone [who knows me] 某位認識我的人。把 someone 放進整句中，就是 Anyone [who knows someone [who knows me]]，→ 任何一位認識 [某位認識我的人] 的人

69

第一章 「誰」對「誰」？誰是「主」導者？誰是「受」害者？

2. 第三及第四題：　(3)　you have to bring is　(4)　, a tea cup,...

空格（3）是 bring 的受詞，較可能是「東西」，只有 all 符合：

all you have to bring → 表示「所有」你需要帶的

空格（4）是指要攜帶的東西，但只剩下 yourself「你自己」可以考慮，根據文意得知這是邀請人幽默的講法 →只要帶 yourself「你自己」。

3. 第五題：..., recital　(5)　from my copy of Lewis Carroll's *Alice in Wonderland* would be greatly appreciated.

空格（5）前面已有名詞 recital，後面是 from my copy of...，又是 would be appreciated 的主詞，可知空格中必然是與 recital 和書有關的名詞，因此是 readings。

Part IV　中、英比一比：基本句式

英文：主詞為大，主動賓不可少

無論主從，每個子句都有清楚的主詞、動詞、受詞

主詞 S	動詞 V	受詞 O
A spider	can produce	several kinds of threads
she	uses	a dry, tough thread for foundation lines
she	uses	a sticky thread for snare lines

中文：主題為大，主題為先

〔蜘蛛〕是整段主題，後面小句圍繞主題鋪陳，因主題十分明確而可以省略。

句式是一個主題（Topic），加多個表述（Comment）

Topic
蜘蛛

Comment 1	Comment 2	Comment 3
可以吐很多種絲	用乾燥堅韌的絲作基礎線	陷阱專用的絲是黏稠的

Part V 主詞大搜索

※ 英文的主詞以畫底線表示；省略的中文以灰色底表示

'Of course, <u>he</u> (Bilbo) possessed the ring for many years, and used it, so **it** might take a while for the influence to wear off—before **it** was safe for him to see it again, for instance. Otherwise, <u>he</u> might live on for years, quite happily: just stop as he was when <u>he</u> parted with it.... <u>I</u> was not troubled about dear Bilbo any more, once he had let the thing go. <u>It</u> is for you that <u>I</u> feel responsible.'

…

'Though <u>I</u> am not sure that I understand you. But how have <u>you</u> learned all this about the Ring, and about Gollum?' (註：Though 和 But 各自成句，這是較古式的用法，though 和 but 都被當成句首副詞用。)

'<u>I</u> expected to find it. <u>I</u> have come back from dark journeys and long search to make that final test. <u>It</u> is the last proof, and <u>all</u> is now only too clear. <u>Making out Gollum's part, and fitting it into the gap in the history,</u> required some thought…<u>What I have told you</u> is what Gollum was willing to tell—though not, of course, in the way I have reported it.

中文翻譯

「的確，他（比爾博）持有魔戒很多年，也曾經使用過 [戒指]；後遺症可能要很長一段時間才會消逝。舉例來說，最好先不要讓他再見到這枚戒指。如此 [他] 應該可以快快樂樂活上很多年，[他] 不再像 [他] 當初割捨魔戒時的樣子。⋯⋯他放手 [戒指] 後，我不必再 [替他] 擔心了，但 [我] 必須對你負起責任。」

⋯⋯

「我不確定 [我] 是否明白你所說的。但你又是怎麼知道有關魔戒和咕嚕的過去？」

「[它] 在我預料之中。我經歷了漫長黑暗的旅程，就是為了要執行這最後的試煉。這是最後的鐵證，現在一切都真相大白了。不過，要構思咕嚕的過去，[將它] 填補進歷史的空白，需要一些氣力。⋯⋯剛剛 [我] 告訴你的是咕嚕願意說的部分，不過 [它] 當然不像我描述的那麼有條理。」

71

第一章 「誰」對「誰」？誰是「主」導者？誰是「受」害者？

主詞大搜索：

1. 虛主詞：

   It might take a while for the influence to wear off... （it 指 for the influence to wear off）

   It was safe for him to see it again （it 指 to see it again）

2. 動名詞作主詞：

   [Making out Gollum's part and fitting it into the gap in the history] 主詞 required 動詞 [some thought] 受詞

3. 名詞子句作主詞：

   [What I have told you] 主詞 is [what Gollum was willing to tell] 受詞 .

   （受詞也是由名詞子句構成）

Chapter
02

發生了什麼事？

語言為何有動詞？

動詞到底表達了什麼？

動詞後面為何要加不同的形式？

What
happened?

2-1 基礎篇

Ⅰ. 溝通需要

貓和狗都在「動」，這個動作倒底該怎麼描述？

The cat is dancing with the dog.

回到最初的場景，想要表達「貓追狗」這個不太尋常的事件，小明需要溝通清楚的第二點就是：到底發生了什麼「事」？他得先決定貓狗到底在「做」什麼？是在「玩」還是「鬧」？是在「跑」還是「跳」？是在「追」還是「趕」？這就是動詞的功能，用來表達所認定的動作或狀態。

動詞是語言的核心，因為人一直在「動」，世界一直在「變」，動詞所表達的就是人所從事的各種「活動」，及周圍發生的各種「變化」。「貓追狗」這句話中，貓狗本是兩個不相干的個體，但共同參與了「追」這個事件，成為「追」的參與者（participants）。每個動作都牽涉到「必要的參與者」：「追」的事件一定有「追人的」和「被追的」；「打」的事件一定有「打人的」和「被打的」。但「跑、跳」這類事件則只需要一個參與者就夠了：誰跑？誰跳？可見動詞有不同的類型。

II. 標 記 方 式

「動詞」標記動作，不同的動作自然要選擇不同的動詞來表達：

The cat kicked the dog.

The cat hit the dog.

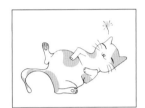

The cat ran, jumped, and slept.

動詞所表達的動作有不同的「事件類型」，「追、趕」和「跑、跳」就是不同的兩類，一是及物、一是不及物。不同的事件類型要求不同的參與角色，角色都標記齊備了，才能完整表達事件的語意。若我說 I hit...，你一定想問 hit whom? 因為 hit 是一個及物的事件類型，一定要有「受詞」，語意才充足完整。

❓ 何謂「及物」與「不及物」動詞？如何區分？

「及物」與「不及物」是兩種基本的事件類型。不管是動態或靜態事件，都有兩種可能：一種是單純僅涉及自身的動作，如：我「跑」、我「跳」、我「發呆」， 另一種是必然涉及兩個人的動作，如：「我打他」、「我踢他」、「我想念他」。

所以，及物（transitive）的意思就是「及於另一物」；不及物（intransitive）的意思就是「不及於另一物」。在「chase」的事件中，「追」的動作一旦出現，就要有追人的和被追的，主詞之外，動詞後面一定還要加上受詞（The cat chased the dog.）。這類及物事件必然

涉及另一物，需要一個受詞來扮演動作的「承受者」。相反地，不及物動詞不會牽涉其他人物，因此不需要搭配受詞，這兩類事件的語意和形式彼此呼應：

及物類型：I chased, hit, and kicked him.　→ 動作及於另一物　→ V + 受詞

不及物類型：I walked, ran and jumped.　→ 動作不及於另一物　→ V

III. 標 記 特 點

◆ 動詞語意決定用法

動詞是句子的核心，用來標記「發生了什麼事」。句子裡該出現哪些成分都取決於動詞的詞意。不同的事件類型有不同的語意要求，自然就有不同的形式表現。

 翻轉一：了解動詞語意類型，自然就知道動詞後面該加什麼

◆ 動詞類型決定動詞用法：

動詞雖然各式各樣，但按照所表達的事件種類，可劃分為幾大類。每一類都代表一種獨特的語意類型，配搭獨特的形式要求。上述最基本的及物和不及物的語意區別（transitive vs. intransitive），造成兩者的形式區別，這就是功能和形式間互為表裡的搭配關係。

學習動詞的根本之道要以「事件類型」為單位，瞭解各類型所要表達的語意成分，就能瞭解語法形式上必然的要求。過去我們學習動詞用法，常以單一動詞為基準，然後死背動詞的用法，卻忽略了從語意瞭解用法的「王道」。以 want 為例，這個動詞後面有三種用法，就表示有三種語意：

I want it.　→　want + N

I want to go.　→　want + to V

I want him to go.　→　want + N + to V

這三個用法分屬三種不同的語意類型，牽涉三種不同的事件結構，要求三種不同的參與角色：

❶ 第一種是「及物類事件」，單單表示動作及於另一物

語意成分有：主動者 ＋及於之物

→ I want / like / take / have it.

❷ 第二種是「想望類事件」，表示投射於未來的計畫 / 想望 / 目標

語意成分有：想望者＋想望做的事 to-V

→ I want / plan / intend / hope to quit.

❸ 第三種是「支配類事件」：表示意圖操控他人去做某事

語意成分有：支配者＋受支配的人＋要做的事 to-V

→ I want / ordered / asked / forced <u>him</u> to quit.

以上說明 want 後面要加什麼形式，取決於 want 要表達什麼語意。want 可表達「及物」、「想望」、「支配」三種語意，因此有三種用法。這三種用法，來自於三種不同的事件結構，代表三種獨特的語意類型，因此各有其獨特的「形式成分」。

如此說來，動詞形式是語意的結果。為了完整描述「想望」的語意，就要交代清楚「誰想望做什麼」，動詞後就要加上不定詞 to-V，補充說明「未來想做的事」。為了完整描述「支配」的語意，就要交代清楚誰支配「誰」「做」什麼，動詞後面就要加上受詞和不定詞 to-V。

從語意類型著手來學動詞，所關心的是：動詞要表達的語意屬於什麼類型？釐清語意類型，才能徹底瞭解不同用法背後不同的溝通目的，從而釐清形式所代表的事件意義。

翻轉二：動詞後加原形 Base V、不定詞 to-V、動名詞 V-ing、
或名詞子句 that-CL，各有不同含意

◆ 不同形式的溝通意涵

前段 want 的例子已說明動詞的用法是語意的結果，不同的形式的補語自有不同的含意。
根據形式和語意相互配搭、互為表裡的標記原則，我們來看看原形動詞 base V, 不定詞
to-V、動名詞 V-ing，和 that 子句這四種標記形式到底表達了什麼含意？

❶ 原形動詞（base V）：所謂「原形」就是不帶任何時態標記的「裸體」形式。動詞沒有
時態標記，就不能執行動詞最基本的任務 ─ 表達發生在特定時空下的獨立事件。就像一個
人被剝光了衣服，失去了自主性，這樣的動詞也失去「單獨陳述事件」的自主性。沒有自
己的時態，原形動詞只能依附於帶有時態標記的主要動詞之後，在時空上完全相依相隨。
英文的使役動詞後要加原形，就是這個道理，表示「完全操控、使命必達」：

> I made him **quit**. → 我迫使，他就辭職
> I had him **cut** his hair. → 我迫使，他就去剪頭髮

這裡的 made 和 had 都是所謂「使役動詞」，顧名思義，「使役」就是「完全且成功的操
控」。其後必須帶原形動詞（base V），表示「立即果效」：只要 made 這個動作發生，
quit 就必然發生；只要 had 成立，cut 就成立。「原形」特有的含意在此表露無遺：沒有自
主性，在時空上無法獨立，和主要動詞緊緊相連，不可分割。以「原形」來表達「完全操
控」，是形式和語意間完美的搭配。

❷ 不定詞 to-V：to 的基本語意是空間位移的方向，go to / move to 表移動的「方向目標」。
從空間轉換到時間，移動方向就成為「未來目標」。若事件語意牽涉到「未來要做的事」，
就必須用 to-V 來標記：

> He plans **to read the book**. → 他計畫要做的事（未來目標）
> He decided **to study English**. → 他決定要做的事（未來目標）
> He would like **to master English**. → 他想望要達成的事（未來目標）
> He urged me **to leave right away**. → 他催促我要採取的行動（未來目標）

不定詞的「形式」所傳達的永遠都是不定詞的「語意」，藉由 to 的方向性，表達「要做的事」：to V 就是 to do something，永遠表示投射於下一個時間點的目標、心願。

❸ **動名詞 V-ing**：動詞加 ing，在時態上表示「進行」，進行的事件必然「存在」。因此 V-ing 的形式同時表達「存在」和「進行」兩種語意。動名詞就是將動作「名詞化」，成為動詞性的名詞，以便強調動作的進行和存在。但為什麼動詞要變成名詞呢？原因在於：動詞和名詞有本質的差異，動詞倏乎即變，名詞恆常存在，動詞加了 -ing 以後，才有了名詞性，具有時空上持久存在的特性，才能代替名詞使用。所以，當事件語意要求名詞補語時，動詞就要轉為動名詞（名物化的一種）：

Enjoy + N → Enjoy + V-ing

I enjoy the book. → I enjoy **reading** the book.

I enjoy the spa. → I enjoy **taking** the spa.

I enjoy this cup of coffee. → I enjoy **drinking** this cup of coffee.

「欣羨類」動詞的對象必須是名詞性的，藉由 V-ing 的形式可以將動詞轉變成「活動名詞」（event nominal），作 enjoy 的補語：

I enjoy playing the violin. → 享受「拉」小提琴

同樣的語意要求也適用於動作的開始、結束、或完成，當這些動詞的對象牽涉「動作」時，必須用動名詞 V-ing，因為開始了的動作自然在進行中，結束的事件則必然要先存在，完成的工作必然曾經進行，因此形式上都要用 V-ing：

She started the song. → She started **singing the song**.

He stopped the class. → He stopped **teaching the class**.

She finished the class. → She finished **teaching the class**. → completed the job!

請注意：finish 不是結束，而是完成工作

　　　　　I've finished the book. → I've read or written the book.

◆ 動名詞與進行式有無關連？

動名詞與進行式的形式相同，都是 V-ing，表達的語意也相通，都是把動作看成 ongoing 的狀態，持續進行的動作，就像名詞般持續存在。我們熟悉的兩個動詞 spend 和 practice 後面也要用 V-ing，就是因為花時間「做」的事當然是在「進行」中：

> I spent two hours **playing** the piano.
> → 「彈琴」的動作必然進行了一段時間
>
> --
>
> I practiced the piano for two hours.
> → I practiced **playing** the piano for two hours. 彈琴練習必然進行了一段時間

總之，動名詞將動詞加上 -ing，賦予類似名詞的功能，V-ing 的形式同時標記了動作的持續性和名詞的存在性。

❹ 名詞子句 that-CL：基本上，that 所帶的子句是一個附屬子句，表達時空明確、語意完整的一個獨立事件：

> The good news is [**that** technology can solve the problem.]
> I believe [**that** technology can solve the problem.]

一般用 that- 子句補充說明動詞所需的內容。「說、想」事件的語意上必須交代清楚「說了什麼、想了什麼」，因此動詞後面須加上一個名詞子句。這個子句是獨立於主要子句之外的事件，內容可以天馬行空，包含不同的時態及參與者：

> → I think / guess / remember [that Jeremy Lin came to town yesterday.] 子句
> → He said / explained / claimed [that Jeremy Lin came to town yesterday.] 子句
> → I will tell my brother [that Jeremy Lin came to town yesterday.] 子句

上例中，思考溝通動詞後都帶一個 that- 子句，以補足思考溝通的內容。子句本身是個獨立事件，其中的人、事、時、地可以和主要子句不同，也可以向主要時態對齊。主、從兩個

子句的事件雖是各自獨立的，但語意上仍要考量彼此的搭配，時態上有互動性：

I <u>found</u> that he was a crook.　→ 感知上的共時發現　→ 時間一致
I <u>found out</u> that he is crook.　→ 認知上的後設理解 = realized → 時間獨立

 動詞後加子句時，補語標記 **that** 到底要不要出現？

這個問題要從標記與功能搭配的角度來考量：當 that 出現時，是清楚地將主要子句與附屬子句分開，給附屬成分加上一個明確的標示；若不出現，則少了一層標示。但溝通時，只要不會造成理解的困擾，that 是可以省略的。省略與兩個因素有關：首先是主要動詞的使用頻率，頻率高、較常用的動詞，如 think / guess / say，後面的 that 比較常省略。另外要看說話者的選擇及文體的考量，一般而言，較口語、較不正式的文體中，較常省略 that：

I think you'd better re-consider your decision.　→ think 較口語、常用
I propose **that** you re-consider your decision.　→ propose 較正式、不常用

由以上說明可知，動詞後該接哪一種形式，完全要看動詞所表達的語意類型而定。語意決定語法，事件的「語意類型」才是決定動詞用法的重要依據。

 翻轉三：「動態動詞」表活動 vs.「靜態動詞」表狀態

基本上，動詞的語意範圍不脫可觀察的「活動」（activity / action）或可感知的「狀態」（situation / state）。「活動」是動態的、隨時間推移而有改變；「狀態」是靜態的、無明顯的進程、較持久不變。動態動詞又可分外在的體力活動（如 run）或內在的心力活動（如 think）；靜態動詞則有感知（如 know）或情緒狀態（如 happy）：

◆ **動態動詞 - 活動：**

體力活動：追 chase、趕 catch、跑 run、跳 jump……
心力活動：想念 miss、考慮 consider、擔心 worry……

◆ 靜態動詞 - 狀態：

感知狀態：知道 know、了解 understand、擁有 have、忘記 forget……
情緒狀態：喜歡 like、嫉妒 envy、生氣 angry、高興 glad、傷心 sad……

動態和靜態最大的差別就在：動態動詞牽涉到力的運用，可隨時間不斷變動、不斷前進，所以可以搭配表示 ongoing 的「進行式」。靜態動詞則是較持久、較抽象的心理或認知狀態，不涉及體力心力的運作、不會隨時間改變，就不能用在進行式：

◆ 動態可進行：

Jeremy Lin was playing in the stadium.

He was passing and shooting the ball.

The fans were cheering for him.

◆ 靜態無進行：

The fans were crazy about Jeremy Lin.

They all love and respect him.

◆ 動態與靜態的對比：

The fans were shouting: Jeremy, we love you!

至於麥當勞的廣告為什麼說：I'm loving it! 把靜態的 love 加上 ing，變成進行式。這樣的廣告詞正是巧妙運用了動態與靜態動詞的差異，把靜態的 love 轉變為動態的語意，使你心動就有行動，馬上「動」起來。（第五章中有更詳盡的解釋。）

IV. 語法大哉問

? 動詞 continue 後面可以接 **to-V**，也可以接 **V-ing**，到底該用哪一個？

我們背過 continue 的用法，後面可以加不定詞 to V，也可加動名詞 V-ing，例句如下：

> He continued to play basketball. 他先前打過了籃球，後再繼續
>
> He continued playing basketball. 他繼續不停地打籃球

兩句話倒底有何不同？該如何選擇？

形式的選擇由「語意」決定，不需要強記，因為它們都是有理可循的。前面已說明不定詞和動名詞這兩種標記形式各有不同的語意內涵，因此回到形式和功能的配搭關係來看，不定詞 to V 表達行動的目的、未來的目標（future goal），時間上和前一個動作可能有區隔；動名詞 V-ing 則強調動作已發生且持續的進行（on-going），因此二者在時間的延續上有別[6]：

> He continued to play. → 可能中斷了一段時間，再繼續
>
> He continued playing. → 可能沒有間斷，一直繼續下去

下面的例子加上了時間，就更清楚了：

> He continued to play basketball after lunch. → 中飯後繼續打
>
> He continued playing basketball for the whole afternoon. → 整個下午不間斷

除了 continue 以外，表示開始 start 和結束 stop 的動詞，也可能有不定詞和動名詞兩種用法，表達兩種語意。

開始要做的事做了沒？

> He started to read the book. → 開始要去讀（強調目的）
>
> He started reading the book. → 開始讀起來（強調進行）

---

6. 參考 Givon, T. 1993. *English Grammar: a function-based introduction*. Vol. 1. Ch.4, PP. 158-160

停下來的動作是什麼？

> He stopped to read the book. → 停下先前做的事，為了要讀這本書
>
> He stopped reading the book. → 停下讀書的動作

另一個相關的問題是：有些英文動詞只能接不定詞，有些只能接動名詞，原因何在？用 persuade / dissuade 兩個語意相反的動詞做例子。

使用 persuade 或 urge 這類動詞時，是要勸說、督促某人「去」做某事，等於是要把他從「靜」的狀態推向「動」的狀態，屬於「支配類」事件，但希望的事情還沒發生，所以必須用 to V 來表達「期望達成」的目標：

> I **persuade / urge** him to apply for that job.

然而 dissuade 和 prevent 則恰好相反。「勸阻」的目的是要讓人停止已在進行的動作，從目前「動」的狀態回歸到「靜」的狀態，類似「終止類」事件。既然是要終止「目前正在做的事」，就要用表示進行的 V-ing，才符合事件語意的需求：

> They **dissuade / prevent** him from running for the presidency.

總結而言，英文動詞所標記的不僅是個別動作的認定，同時也表達一種「事件類型」，後面要接什麼形式的補語，端看事件類型的語意要求。因此，動詞要學通，應該跳脫死背單一動詞用法的老方法，轉用新的視野，從「事件類型」出發，來瞭解什麼樣的語意類型，必然有什麼樣的語法形式要求，才能收事半功倍之效。以下進階篇中，將對英文動詞的主要語意類型作一介紹。

2-2 進階篇

學英文動詞時,學生常常要背動詞後面接什麼?其實,動詞所表達的不外乎我們所熟悉的「事件」,事件有不同的類型,為了使語意完整,各有其必要的語意成分。瞭解事件所需的語意成分,就能推知動詞後究竟要加上什麼。與其死背個別動詞的用法,不如花點功夫了解動詞所表達的究竟屬於哪一種事件類型,自然可以推斷其語意上相關的要求。

動詞那麼多,到底該用哪一個動詞?怎麼用?

動詞代表對事件動作的解讀與認定。語言中有各式各樣的動詞,代表對事件所做的細類區分。究竟是何動作,該用那個動詞?就要看對「發生什麼事」的解讀與認定。不同的解讀,就會選用不同的動詞,而有不同的標記形式。「貓追著狗跑」的動作,可以有兩種解讀方式:一是「追趕」,一是「跟著跑」。這兩個概念並不一樣,藉由兩個不同的動詞來表達:

The cat is chasing the dog.　→ 追趕
The cat is running after the dog.　→ 跟著跑

第一種形式直接用及物動詞 chase,後面加涉及的對象(受詞);第二種形式 run after,則是不及物的概念,以介系詞 after 帶出涉及的對象,雖然後面同樣要接名詞,但兩者所表達的解讀「觀點」不一樣:chase 表示貓狗間有主控/受控的及物關係,狗被「追著跑」,像是「被欺壓」的受害者;用 run after 則沒有強烈的「及物」意味,貓、狗間只是一前一後,跟著跑的關係。

究竟該用哪一個動詞,是語言學習的一大課題,人是活的,語言使用當然也是活的。但歸根究底,最重要的是充分理解動詞所表達的語意,由語意出發去搭配語法要求,才能有效掌握動詞的精髓。

什麼是「補語」？

「補語」就是「補充說明」，用法及功能很廣泛。本章基礎篇中特別強調動詞類型就是語意類型，事件的語意是否完整，端看事件所需具備的語意成分是否標記清楚。也就是說，動詞後面常需加上「補充說明」事件語意的成分，即所謂的「補語」。廣義的補語標記有四種類型：

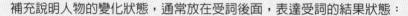

◆ 形容詞補語：

補充說明人物的變化狀態，通常放在受詞後面，表達受詞的結果狀態：

She may grow <u>taller</u>.

It made him <u>happy</u>.

They found him <u>different</u>.

I kicked him <u>black and blue</u>.

要注意：形容詞補語以「形容詞」表達一種屬性變化，用來描述受詞所經歷的狀態改變。這種狀態通常是可變的、暫時的，而非恆常不變的：

I found him <u>interested in Chinese</u>.　→ 他對中文有興趣（新發現）

I found him <u>Chinese</u>.(?)　→ 他一直是中國人，不需要發現（不會變）

Chinese 是不會改變的血統，不能直接作 found 的受詞補語，除非你要強調這是「嶄新」的發現，和過去認定的不一樣，因為發現的狀態必須是一種「新發現」！

◆ 名詞補語：

名詞補語的範圍很廣，「受詞」是最常見的名詞補語，補充說明動作的「受力對象」：

The cat chased _____ ? → The cat chased <u>the dog</u>.

受力對象大多是具體的人或物，所以用名詞。英文的受詞是廣義的名詞補語：

John hit <u>his classmate</u>.

Mom cut her finger.

Tom broke the vase.

受詞之外，名詞補語也常出現在連接動詞 BE 的後面：

This is a good news.

The book is taken to be a best-seller.

這種名詞補語，可作為「同位」修飾語，表達身份、地位或角色類型：

He was elected the president.　→ 他被選為校長

We considered him a hero.　→ 我們當他是英雄

「同位」的意思就是「位階相同」，名詞修飾語和所修飾的名詞間彼此呼應，位階相同。特別要提醒，同位修飾語和受詞不同：受詞是人物個體，同位修飾語則是一種身份關係，沒有實體指涉，不代表具體人物：

He is a teacher.　→ 他是老師身份

I'm a student.　→ 我是學生身份

◆ 動詞補語：

當主要動詞的語意牽涉到另一個動作，就需要以「動詞」做為補語：

He wants / plans / hopes to _____?

→ He wants / plans / hopes to learn how to swim.

表示「想望、打算」的動詞，語意必然牽涉到「想要做的事」，也就是動詞性的補語。按照事件類型，動詞性的補語有三種可能的呈現形式：原形 base V、不定詞 to-V、和進行式 V-ing。這三種形式的溝通意涵在基礎篇中有詳細的介紹，該用哪一種形式，是由主要動詞的語意決定。以下列舉幾個常見的問題，來看看如何精準地使用動詞補語。

❓ Let Hsinchu BE the best!

在新竹市長競選期間，曾有一方的競選標語上寫著：

Let Hsinchu the best!（×）

這是中文式的翻譯「讓新竹最好！」但英文 let 後面一定要有動詞補語：

正確說法　→ Let Hsinchu **be** the best!

台灣人常常忘了動詞補語中的 Be 動詞，因為中文的形容詞不需要 Be 動詞：

新竹最棒　→ Hsinchu **is** the best!

再試一句中翻英，怎麼說「感謝你願意來」？

有人說　→ Thank you for willing to come!（×）

正確說　→ Thank you for **being** willing to come!（✓）

狀態性的補語在英文裡一定要加 Be 動詞，放在 to 的後面也一樣：

他決定安靜不說話：

He decided to silent.（×）　　→ He decided to **be** silent.（✓）

以上的提醒，用意在指出動詞性補語以動詞為首，狀態的形容也不可少了 Be 動詞！

❓ Forgot 的事到底做了沒？

使用動詞補語時，還有一個大陷阱，就是補語形式可能造成完全不同的解讀。還記得語法大哉問中指出 to V 跟 V-ing 造成的語意差別嗎？在 stop 後面用不同的補語形式，意思完全不同：

We stopped **to eat**.　→ 停下來是為了要吃飯

We stopped **eating**.　→ 停下原本在進行的吃飯動作

這兩句話的解讀不同，關鍵在於「補語形式」不同。形式的講究在許多動詞補語的用法上都要注意，再以 forget 為例，錯用 to V 或 V-ing，誤差實在很大：

英法文法有道理！重新認識英文文法觀念

I forgot **to tell** him the good news.　→ 忘了要說，還沒告訴他

I forgot **telling** him the good news.　→ 忘了已經說了，告訴過他了

不定詞 to tell 表示「要去告訴他，但是忘了去做」，實際上還沒說出這個好消息；第二句用動名詞 telling 則語意大翻轉，「告訴」這個動作的確進行、存在過，只是我忘了。若是加上所有格或用子句補語，就更清楚已經「說過」了：

I forgot my telling him the story.　→ 千真萬確的名詞事件

I forgot that I told him the story.　→ 子句補語說個明白

Make 和 cause 有何不同？

以上看到不定詞和動名詞會造成語意南轅北轍，不定詞和原形之間是否也有重大的差別？比較 make 和 cause 就知道了。當動詞性補語以原形（base form）出現時，就是不帶任何時態標記的「赤裸」形式：

I made him **quit.**

I had him **stay** for the night.

基礎篇已提過，made 和 had 都是「使役動詞」，表示「完全且成功的操控」，後面的補語以原形出現，表示「立即果效」。「動詞原形」代表一個「失去自由」的動詞，沒有自己的時態，就沒有單獨描述事件的能耐，只能依附於主要動詞，表示在時間、空間上幾乎是同時同地發生的。

這種「完全操控」的關係和一般的「因果關係」不盡然相同：完全操控是「立即」發生，兩個動作像「連體嬰」，共用一個時態，時空上緊密相連，有一就有二。但因果關係未必「立即發生」，在時間空上是可以分割的，這就是 make 和 cause 最大的不同 [7]：

I made him leave.　→ 完全操控，同時同地

I caused him to leave.　→ 多了 to，多了時空的分隔

7. 參考 Givón, T. 1993. *English Grammar: a function-based introduction*. Vol. II, p. 11. John Benjamins Publishing Co.

這兩句似乎都有「致使」的意思，但不同之處在於：make him leave 是同時同地立即發生；但是 cause him to leave 就不必然如此緊密連結，也許一個月前我說了一句冒犯他的話，過了一陣子他才離開：

I made him leave right away. ➤ 立刻發生

My words caused him to quit two weeks later. → 隔了兩星期

可能有人聯想到：其他動詞像 ask / order / tell / force 也都有「操控」的語意，為什麼後面只能加不定詞，不能用動詞原形？

I asked / told him to leave.

I asked / told him leave.（×）

答案很簡單，這些動詞都不是表達「完全且成功的操控」，只是「意圖支使」，是主觀、片面的希望，對方仍然保有相當自主權，可以答應、也可以拒絕。因此只能用不定詞 to-V，傳達片面的希望：

I asked / told him to leave, but he didn't. → 我請他離開，但是他沒有照做

◆ 子句補語：

當主要動作的語意牽涉到另一個時、空、人物都可獨立的事件，就要以子句作為補語
He thinks that... → He thinks that it will rain tomorrow.

英文「說、想、以為」等溝通認知動詞的後面都要搭配名詞子句，表達認知或溝通的內容。子句代表另一個獨立事件，時間、地點、人物都可能和主要子句不同。補語標記 that 用來區隔這兩個事件，引導子句補語，補充說明「說、想」必然牽涉到的內容：

I think that **he will come tomorrow.**

I think that **he came back last week.**

我此刻「想」的事可能在過去或未來發生，因此「說、想」的內容就可以天馬行空，人、地、時都自成一格。

此外，that- 子句還可作為事實、理論、想法等名詞的補語，補充說明名詞的具體細節：

> The fact [that global warming is affecting many parts of the world] has been addressed by scientists.　→ 說明主詞
>
> ----
>
> Scientists have addressed the fact [that global warming is affecting many parts of the world].　→ 說明受詞

必須特別提醒：子句補語的標記 that，雖然在動詞後可以省略，但放在名詞後作補語時，就不能省略，一定要加 that，作為名詞和名詞子句間的明顯區隔。若是少了 that，就造成兩個名詞並排站立，語意關係不清：

> The fact global warming is affecting the world.　→（×），無法裡解
> I think global warming is affecting the world.　→（✓），無傷理解

由此可見，補語的形式和功能，也要從溝通的角度來理解。基於形、意搭配的原則（form-to-meaning），每一種形式都各自有其形式所代表的意涵。以下動詞 suggest 的幾種用法可作進一步的示範，補語型態不同，造成語意上落差很大！

◆ **Suggest** 的幾種用法：

我們都學過 suggest 有三種用法，後面的子句可有三種形式：

> I suggest that you **leave** right away.　→ 原形動詞
> I suggest that you **should leave** right away.　→ should + 原形動詞
> I suggest that he **should have left** already.　→ should + 完成式

我們背過這三種用法，但是真的理解這三種形式的意義嗎？前面提過原形動詞作補語表達時空上緊密相連的「立即性」。相較於不定詞和動名詞，以原形動詞做補語更能傳達出時空重疊的一體性。所以，suggest 後若用原形，就像使役動詞般，表達出事件彼此牽連的急迫感：

I suggest that you **leave** right away.

→ 最好馬上離開，不要耽擱，後面加上 right away 更顯急迫

I suggest that you **should leave**.

→ 加了 shoud 就客氣多了，你應該離開，但還有點時間可以考慮一下

那以下這個句子又怎麼解讀呢？

I suggested that Mary should have left already.　→ 假設完成式，表推測

別搞混囉，這個句子中 should ＋完成式（假設完成），表示對事實的猜測，suggest 的語意已經跟前兩句不同了，不是「建議」，而是「推測」：Mary 應該已經離開了。

不可不知：英文動詞的十大語意類型與補語之間的配搭

動詞到底有多少種類？既然動詞是用來標記人所從事的活動與所處的狀態，所以人關心的活動與狀態有幾種，動詞就有幾種。學習動詞的王道是要先了解動詞屬於哪一種語意類型，各語意類型都有固定的標記形式，表達語意上的需要。以下歸納英文動詞事件的幾種主要類型 [8]：

1. 狀態連接動詞（Be verbs）；表達狀態、關係、屬性、身份
Be 動詞基本上屬於「連接」動詞（Linking verb），連接形容詞或名詞屬性：

She is nice.
She is a teacher.

8. 動詞類型的內容主要參考 Givón, T. 1993. *English Grammar: a function-based introduction*. Vol I. Ch. 3. pp. 101-136.
John Benjamins Publishing Co.

這類動詞用於「靜態的」的連結,不牽涉到動作,只是用來描述狀態或狀態變化:

> 狀態:be、seems、appears
> 狀態改變:become、get、turn into

後面可以接表達外在或內在特徵的形容詞,如:

> He is / seems / appears tall. → 外觀狀態
> He is / seems / appears sad. → 心情狀態
> -
> His face turned green. → 外觀變化
> He got / became angry. → 心情變化

也可以接名詞性的身份、關係:

> She is a vegetarian. → 常態事實
> She became / turned into a vegetarian. → 狀態改變

2. 及物 / 不及物動詞(**Transitive / Intransitive verbs**);動作是否及於另一物?

如前所述,事件是否「及於另一物」是一種基本的區別。及物是指動作「及於」某物,動詞後需要加上一個動作的接受者。不及物動詞只要有主詞就夠了,不需要再加上受詞。外在動作和內在的心智活動都有及物和不及物的分別:

> 動作動詞 不及物:I jumped / ran.
> 　　　　　 及物:I hit / beat / kicked **John**.
> -
> 靜態動詞 不及物:I am happy / envious / interested.
> 　　　　　 及物:I like / envy / know / interest **him**.

及物事件牽涉到兩個以上的參與者，以「主控者」的觀點來描述事件，就是所謂的「主動句」（I hit him.）；以「被害者」的觀點來描述，就是「被動句」（He was hit.）。詳細說明請見第八章。

3. 使役動詞（Make verbs）：表達完全操控。

使役動詞，顧名思義，就是要「完全掌控」，其後的結果是完全被操控而立即產生的，缺乏自主性，因此要用動詞「原形」表「立即動作」；或接形容詞補語，表「立即變化」。使役動詞後面需要清楚標示「受操控者」及「操控結果」，才能形成完整的語意：

| make + 立即動作 | I made him **cry**. |
| | I made him **feel bad**. |

| make + 立即變化 | I made it **flat**. |
| | I made it **difficult** for him to leave. |

前已說明 make 的結果補語必須是原形動詞，表示兩件事之間有著緊密的一體關係。若補語是形容詞，則必須是可被操弄、可改變的結果狀態。

4. 想望喜好動詞（Modality verbs）：表達個人的意願、喜好、傾向、決定等。

> I want / plan / desire / prefer **to marry him**.

個人的想望喜好多屬「心嚮往之」但尚未發生的事，因此用不定詞 to + V 來表達「下一時間」目標，是投射於未來的心願。不定詞強調時間上的區隔、有先後之分。此處的句式與句意間有完美的配搭關係，主要在於不定詞形式（to + V）與不定詞語意（未來目標）兩者互相呼應。

5. 支配請求動詞（**Manipulation verbs**）：只是「意圖操控」而已

這些動詞帶有支配他人的意圖，期望能要求他人採取某些行動。跟使役動詞類似之處是：都意圖造成一定的結果，但不同的是：支配動詞不保證一定能成功達成操控，只能以 to V 的形式來標記期望達成的目標。既是意圖支配他人，動詞後就需要出現支配的對象（受詞）及支配的目標（to V）：

> I ordered / forced / persuaded him **to take a break**.　→ 不一定 take
>
> I asked / told / required him **to take a break**.　→ 不一定 take
>
> -
>
> I made him **take a break**.　→ 必然 take

以上例句清楚呈現支配動詞跟使役動詞的不同。前面一再提到，to V 是用來標記潛在的未來動作，不保證一定發生。支配動詞無法完全掌控，而帶有一點不必然、不確定的保留。所以，即使最後支使的意圖並沒有達成，在語意上也合乎邏輯：

> I ordered him to leave, but he didn't.

如果把前半句換成 I made him leave. 這句話就無法成立了：

> I made him leave, but he didn't.（×）　→ 語意不通

6. 感官知覺動詞（**Perception verbs**）：表達感知活動及經驗

感知動詞表達透過五官所感受到的知覺經驗，大多數時候這些經驗是「自動」接收到的，如：I saw and heard something，這是視覺及聽覺「非自主」的接收，並非刻意的行為。但我們也可以刻意用眼睛或耳朵去看、去聽，如：Look and listen! 這是有意識地運用五官去感知。因此感官動詞分為「能夠自己控制」（自主的）與「不能自己控制」（非自主的）兩種。你可以刻意地去「看」，但不見得就可以「看到」：

> 我**看**了半天，但是沒**看到**。　→ I **looked**, but didn't **see** it.

英文用不同的動詞來區分這兩種語意：

> **可自控** Please **look at** the painting.
>
> Please **listen to** what he is saying.　→ 刻意去看或聽，可以自己決定
>
> -
>
> **非自控** I **see** a painting there.
>
> I **hear** what he is saying.
>
> → 眼睛 / 耳朵自動發揮功能，接收到影像或聽到聲音

用法上，只有自主的動作，才能命令他人去做，才能用於祈使句（命令句）。若你要他人看一隻漂亮的蝴蝶，只能用 look，但對方究竟「看到」沒，就是 see：

> A: LOOK, there's a butterfly there! Can you see it?
>
> B: Where is it? I don't SEE it.

以上說明「自主」與「非自主」兩種語意區別展現在不同詞彙上，但這種詞彙形式的區別只適用於最重要的兩種感官：看和聽。其他次要的感官 smell、taste、feel 等，就沒有詞彙上的區別，傾向用同一個詞來表示：

> **可自控** SMELL it!
>
> **非自控** It smells so good! Do you smell the scent?

感官經驗的對象可能是名詞或動詞。名詞性的感知「對象」放在受詞的位置，作名詞補語。動詞性的感知「現象」表達「共時」的事件補語，可有三種形式：時空相依的原形動詞、共時的進行，或完整的事件子句：

◆ 感知對象 – 名詞片語

I heard **the good news** yesterday.
The boy looked at **his mother**.

◆ 感知現象：有三種可能的標記方式

原形動詞：I heard them sing. → 時空相依
進行式：I heard them singing. → 共時進行
子句：I heard that they were singing. → 完整事件

按照「形與意」配搭的原則，這三種表達形式各有其語意特點：以原形動詞（sing）來標記感知現象時，特別強調「時空相依」，感官動詞本身有主導性；在聽覺發揮其感知作用時，sing 的現象一併出現，二者時空相連。

以進行式 V-ing 為標記，則強調「共時進行」，在聽覺範圍內，所覺察到的現象正在同時進行，突顯「現場直擊」的感受。

若加上一個完整的子句（that-CL）則是用以強調感知活動和感知現象間其實是各自獨立的，兩個事件在時空與人物上不必然相連，這就是為什麼使用子句所表達的現象較複雜、內容較自由：

I heard **yesterday** that he would be laid off **next week**. → 時點不同
I saw from **my car** that he walked **on the street**. → 地點不同

甚至，透過語意轉換的機制，從視力到腦力，從感官到認知，see 已發展出另一種語意，表達「理解明白」的意思：

97

I see. → I understand.

Seeing is believing!

I saw [that you had a good point in your argument].

→ 理解認知，並非真正看到

7. 樣貌呈現動詞（Look-like Verbs）：連綴動詞，表達外物的樣貌

與感官經驗相關的另一組動詞，一般教科書上稱為「連綴動詞」，如 look like、sound like、smell like、feel like……等。這類動詞傳達並非以「感知者」為主體的知覺經驗（I see...、I hear...），而是以「刺激物」為主體的樣貌呈現，描述外物的樣貌所引發的感受（It looks...、It sounds...）。因此「外物」要放在前面作主詞，再形容所感受到的樣貌特徵，稱為「連綴」的意義即在於用以連結客觀的「外物」和主觀的「樣貌感受」：

> **V + 形容詞** It looks pretty.
>
> It sounds funny.
>
> It smells bad.
>
> ---
>
> **V + like 介系詞 + 名詞** It looks like a bird.
>
> It sounds like a bird.
>
> It feels like a stone.

8. 思考溝通動詞（Cognition-Communication verbs）：你「想說」什麼？

「思考溝通」是人最基本的活動，「說」和「想」看似不同，其實彼此相通，人「說的話」往往就是「想的事」，因此「我想說…」、「我認為說…」，後面要加一個補充說明的子句：

> I thought **that** it is a blessing to marry you.

補語子句是引述思考的內容，以 that 做為前導，一方面與主要動詞區隔，一方面提示後續將有完整事件。這個事件的內容可以天南地北，上下古今，描述另一個時空中發生的事：引述內容時，又有兩種選擇：

間接引述

Copernicus（哥白尼）said / claimed / explained that [the Earth is round].
Henry thought / guessed / remembered that [the manager had promised to promote him].

直接引述

"I didn't promise to promote you," the manager said / claimed / explained.
The author wrote: "There is no happiness without pain."

9. 給予收授動詞 （**Verbs of transference**）：表達物件的傳遞接收

這類動詞的典型語意在描述兩方之間「給予 / 接受」的互動關係，涉及物件的傳遞交接：

I gave / sent / mailed a letter **to him**.　→ V + NP 給予物 + to NP 接收者

這類事件必然牽涉到三方面：給予者、給予物以及接收者。一般來說，給予物是直接受控的東西，所以是「直接」受詞，動作對它的影響比較直接，從一方移轉到另一方，位置改變了。接收者則是間接得到信件，所以是「間接」受詞，用 to 來標記其 reciever 的角色。但是同樣一個事件還有另一種說法：

She gave / sent / mailed him a letter. → V + NP 接收者 + NP 給予物

這種句式直接把「接收者」放在動詞後，強調接收者的「受益」角色。這種受益關係還可以擴及其他「非授與」動詞：

I baked him 受益者 a cake.　→ 我烤一個蛋糕「給他」。
I bought him 受益者 a pair of shoes.　→ 我買一雙鞋「給他」。

至於該選擇哪一個句式，和參與角色「孰重孰輕」有關，「接收者」和「接收物」那個訊息較重要？訊息傳遞最自然的傾向是「已知」先於「未知」，藉由熟悉的帶出不熟悉的，「新訊息」通常最後才出現。實際使用時，就可依「主題設定」和「已知狀況」來決定：

在接收物已知的前提下
A: Who will you give **the book** to？（book 已知）
B: I will give **it** to John.

在接收者已知的前提下
A: What will you give to **John**？（John 已知）
B: I will give **him** a book.

10. 享受感謝動詞 （Verbs of appreciation）：享受行動的樂趣

Enjoy 和 appreciate 這兩個動詞是表達對「行動」的感受，所以後面要用 V-ing：

I enjoyed **talking** to you. →享受和你談話
I appreciate your **spending** time with me. →感謝你花時間陪我

可以 enjoy 和 appreciate 的「事」必然要真實存在、真實發生了，所以這類動詞的語意要求後面接的必需是事件名詞（event nominal），以 V-ing 的形式表示，才符合語意要求，若是感謝或享受的事不存在，就不可能產生感念：

I enjoyed **reading** the book. → 享受閱讀
I appreciated your **bailing** me out. → 感謝你及時援救
I'd like to thank you for **recommending** the book. → 謝謝你的推薦

對中國人來說，「感念行動」的概念有點陌生，因為我們大多感謝人、享受物，卻不太懂得「享受」行動的樂趣，或「感謝」行動本身。

因此特別要小心，enjoy / appreciate 的對象是「事」，不是「人」：

不能說 I appreciate you.（×）　→「人」不能被 appreciate

要說　I appreciate **it**.　→ It will be appreciated if you come.

- -

不能說 I enjoyed you.（×）　→「人」不能被 enjoy

要說　I enjoyed **your company**.　→ Your company is enjoyable.

這是中國人常犯的錯，因為誤把 appreciate 當成 thank 來用，這兩者的對象完全不同，thank「人」，appreciate「事」或「物」：

I thank **you** for coming here.　→ thank 人 for 事

I appreciate **your coming** here.　→ appreciate 事

Your coming here is appreciated.　→ It is appreciated that you came here.

仔細來看，thank you 是一種「行動」（speech act），說出來就等於做出來，類似的動詞還有 apologize：

I apologize to you for my negligence.

I apologize for not being able to help you.

一旦說出 I apologize，就等於 making an apology，說和做是一體的。但是要注意道歉是「單方面」的不及物動作，用法是：

apologize to 人 for 事　→「為」什麼事「向」誰道歉

以上整理動詞的十大語意類型，希望藉由語意的區別來理解形式的意義，進而能活用各種動詞用法。但是還有一個問題：有些動詞不只一種用法，該放在哪一類呢？

如何看待動詞的多樣用法？

◆ 多樣用法，多種語意

若一個動詞有很多種的用法，表示這個動詞可以表達多樣的語意，屬於多個語意類型，以 remember 為例，不同的用法其實表達不同類型的語意，所以 remember 是個「多義」詞：

I remember his name. → 及物語意＋名詞

I remember his coming to visit us. → 及物語意＋ 動名詞

I always remember to turn off the light. → 想望喜好類語意＋不定詞

I remember that he moved to Hsinchu in year 2000. → 思考溝通類語意＋子句

總之，要把動詞學通，焦點要放大到動詞的語意類型，因語意決定用法，個別動詞的用法就是語意類型的最佳展現。

IV. 語法大哉問

語意類型是找出動詞的共通性，但在同一個語意類型下，個別動詞的用法又該如何區分？

1. 視覺動詞 see、watch、look 三者到底有何不同？

有學生問：為什麼看電視是 watch TV，但是看電影就是 see a movie？進一步問 see、watch、look 三個動詞有何區別？

瞭解語意類型是區分個別動詞用法的第一步。這三個動詞都屬於視覺感官，就要從視覺經驗的區分來細究這三者獨特的語意。前面提過感官動詞分為自主與非自主的調控：see 是視覺上「不自主」的接收，look 則是視覺上「主動」的調整，強調「目光」的停駐點：

A: What are you looking at? → 目光放在哪？

B: I am looking at the picture. → 目光停留在畫上

A: What do you see in the picture? → 視覺接收到什麼？

B: I see a forest, a river and a rainbow above it. → 接收到的東西

視覺停駐可能是為了深入領會，watch 就是指專注而投入的「觀賞」，不僅只是目光停留，還強調「目不轉睛、全神貫注」盯著看：

A: What are you doing?
B: I'm watching TV / a talk show / a ball game.　→ 眼目、心思跟著起伏

請注意：「看電視」是 watch TV，而不是 watch the TV。因為看的是電視節目，不是電視機！用 watch 表示「觀賞節目」，盯著螢幕，全神貫注，心領神會的看，不只目光到位而已，心思也要到位。若說成 look at the TV，就可能只是在看電視的「外殼」了：

I'm watching TV.　→ 觀賞電視節目
I'm looking at the TV.　→ 看著電視機

可是，「看電影」不也是觀賞嗎？但通常「看電影」的說法是 go to a movie 或 go to see a movie，強調視覺上自然的訊息接收；不過也越來越常聽到 I'm going to watch a movie，強調盯著大銀幕專注的欣賞。

- -

同樣，若要強調只是想「看到」一個電視節目，就可用 see 來表達和「專注觀賞」不一樣的語意：

What do you want to do tonight?
I want to see a special TV program.　→ 要看一個特別節目（接收訊息）

使用不同的動詞其實是為了表達不同的語意，動詞各有其「側重點」，用動詞溝通時，不只是死板地考慮「可以與不可以」，而是要弄清楚究竟想傳達什麼意思，然後選擇適當的詞彙來表達要側重的語意。

這三個動詞「側重」不同的語意面向：

目光初接觸　→ She **looked** at the car in front of her.
專注觀察　→ She **watched** the car moving to the side
視覺接收　→ She **saw** a baby in the car.

再以一個小故事來總結這三種不同的「看」：

他看了看節目表，決定看一個新的電視節目，節目中他看到台灣的美：

> He **looked at** the menu, and decided to **watch** a new program.
>
> In the program, he **saw** the beauty of Taiwan.

 2. 動詞的語意如何分工？

動詞各別側重、涵蓋不同的語意，這是一種「語意分工」。但各語言的分工方式又不盡相同，不見得能找到完全對應的動詞，這就是翻譯上令人頭痛的問題。中文的一個「看」對應到英文有三個動詞，可見中、英文動詞所涵蓋的語意範疇不盡相同。

再以英文的 persuade 為例，所表達的語意其實涵蓋了中文兩個不同的動詞──「勸」的過程和「說服」的結果。當 persuade 以不同時態出現時，翻譯就會不同：

> She has been **persuading** him not to smoke. → 她一直苦口婆心，勸他不要抽煙。
>
> She **persuaded** him not to smoke. → 她說服了他不要抽煙。

這兩者有什麼不同呢？「勸」是強調過程，可持續進行，當 persuade 以進行式出現時，中文只能翻成「勸」。而「說服」則是側重結果，是最終要達成的目的，不可能用進行式。兩個不同的語意概念，在中文分成兩個詞，但英文只用 persuade 一個字就全包了。

語意分工和語言文化息息相關。中文說「穿」衣服、「戴」帽子、「戴」耳環，「穿戴」都有講究，但英文全都用「wear」，一個詞所向無敵，對穿戴打扮似乎很大而化之。在飲食上亦然，中國人的煎、炒、煮、炸、紅燒、慢燉，似乎全可簡化為一個詞「cook」。語言既是文化的投射，也難怪有人會打趣說，老美在吃穿上毫不講究，穿的是「乞丐衣」，吃的是「兔子食」啦！

語法現身説

Part I 請選擇適當的動詞

❶ Choosing between two very qualified candidates was not easy, but the board has ____ Mr. Diego to be the new branch's next director.

(a) stopped   (b) started   (c) asked   (d) prevented

❷ Benjamin International has ____ to expand its borrowing to make up for a decline in investment returns.

(a) explained   (b) decided   (c) ordered   (d) known

❸ J.K.Rowling ____ writing when she was six years old. The name of her first book was *Rabbit*.

(a) started   (b) stopped   (c) thought   (d) asked

❹ After interviewing all the applicants, the manager ____ that Claire was the most qualified candidate.

(a) run   (b) loved   (c) wanted   (d) thought

❺ Highway Department Director Kevin Keith would ____ the General Assembly to authorize the tolls.

(a) decide   (b) persuade   (c) think   (d) know

Part II 克漏字

(a) stops   (b) know   (c) confirmed   (d) claim   (e) funded

To whom it may concern:

I was shocked to __(1)__ that your company, which makes Nestea, experiments on animals simply to __(2)__ that your tea products contain healthy ingredients.

As far as I know, your company __(3)__ an experiment in which brain-damaged and rapidly aging mice were locked in dark chambers and given painful shocks to their extraordinarily sensitive feet before being killed.

The makers of Lipton, Snapple, Twinings, and other leading tea brands have __(4)__

that they do not test their teas or ingredients on animals.

I won't buy Nestea products and will support only those tea companies that don't test on animals until your company __(5)__ testing tea and tea ingredients · on animals.

Part III 中英比一比：動詞的使用

請就以下中英文的對譯，觀察中文和英文動詞使用上的不同

To Sherlock Holmes, she is always *the* woman. In his eyes she eclipses and predominates the whole of her sex.

The Adventures of Sherlock Holmes, by Arthur Conan Doyle

中文翻譯

對夏洛克 · 福爾摩斯而言，她始終是個不一樣的女人。在他眼中，她才貌出眾，其他女人無不相形失色。

《福爾摩斯的冒險》柯南 · 道爾著

Part IV 動詞身分檢查

以下這段文字取自珍 · 奧斯汀之《理性與感性》*Sense and Sensibility*（簡易版），瑪莉安與衛樂比初次見面的場景，請觀察文章中用到的動詞，分辨動詞語意屬於哪一類？及物與不及物動詞有何不同？再次複習這一章講解的動詞概念：

The following morning <u>dawned</u> clear and beautiful. Marianne and I <u>decided</u> to explore the hills surrounding the cottage. Soon, however, the weather <u>started</u> to change.

'Oh Marianne,' I <u>said</u> excitedly, '<u>feel</u> the wild wind in your hair.'

She <u>laughed</u>. '<u>See</u> the angry grey clouds gathering, <u>enjoy</u> the cool rain on your face!'

'It's wonderful, Marianne, but I'm getting cold. Shall we run home?'

We ran down the steep hill with all possible speed. I saw Marianne slip, but I couldn't stop. When I eventually turned around, I saw a man bending to lift Marianne off the ground. He carried her straight down the hill and into our cottage without even knocking on the door. As he lowered Marianne into a chair, she was too embarrassed to meet his eye. Elinor and Mama thanked him. I stared at him. He was uncommonly handsome, with a masculine gracefulness. He introduced himself as John Willoughby, the heir to the nearby Allenham estate. 'Please allow me the honour of visiting tomorrow to inquire after your daughter,' he asked Mama. Mama agreed enthusiastically. I could see the glint in Marianne's eye as her departing hero closed the door behind him.

Sense and Sensibility, by Jane Austen, retold by Gill Tavner（聯經出版）

中文翻譯

隔天天剛亮時，天氣晴朗美好。瑪莉安和我決定到小屋附近的山丘上去探險。但好景不常，不久之後就開始變天了。

「喔，瑪莉安，」我興奮地叫著，「感覺一下吹過髮際的狂風吧。」

瑪莉安笑了起來。「看看那些怒氣騰騰的烏雲聚集起來了，享受一下臉上的冷雨吧！」

「太美妙了，瑪莉安，但是我覺得越來越冷。要跑回家嗎？」

我們使出所有力氣從陡峭的山丘上狂奔下來。途中我看到瑪莉安滑了一跤，但我根本停不下腳步。當我終於能回頭查看時，有個男人正彎腰把瑪莉安從地上抱起來。一路將她抱下山，並抱進了我們的小屋，連門都沒敲呢。當他將瑪莉安放在椅子上時，瑪莉安羞怯到無法正眼看他。艾靈諾與媽媽向他道謝了一番，我則直盯著他瞧。他真是無比英俊，有種男性獨特的優雅。他表示自己名叫約翰‧衛樂比，是鄰近愛倫罕莊園的繼承人。「請容許我有這個榮幸，明日再度造訪府上，探望您的女兒。」他這麼詢問媽媽，而媽媽熱情地答應了。當這位英雄將門帶上離去時，我看見瑪莉安的眼神閃閃發亮著。

《理性與感性》珍‧奧斯汀著（簡易版） （聯經出版）

動詞身分檢查

找出各句的主要動詞，辨別各動詞的語意類型及搭配用法。

Part I 請選擇適當的動詞

❶ 答案：(c) asked（請求）

道理：本題主詞是 board（董事會），Mr. Diego 是受詞，董事會對 Diego 先生「做」了什麼，然後 Diego 先生才會 to be the new branch's next director（擔任新分公司下一任主管），只有 asked（請求，要求），才符合題意及用法。

❷ 答案：(b) decided（決定）

道理：主詞是 Benjamin International 公司，動詞後面接續的是 to-V，含有「未來目標」意味的 to expand its borrowing，可見動詞必然是表達「意願想望」，選項中只有 decided（決定）符合題意及用法；選項 (c) ordered 是操控類動詞，後面要有受詞：主詞＋ order ＋受支使者＋ to V。

❸ 答案：(a) started（開始）

道理：主詞是 J.K.Rowling，動詞後直接以 V-ing 為補語，答案中只有 (a) 和 (b) 兩個選項可以接 V-ing，再考量第二句的語意，應是在六歲時「開始」而不是停止 writing（寫作），因此 (a) started（開始）才是最佳選項，符合語法、語的要求，表示她從六歲就開始寫作，第一本書叫做 *Rabbit*。

❹ 答案：(d) thought（認為）

道理：主詞是 the manager，動詞後接子句補語，屬於溝通／思想類的用法。只有選項 (d) thought（認為）具有思想的含意，後面才能接名詞子句（that Claire was the most qualified candidate），說明 manager 的想法內容。

❺ 答案：(b) persuade（勸說、說服）

題解：主詞是 Highway department Director Kevin Keith（公路局長 Kevin Keith），動詞後接的是受詞 the General Assembly（議會）及不定詞 to-V，屬於支配類動詞，表示 Kevin Keith 要做一個動作讓議會 to authorize the tolls（批准通行費），選項 (b) persuade（勸說、說服）合乎本句「支使類」事件的語意及用法。

Part II 克漏字

答案：b, d, e, c, a

道理：

1. 第一題：I was shocked to ＿＿＿that your company, which makes Nestea, experiments on animals simply to ＿＿＿that your tea products contain healthy ingredients. 兩個空格中的動詞後面都接續名詞子句，都是屬於「思考/溝通」動詞，又都在 to 之後，必然是動詞原形（base V），只有 know（知道）及 claim（聲稱）符合語意及用法。

2. 第二題："As far as I know, your company ＿＿＿an experiment..." 動詞後直接加受詞，在選項中只有 funded（資助）合乎題意及用法。

3. 第三題："The makers of Lipton, Snapple, Twinings, and other leading tea brands have ＿＿＿that they do not test their teas or ingredients on animals." 空格後接名詞子句，且是在 have 之後，必然是過去分詞 PP 的形式，只有 confirmed（確認）合乎用法及題意。

4. 第四題："I won't buy Nestea products...until your company ＿＿＿testing tea and tea ingredients on animals." 空格後面是 V-ing (testing)，表示空格是「起始/終止類」的動詞，因此選 stops。

Part III 中英文比一比：動詞的使用

eclipse：（動詞）蝕，遮蔽，使失色（及物動詞）
predominate：（動詞）在……之中佔優勢（及物動詞）

英文：動詞豐富，語意多樣
中文：不一定有相對應的動詞

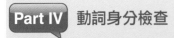 動詞身分檢查

動作不及物：The morning <u>dawned</u> clear. She <u>laughed</u>. We <u>run</u> home. We <u>ran</u> down the
　　　　　　 hill. I <u>turned</u> around. I <u>stopped</u>. （註：Run home: 後面的 home 是作為地方性副詞）

意願動詞：I <u>decided</u> to explore the hills. The weather <u>started</u> to change. Mama <u>agreed</u>.

溝通動詞：'Oh, Marianne,' I <u>said</u>.

感官動詞：<u>Feel</u> the wind, <u>see</u> the cloud, and <u>enjoy</u> the rain! <u>Stare</u> at him.

連結動詞：It<u>'s</u> wonderful! I'm <u>getting</u> cold.

動作及物：<u>lift</u> Marianne off the ground, <u>carried</u> her down the hill, <u>lowered</u> Marianne into a
　　　　　 chair, <u>closed</u> the door, <u>introduced</u> himself as John.

授予動詞：Please <u>allow</u> me the honor of visiting.

感謝動詞：<u>thanked</u> him

Chapter 03

重點何在？

如何交代事件的重點？

何為主要？何為次要？

為什麼中文可以說「因為……所以……」，英文卻不能？

The cat is having ice cream while watching TV.

What is the main point?

3-1 基礎篇

I. 溝通需要

確定貓在「追」狗以後，小明還要考慮的是：要說的重點是什麼？小明可能是在回家的路上等公車時看見貓追狗，他該如何把這件事的重點與相關背景交代清楚？

在陳述方式上，中文習慣先交代背景，再進入主題，小明會說：我今天下午放學回家，在一家雜貨店前等公車的時候，看到了貓在追狗。

英文的習慣則正好相反，先將重點直接講清楚，然後再把其他細節逐一添加上去，讓事件的樣貌「由小漸大」變得更完整：

> I saw a cat chasing a dog in front of the grocery store while I was waiting for my bus.

英語「重點在前」的溝通特點，不只影響文章的建構方式，也主導了句子的結構。不管句子中出現多少個需要交代的事件，只能有一個重點。

II. 標記方式

英文是「語句為主」的標記原則，一個句子只能表達一個焦點事件。不管有多少個相關事件，都必須講究「主從分明」、「重點先講」的原則：一個「句號」代表一個句子，在語意架構上，只能有一個重點，描述主要事件；在形式標記上，也只能有一個主要子句，包含主要主詞和主要動詞：

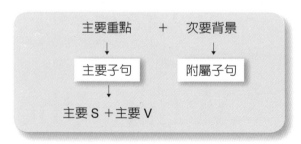

翻轉一：「主要子句」是報導的重點

「主要子句」（main clause）在語意上是負責「報導」事件的重點；在形式上是可獨立出現、沒有附屬標記的子句，所以又稱為「獨立子句」（independent clause）；相對的則是「附屬子句」（subordinate clause），語意上用於背景介紹（時間、原因、條件、前提），形式上必須有附屬標記：

She decided to marry him when he proposed to her. → 重點：決定嫁給他

背景：當他向她求婚時

上例中，She decided to marry him 是「主要子句」，本身是一個形式自主、語意完整的獨立子句，負責「報導」重點事件。其後的 when 子句帶有明顯的附屬標記 when，用來介紹事件的時間背景，語意上不完全，不能單獨出現，只能作為「附屬子句」。在「主從分明」的原則下，主要子句是常態、自主、無須特別標記的「重點」子句。

◆ 主要子句的功用何在？

主要子句是全句的「主人」，負責溝通報導：

- 重點事件
- 主要時間
- 主要參與人物
- 主題訊息

為了遵守「主、動、賓，不可少」的原則，主要子句必然含有一個「主要主詞」和一個配搭的「主要動詞」。

 翻轉二：「主要主詞」是全句的核心人物

主要子句的主詞是全句的「核心人物」，與主要動詞搭配合作，也和句中的分詞、不定詞相關。特別是在分詞構句出現時，主要主詞也是分詞的主詞：

> Volunteering at an animal shelter, **Becky** learned to protect animal rights.
>
> → volunteering 的主詞是誰？
>
> -
>
> Being nurtured and protected, **stray animals** in the shelter learn to socialize with
>
> humans. → 誰被 nurtured and protected？

分詞由動詞而來，必然有相關的主詞，分詞的主詞就是全句的「主角」，與主要主詞連結。
千萬不要把「主要主詞」和「分詞主詞」的關係搞錯了而出現以下的錯誤：

> Compared to human rights, **we** have paid little attention to animal rigthts.（×）
>
> → 誰被 compared？不會是我們吧！

上句的說法，把 we 當成了比較的對象，但真正該與 human rights 比較的是 animal
rights。使用分詞 compared 時，要特別留意：比較的對象是誰？要讓正確的主詞「就位」，
才能避免錯誤：

> Compared to human rights, **animal rights** have been largely neglected.

主要主詞的「主角」地位不容輕忽，千萬要記得：主要主詞就等於分詞的頭！

主要主詞 ＝ 分詞主詞

 翻轉三：「主要動詞」表達主要動作、標記主要時間

我們都知道一個句子內，必然有一個主要動詞，但如何定義「主要動詞」？主要動詞的意
義與形式有何特殊之處？

「主要動詞」（main V）的功能是負責表達主要動作、標記主要時間，因此形式上是唯一
帶有「時態標記」的動詞（tensed V）。「帶有時態標記」就成為「主要動詞」最重要的特權。
下例中只有 saw-past tense 帶有時間標記，所以是主要動詞：

I **saw**past a cat chase a dog.

I **saw**past a cat chasing a dog.

兩個動詞中，只有 saw 標有清楚的過去式，是唯一帶有「時間標記」的完全動詞（finite V）；其後的原形動詞 chase 或是進行貌 chasing 都沒有時間標記，無法單獨用來描述發生的事，稱為不完全動詞（non-finite V）。

下面兩個例句中，主要動詞有清楚的時間標記，表示主要動作，然後以不完全動詞來交代目的（不定詞）或共時的次要動作（現在分詞）：

A cat **was chasing** a dog [to drive him out of the yard].　→ 目的

A cat **was chasing** a dog, [driving him out of the yard].　→ 共時動作

◆ 主要動詞的時間功能

主要動詞負責描述主要動作並設定全句的「時間主軸」。這個時間主軸可以成為其他次要動詞必須儘量「對齊」的參考時間。有人曾問：如果在過去說了一件未來想要做的事，到底是過去還是未來？要用什麼時態？

- -

關鍵就在「主要動詞」的時間是否成為貫穿全句的「主軸時間」：

Matt told me that he would visit you next week. → 向「主軸時間」對齊

Matt told me that he will visit you next week. → 以「當下時間」為參考

- -

轉述的方式也是關鍵：

間接轉述：He said that he would do it if he had time.　→ 向「過去」對齊

He said that he will do it if he finds time.　→ 向「現在」對齊

直接引述：He said: "I will do it if I feel like to."　→ 兩句各自獨立，時間也獨立

- -

如果主要動詞是過去，時間主軸就可設定在「過去」，間接轉述的話也可向「過去

時段」對齊。若是直接引述（用引號），就不受主要動詞的時間影響，只要「原音重現」就好了。

整理一下，**主要動詞**與全句的「**主角**」搭配，負責：

- 描述主角的動作或狀態
- 配合主角的人稱、單複數要一致
- 標明全句的時間主軸，可用此時段為基準，其他動詞儘量對齊

III. 標 記 特 點

英文講求「主從分明」，在此原則下，「主從關係」必須有清楚的標記。英語的原則是「標從不標主」，只標記「次要子句」。

翻轉四：英文的特點：主、從有別，次要子句要標記

主要子句既是語意完整的獨立子句，就不需額外的標記。次要的附屬子句因身份特殊，必須加上額外的附屬標記。所以英文的標記特點是，附屬子句必須有附屬標記。標示附屬的方式有以下三種：

(1) 附屬連接詞（subordinator）

最常見的方式是加「附屬連接詞」：

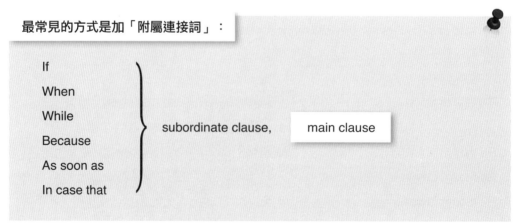

because, since, for the reason that, so ...
表示條件 if, only if, in case that, provided that, as long as ...
表示時間 when, while, as soon as, at the time that ...

以附屬連接詞標記的附屬子句，可以放在主要子句的前面或後面：若附屬子句在前，主要子句在後，須加上逗點隔開，以提示「逗點前並非重點，重點在後面」；若主要子句在前，附屬子句在後，則不用加逗點，符合英語「重點先講」的大原則：

重點在前：MAIN + SUB → We will go camping next weekend **if** the weather is good.
重點在後：SUB + MAIN → **If** the weather is good, we will go camping next weekend.

(2) 無時間標記的分詞或不定詞（non-finite V）
分詞或不定詞構句都沒有「時間」標記，不能單獨報導事件的重點或時間，也是一種附屬的形式：

We went camping last week, **spending some time with nature.** → 表達「同時進行」
We went camping last week, **to spend some time with nature.** → 表達「目的」

分詞表達「同時進行」；不定詞表達「目的」，都是依附於主要子句的附屬形式。這種附屬關係是共用同一個主詞，主要子句的主角就是分詞或不定詞的頭，兩者必須一致。

(3) 帶有名詞子句或關係子句的標記（complementizer）
動詞要求的補語為子句時，通常以指示代名詞 that 作為補語標記，來標示其附屬性。that 所帶的名詞子句為另一事件，作為「思想溝通」類事件所要求的內容補語：

He thinks **that** English is easy. → 認定的事實
He thought **that** English is easy. → 過去認定的事實
He thought **that** English was easy. → 過去如此認定，現今可能改變想法了！

補語標記 that 所帶的子句本身是一個完整的句子，說明「想」的內容，時態標記頗為自由，但以上三句話因時態不同而有微妙的言外之意。

另外，關係子句（relative clause）也是一種附屬子句，作為修飾名詞之用，通常以關係代名詞來標記（who / which）：

I saw the cat [**who** was chasing a dog].　→修飾受詞
The cat [**who** was chasing the dog] went into the house.　→修飾主詞

上例中的兩個關係子句都是幫助說明「是哪一隻」？關係代名詞用 who，是常見的擬人化用法，貓狗和人一樣，都有生命（animate）。英文關係子句的位置和中文不一樣，中文說：[你昨天穿的]rel 那件衣服，關係子句在前，英文則在後：

中文：[你在宴會穿的]rel 那件洋裝很好看。
英文：The dress rel [which you wore in the party] looks good.

IV.　語法大哉問

? 1. 為什麼英文不能說：「Because..., so...」？這樣講很順啊！

學生常把中文直翻成英文，中文很自然地說「**因為**下雨了，**所以**我沒去」，翻成英文就出現了「Because..., so...」這樣的句子，但這種用法卻不符合英語語法，原因何在？

在第○章中已說明，中文的特色是以「主題」來貫穿對話或文字，因此子句都圍繞著一個主題打轉，彼此之間呈現「鏈狀連結」關係（chaining relation），而無所謂主從關係；「因為 -- 所以」或「雖然 -- 但是」都可以同時出現，彼此呼應。但換成英文可就不同囉！

英文句子必須遵守「主從分明」的原則，所以只能有一個主要子句。如果 because 與 so 同時出現，就分不出主、從，因此英文裡不能有這樣的句子：

英法文法有道理！重新認識英文文法觀念

Because it rained heavily, so I didn't go to the class.（×）→ 重點何在？

原因跟結果都加了附屬標記，都成了附屬子句，使得這句話沒有主要子句，主人從缺，語意和結構都不完整。為了要恪守「主從分明」的標記原則，because 和 so 只能擇一使用：

Because it rained heavily, I didn't go to the library.
It rained heavily so I didn't go to the library.

? **2. 用附屬連接詞的時候，何時要加逗號，何時可不用加？**

英文的標點符號是配合「主從分明」、「重點在前」的原則來標記。

對英語而言，最自然（default）的順序是「重點在前」，先講「主要事件」，再講「附屬條件」。因此若是主要子句在前，附屬子句在後，**符合正常的順序**，就不需要加逗號：

正常順序：主先從後

I decided to buy the book because it is insightful.
I would buy the book if it helps to overturn misconceptions.

但若是附屬子句在前，主要子句在後，這是**反常的順序**，就得用逗號加以特別標記，表示前一句並非重點，重點在後面：

反常順序：從先主後

Because the book is insightful, [I decided to buy it].
If the book helps overturn misconceptions, [I would certainly buy it].

有了「主從分明」基本觀念，進階篇中將進一步細究不同類型的主從關係。

3-2 進階篇

英語既是以語句為本的標記原則，每個句子只能有一個語意上的重點，落實在形式上就成為主要子句。其他部分都是次要，需要額外加上「附屬」標記。在附屬子句中，關係子句可能最讓學生頭大。

關係子句（Relative Clause）做什麼用？

基礎篇裡已提到關係子句也是一種附屬子句，是由關係代名詞 who、which、that 所標示的形容詞子句，在句子裡扮演修飾名詞的角色，對相關的名詞加以限定、形容、解釋、說明，補充關於名詞的訊息：

I met an old friend [who has five children].
→ who 子句用來限定前面的 friend　　→ who 是子句內的**主詞**

I bought a smartphone [which my friend recommended _____].
→ which 子句用來限定前面的 smartphone　　→ which 是子句內的**受詞**

這樣的關係子句有一個特色，就是子句中都少了一個名詞，這個「失蹤」的名詞由關係代名詞來「代替」，本尊則指向前面的名詞：

I met a friend. The friend has five children.

I met a friend [**who** has five children].

由於有一個「失蹤人口」，關係子句和其他修飾名詞的子句補語並不一樣：

He told **a story** [that a frog turned into a prince].
→ that 子句用來說明前面的 story，並非關係子句，因人物俱在

He was sad for **the reason** [that his girl friend left him].

→ that 子句用來說明前面的 reason，並非關係子句，因人物齊全

關係代名詞代替子句內失蹤的名詞，作為「替身」，因此也有「格」的分別，在關係子句中當作主詞就用主格 who，扮演受詞則用受格 whom，不過代替無生物的 which 則沒有格的區別：

I ran into a colleague [**who** was shopping for a cellphone].

→ who 代替 colleague，在關係子句中為主詞

I ran into a colleague [**whom** I truly admire _____].

→ whom 代替 colleague，在關係子句中為受詞

I ran into a colleague [**whose** car was parked next to mine].

→ whose 代替 colleague's，在關係子句中為「所有者」

- -

I like any **food** [**which** tastes good].

→ which 代替 food，在關係子句中為主詞

I only like the **food** [**which** my mom made _____].

→ which 代替 food，在關係子句中為受詞

- -

He told a **story** [**that** shocked everyone].

→ that 代替 story，在關係子句中為主詞

He told a **story** [**that** I heard _____ several times].

→ that 代替 story，在關係子句中為受詞

上述用法中，作主詞的 who 已漸漸取代 whom，造成 who / whom 不分的現象，原因可能和「懶人原則」有關（一笑！）。此外，當 who / which 作主詞時，一定要出現，但是作受詞時，則可以省略，因為不致造成理解困擾。

關係代名詞還可以搭配適當的介系詞，用來代替副詞片語，這時不要忘了加上該加的介系詞：

This is the <u>formula</u> [**by which** I solved the math problem_____]. → 方式

I used a sharp <u>knife</u> [**with which** I opened the can _____]. → 工具

John is the <u>guy</u> [**with whom** I went to the party _____]. → 同伴

I went to a <u>park</u> [**in which** I found the stray dog _____]. → 地點

這些關係代名詞，因為出現在介系詞後面，所以不能省略。搭配介系詞的結果就等於疑問副詞：

in which → where → I went to a park **where** I saw the dog.

by which → how → This is the formula **how** problems can be solved.

That 到底標記幾種子句？什麼時候可以省略？為什麼？

要回答這個問題，首先要理解 that 的三種溝通功用：

(1) 作為動詞後的補語標記

He told me [**that** he likes the girl].

He said / thought [**that** she is pretty].

(2) 作為關係子句內的關係代名詞

I've read the book [**that** tells a great story]. → that 代替子句主詞

I've read the book [**that** you bought _____ yesterday]. → that 代替子句受詞

(3) 作為名詞後同位補語的標記

I found out the fact [**that** he quit his job last month].

省略的大原則是「不妨礙溝通」，只要 that 隱身時不致造成理解困擾，通常是可以省略的。依此原則，只有兩種用法中 that 必要現身，不能省略：

◆ 關係主詞不可省：

作關係代名詞，代替主詞時不可省略。代替主詞時 that 標記關係子句中的主角，主角不能缺席：

> I read the book **that** tells a great story.　→ 若省略 that，tells 就沒有主詞！

◆ 同位修飾不可省：

作為第三種同位修飾、出現在名詞後補充說明名詞語意時，that 不可省略。

同位修飾和前面的名詞是平行而重複的，若省略 that，兩個名詞性的成分就會重疊出現，有礙理解：

> He mentioned the fact **that** [he quit his job last month].
> → 若少了 that 感覺好像是兩個分開的句子！

其他情況則比較自由，即使 that 不出現，仍可藉由其他成分偵測子句的功能：

> He thinks [she is pretty].　→ 不影響理解
> He told me [he has a crush on the girl].　→ 不影響理解
> He found the key [she lost yesterday].　→ 不影響理解

何謂「限定」與「非限定」關係子句？區別何在？ 怎麼用？

關係子句的「限定」與「非限定」用法，如果單就字面的意思來看，時常讓人搞不清楚，該如何區分兩者的使用時機。

所謂**限定**的用法，就是「眾中選一」：從許多可能的選項中「限定」一個，在一個較大的集合中，利用關係子句來限定、標示出所指的子集合：

The man [who we met yesterday] is my boss.

→ 男人？眾多男人中哪一個？是那個我們昨天遇見的那一個。

The Americans [who are sports-crazy] are coming to the game.

→ 眾多美國人中有些是運動狂熱份子，有些則不是，關係子句幫助「限定」指狂熱
的那一群美國人。

用圖解來表示：「限定」就是

ONE out of a set

→ 大集合中選一個子集合。

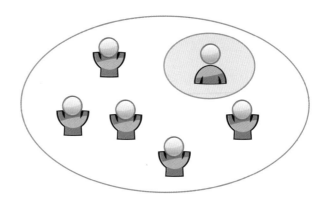

非限定用法恰恰相反，是「無須限定」或「非用於限定」的意思：通常用於沒有其他可能
人選的情況下。因為指稱對象已經很明確，沒有其他可能，所以不需要再去「限定」；「無
須限定」的關係子句只是做「後位補充」，所以通常前後都加上逗號「,」：

The Americans, who are sports-crazy, all love the game.

→ 所有美國人都對運動狂熱，他們全都愛這場比賽。

(指的是「全體」美國人，不需再限定)

President Ma, who studied law, is careful about legislation.

→ 馬總統是讀法律的，他對立法十分謹慎。（馬總統就只有一個，不需限定）

用圖解表示：「無須限定」就是 ONLY ONE → 只此一家別無分號

瞭解了「限定」與「非限定」的區別後，就要小心以下的句子：

My father who is American works in Taiwan.　→ 還有其他的爸爸？

- -

My father, who is American, works in Taiwan.　→ 只此一位，無須限定！

一個句子是否只能有一種時態？

原則上，主要子句內的主要動詞標記整個事件的時間點，是時間上的主軸；附屬事件在時間上的定位，可能以這個主軸時間點作為參考基準，也可能有獨立的時態：

He said last Monday that tomorrow would rain.
→ 此處的 tomorrow 是向 last Monday 對齊，上週一之後的次日

主要事件 → 他上週一說。
附屬事件 → 明天會下雨（指上週二）。

兩者的時間點都在過去，所以這個句子從頭到尾只出現過去式。

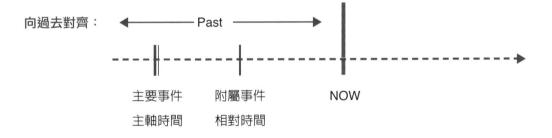

但另有一種情況，主要事件和附屬事件之間可以彼此獨立，各自以說話當下的「現在」為基準，時空上不相連，句中就可能出現兩種時態：

He imagined this morning that tomorrow will rain.
→ this morning 的 imagine 和 tomorrow 的 rain 之間可以彼此獨立。

主要事件 → 他今天早上想像

附屬事件 → 明天會下雨

兩者時間區段不同，主要事件 imagine 雖發生在過去，但允許附屬事件完全脫鉤，可以是未來的情況，因此本句同時混用了過去式及未來式。

向「說話當下 - 現在」對齊：

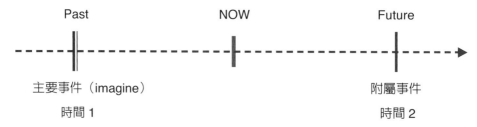

Past   NOW   Future

主要事件（imagine）   附屬事件

時間 1   時間 2

❓ 什麼時候要向主要時間對齊呢？

一般說來，關鍵在主要動詞和子句間的語意搭配。若主要動詞強調「共時的」感知現象，就需要向主要時間對齊：

> I found that he was making a great invention.　→ 五官感知的共時現象
>
> → I saw / spotted that he was making an invention.

若主要動詞是表達認知思考性的「想法」，就可允許不同的時間：

> I found out that he is good at English.　→ 認知思考的結果
>
> → I realized / understood that he is good at English.　→ a character of him

但子句本身的事件類型也是關鍵，若是動作性的補語，時間上比較難分離：

> I realized that he was making a great invention.　→ 動作有明確的時間性
>
> → I realized that he made a great invention.
>
> I realized that he is an inventor.　→ 狀態事實

以上動詞補語多少要考慮事件的時間主軸，但對於修飾名詞的關係子句和同位子句來說，自由度就大多了。二者只是用來修飾名詞的形容詞，其時間點可以和主要事件完全脫鉤：

I'm eating the spagetti [you bought yesterday].
→ 我此刻在吃你昨天買的義大利麵

- -

I'm shocked by the news that [he was laid off last week].
→ 我此刻很驚訝上星期發生的事實

直接引述 vs. 間接引述

當我們要引述別人講過的話時，總是有兩種選擇：直接引述 （direct quote）或間接引述 （indirect quote）。前面所討論的大多為間接引述，在時間上的關聯有個別考量。直接引述則較為單純，以「原音重現」的方式直接呈現即可。直接或間接引述除了影響時間的不同，也會造成人稱的不同。

◆ 直接引述

直接的陳述方式就是「原音重現」，使得主從兩個事件必然在時空上各自獨立，互無關連，因此兩者會有不同的時態與人稱標記：
He said: "She is coming soon."
He mentioned: "I will visit her."

◆ 間接引述

前面已詳細說明，間接引述時，雖然主從兩個事件在時空上的參考點要趨於一致，但是仍可選擇以「主要事件」為主軸，或以「說話當下」為基準，因此時態的標記可能相同或不同：
He promised that he would visit her soon.　→ 向「主要事件」對齊
He promised that he will visit her next month.　→ 向「說話當下」對齊

由於中英文主從順序的習慣不同，在中英翻譯上常會因果顛倒；這邊提出兩個真實生活中的案例。

第一個例子是 Starbucks Coffee 點心紙袋上的一句話：

Hi, We're making a change. **Using** simpler recipes and **taking** out artificial ingredients.

第二句居然全是 V-ing，沒有中規中矩的主要動詞，怎麼回事？這是口語式的廣告用語，故意把「改變做法」凸顯為單獨的一句。正式文章中，兩個句子其實該合併為主從分明的一句話：[We're making a change]主要, using simpler recipes and taking out artificial ingredients.

這裡的結構是：主要子句直接先講重點 making a change，再以分詞子句進一步說明 change 的細節；這就是主從分明，重點先講！

接著再來看看，我們家車子的遮陽板上這句不太標準的英文：

DEATH or SERIOUS INJURY can occur;
NEVER put a child in the front seat.

請問這句警示的「重點」到底是甚麼？若直接翻成中文是：

可能發生嚴重受傷或死亡；兒童不可置於前座。　　→ 重點在後

我兒子看了半天後問了一句，英文的講法是不是應該說：

NEVER put a child in the front seat; DEATH or SERIOUS INJURY can occur.

依據「重點先講」的原則，你認為呢？

語法現身説

Part I 請選擇適當的連接詞

❶ _____ corporations decide to buy life insurance for their executives, the various plans should be evaluated like any other financial commitment.

(a) When   (b) Because   (c) So   (d) Though

❷ _____ we receive a definite commitment by the end of the month, we will be forced to cancel this proposal.

(a) Without   (b) When   (c) If   (d) Unless

❸ Francesca Rosati is the perfect candidate for the position _____ she possesses 5 years' experience in administration.

(a) so   (b) who   (c) because   (d) but

❹ The publishers suggested that the envelopes be sent to them by courier, _____ that the film can be developed as soon as possible.

(a) when   (b) but   (c) which   (d) so

❺ Deposit may be transferred to another session _____ notice of change is received at least 7 days prior to original date of enrollment.

(a) until   (b) if   (c) so   (d) but

Part II 克漏字

(a) but   (b) who   (c) so   (d) as

_(1)_ the presidential debates draw near, news of apathy among students in college campuses throughout the nation has come to the attention of campaign officials. Many students are already tired of candidates' promises and empty talk.

"It's a growing problem that must be addressed," said Barbara Moody, a Michigan University official _(2)_ has been watching the attitudes of college-aged voters in the past 20 years. "In the past," she added, "kids were passionate about their political beliefs, __(3)__ it's a different story these days."

Campaign officials are now in talks for emergency strategies to lure the younger generation into voting booths. "Their votes are absolutely essential, __(4)__ we've got to convince them that we have their best interests in mind," said Republican campaign supervisor, Rene Macleod.

Part III 中英比一比：主、從的區別

❶ 根據本章所說的道理，請就以下中、英文的對譯，分析兩者的不同。

> If the ax is dull and its edge unsharpened, more strength is needed.
>
> Ecclesiastes 10:10, *Bible*
>
> 中文翻譯
>
> 鐵器鈍了，若不將刃磨快，必多費氣力。
>
> 《聖經》傳道書 10:10

❷ 請看另一種主從分明的例子，分析英文關係子句的結構：

> Mr. Wickham, with whom Elizabeth had so hoped to dance, had decided not to attend.
>
> *Pride and Prejudice*, by Jane Austen, retold by Gill Tavner（聯經出版）
>
> 中文翻譯
>
> 伊麗莎白期待能夠和魏克漢先生一起跳舞，他卻決定不出席。
>
> 《傲慢與偏見》珍・奧斯汀著（簡易版）（聯經出版）

Part IV 解構主從結構

以下這段文字取自狄更斯之《小氣財神》*A Christmas Carol*（簡易版），史顧己的事業伙伴死後來找他，請觀察文章中用到的主要子句、附屬子句、形容詞子句、分詞構句，實際看看「主從分明」的概念是如何運用的：

BANG!!!

The door was blasted open by a violently cold wind. Scrooge shot bolt upright in his bed. Through the darkness he once again saw the deadly cold eyes of Jacob Marley. As Scrooge stared, he noticed that Marley, or rather, Marley's ghost, was bound by heavy iron with chains, padlocks and cash boxes that clanged when he moved.

'Nonsense,' muttered Scrooge, trying to settle himself again. 'Just a bad dream. I must have eaten too much cheese.'

'No, Ssscrooge, this isn't a dream,' whispered the spirit, 'Nor is it a nightmare.' Ssscrooge, thisss isss real.' It gave a frightful cry, echoed by a frightened yelp from Scrooge. Marley clattered his chains.

A Christmas Carol, by Charles Dickens, retold by Gill Tavner（聯經出版）

中文翻譯

「碰！」

一陣狂暴的冷風將房門吹開。史顧己猛然起身，脊背僵直坐在他的床上。黑暗中，他再度看見雅各 ‧ 馬里那雙死氣沉沉冷冰冰的眼睛。當史顧己盯住馬里看時，才注意到馬里，或者應該說是馬里的靈魂，身上被笨重的腳練手銬套住，鐐銬還掛著長鏈、掛鎖和現金箱，馬里只要一動，便會發出鏗鏗鏘鏘的聲響。

「荒唐！」史顧己喃喃自語，試著再度讓自己鎮定下來。「這不過是一場惡夢，我一定是吃太多起司了。」

「不是，史……史顧己，這不是一場夢，」鬼魂輕聲說，「更不是一場惡夢。史……顧己，這……是……真的。」

鬼魂發出恐怖的嚎叫聲，嚇得史顧己也跟著驚聲尖叫。馬里動動身上的鎖鏈發出鏗鏘的碰撞聲。

《小氣財神》狄更斯著（簡易版）（聯經出版）

解構主從結構

請挑出有主從結構的句子，檢視附屬子句的溝通功能。

解答

Part I 請選擇適當的連接詞

❶ **答案**：(a) When（當……時）

道理：本題已有清楚的主要子句，因此逗點前面的句子是所謂的「附屬子句」，從主要子句中 "the various plans should be evaluated..." 推知附屬子句應該是標記「時間」或「條件」的功能，表示在公司決定購買人壽保險「時」，才應該評估不同的方案，因此答案是 When。

❷ **答案**：(d) Unless（除非）

道理：從主要子句 "we will be forced to cancel this proposal" 推知前面的附屬子句是標記「某種假設情況」的條件句，If 和 Unless 都可標記條件句，但由上下文的語意推知：如果收到承諾，就不應該會取消；若沒有在月底收到確切的承諾，就會被迫取消企畫案，因此答案是 Unless（除非）。

❸ **答案**：(c) because（因為）

道理：前面的主要子句 "Francesca Rosati is the perfect candidate for the position" 指出主詞 Francesca Rosati 是該職位完美的人選，後面的附屬子句 "she possesses 5 years' experience in administration" 是一個事實，標記「原因」，與主要子句間有「因果」關係，因此選 (c) because（因為）。

❹ **答案**：(d) so（所以）

道理：主要子句 "The publishers suggested that the envelopes be sent by courier" 表示 publishers 建議信封用快遞方式送交，這個建議是為了達成附屬子句中的「目的」"that the film can be developed as soon as possible"（底片能盡快沖洗好），因此要選可用來標記「目的／結果」的 so（以致／所以），答案是 (d)。

❺ **答案**：(b) if（假如）

道理：主要子句 "Deposit may be transferred to another session"（保證金可以轉到下個會期使用）表達一種「可能情況」，要在「某種條件」下才能成立；附屬子句 "notice of change is received at least 7 days prior to original date of enrollment"（變更通知在原有登記日的前七天收到）即表示這個必要的「條件」，只有 if 可用來標記「某種條件」，因此答案選 (b) if（假如）。

英法文法有道理！重新認識英文文法觀念

Part II 克漏字

答案：d, b, a, c

道理：

1. **第一題**：附屬子句 " _____ the presidential debates draw near," 是標記主要子
   句的「時間前提」，既是「原因」也是「時間」，因此答案是 as（因……時）。

2. **第二題**："...Barbara Moody, a Michigan University official [_____ has been watching
   the attitudes of college-aged voters in the past 20 years]." 標示出來的附屬子
   句是「關係子句」，用來「修飾及補充說明」Barbara Moody，她在過去二十
   年都有持續觀察大學生選民的態度，因此答案是 who。

3. **第三題**："kids were passionate about their political beliefs, _____ it's a different story
   these days." 第二句的 different 點出前後兩個句子的意思是呈現「對比」的
   狀況：前句說明「以前的大學生對他們的政治信念十分熱情」，後句則表示「現
   在是完全不同的情況了」；因此空格中應該選代表對比狀況的 but。

4. **第四題**："Their votes are absolutely essential, _____ we've got to convince them that
   we have their best interests in mind,"，第一句指出了「前題」是「這些大學
   生選民絕對是非常重要的」，後面就自然提到所推導出的「結果」，so that「競
   選團隊人員必須去說服這些學生，他們有將學生們的最佳利益放在心上」，
   兩者之間存在「因果關係」，因此答案是 so。

Part III 中英比一比：主、從的區別

1. **英文**：主從分明，附屬子句有明顯的附屬標記 if：If the ax is dull...
   中文：主從不究，可同時標記因果前後等語意關係：「若……，就……」，或擇一標記，
   但語意關係隱於上下文中，用語意來作前因後果之分，但形式上不一定有主從。

2. **英文主要子句的結構**：Mr. Wickham [with whom 關係子句] had decided not to attend.
   英文的關係子句也是一種附屬子句，作為修飾名詞之用。

Part IV 解構主從結構

共有三句主從結構的句子：

1. [As Scrooge stared] 從屬子句表時間 ,
   he noticed 主要子句 [that 子句作受詞 Marley, or rather, Marley's ghost, was bound by heavy
   iron with chains, padlocks and cash boxes [that clanged] 關係子句
   [when he moved] 從屬子句表時間 .

2. 'Nonsense,' muttered Scrooge 主要子句 , [trying to settle himself again] 現在分詞子句 = (who
   was) trying to settle himself...

3. It gave a frightful cry 主要子句 , [echoed by a frightened yelp from Scrooge] 過去分詞子句 =
   (which was) echoed by a frightened yelp...

Chapter
04

是哪一個？

英文的 a 和 the 表達什麼？兩者之間有何不同？

名詞的單、複數怎麼決定？

可數、不可數的區別和在？

Where is the dog?
A dog is sitting there,
but he is not the dog Gafei is looking for.

Which
one?

I. 溝通需要

世界上這麼多的貓和狗，我怎麼知道你指的是哪一隻？

「貓追狗」這個事件牽涉到兩個「參與者」，溝通時，對方一定想知道這兩個傢伙到底是誰？是哪一隻貓，哪一隻狗？是我認識的嗎？為了讓對方清楚知道指的是哪一隻貓，哪一隻狗，英文發明了一個很聰明的方法，就是用 a 和 the 的區別，來給對方一些提示：

如果我說：I saw **a dog**. 其中 a dog 只告訴對方是一隻狗，不是一隻貓，或一隻兔子，是狗類一族的（one of the kind）。但到底是哪一隻狗呢？我沒說明，你也沒必要知道。

如果我說：I saw **the dog**. 其中 the dog 則給對方一個清楚的提示，是你一定知道的那一隻（the one you know），可能是我前面提過的那隻，或者是我們天天看見也很關心的那隻流浪狗，也可能是你昨天才買的那隻黃金獵犬。總而言之，當我用 the 時，我預設對方知道是哪一隻，是「你知我知」的那一隻！

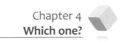

 II. **標記方式**

英文名詞前要加上冠詞。這是我們從小就學過的術語，a 是「無定冠詞」（indefinite article），用於標記「非特定」的名詞，the 則是「定冠詞」（definite article），用於標記「特定」的名詞。但到底什麼是「特定」與「非特定」？大多數學生對這兩個術語的實際意涵似乎不甚理解，在使用上也常出錯，本章的目的就是要釐清這兩個重要的概念。

翻轉一：a 與 the 的功能差異：在於是否「你知我知」

語言中出現名詞時，是要用來「指涉」（refer）周遭的人、事、物。前面加上冠詞 a 或 the，則是幫助提示指涉的對象是不是對方知道的。「特定」的意思就是「有特別明確的指涉」，是你可以「特別認定」的那一個：the dog 清楚標示出說話者所指的狗是聽者可以明確指認的、是「你知我知」的那一隻。「非特定」或「無定」的意思則是「沒有特定的指涉對象」，是你「無法認定」的那一個：a dog 僅標示是狗類中的「某一隻」，並非聽者可以明確指認的。

簡單來講，a 跟 the 的功能在於傳達說話者每次使用名詞時所指的對象，究竟只是某類的東西（a kind），還是一個明確的個體（a token）？若是明確的個體，究竟是對方知道的那一個（known to the hearer），還是對方沒見過也不熟悉的（unknown to the hearer）？英文要求名詞前面要加上冠詞的標記，目的在於提示指涉的對象，因為使用名詞時有四種可能的指涉類型：

❶ 某類東西，**我不知你也不知**是哪一個

I want to buy a car. → 想買一輛車，你我都不知道是哪一輛

- -

❷ 某個東西，**我知但你不知**是哪一個

I bought a car. → 我買了一輛車，但你不知道是哪一輛（你沒看過 / 聽過 / 說過）

- -

❸ 明確的那個東西，**我知你也知**的那一輛

I bought the car. → 我買了那輛你一定知道的車（你看過 / 聽過 / 說過）

❹ 明確的一個東西，藉由我的限定說明，**你好像也知道是哪一輛**

　I want to buy the car [I saw yesterday].　→ 我昨天看過的（夠清楚吧！）

綜合這四種情形，我們發現名詞前標記 a 或 the，最關鍵的考量應是：名詞所指涉的物件對聽者來說是否可以辨識（identifiable），是否可以明確認定是哪一個（definite）。換句話說，關鍵就在於四個字 ——「我知你知」。我講的是哪一個，你知不知道呢？如果是「我知你也知」的（identifiable to the hearer），就用 the 來標記，如果是「我知你不知」的（non-identifiable to the hearer），就用 a：

What did you do yesterday?

I read **a book** yesterday.　→ 認定聽者不知道是哪一本

I read **the book** yesterday.　→ 認定聽者知道是哪一本

- -

同理，複數名詞也是一樣的考量：

What did you do yesterday?

I read **books** yesterday.　→ 聽者不知道是哪些書

I read **the books** yesterday.　→ 聽者也知道是哪些書

 翻轉二：何時用 a ？何時用 the ？取決於聽者「可否辨識指認」

瞭解 a 跟 the 的區別後，我們來看看在實際生活中，如何使用這兩個不同的標記。

從前在學校學英文時，很多老師會教：第一次提到的用 a，前面提過的就可用 the。這個說法過於簡略，真正意義還是要回到「可否辨識指認」的原則。以下用兩個例子加以解說：

可否辨識指認的例子 (1)

一大早，兩女生第一次碰到，開始講的第一段對話就是：

A：You know what?! I bought **the skirt** last night.

B：You did! I like it, too.

這段對話中，A 和 B 今天第一次講話，A 第一次提到 skirt，就用 the skirt，而不是 a skirt。為什麼？

可能的情形是，A 和 B 之前曾一起逛街，A 看上了一件裙子，一直想買，B 早就知道這條裙子。也就是說，不管前面有沒提過，說話者所指的對象 the shirt 對聽者而言，是特定、明確、同時也是已知（known）、可辨識指認的（identifiable）。在這樣的情況下，說話者就可以用 the 來提示「已知」。

> 如果 A 沒有充分理由相信 B 知道自己指的是哪一件襯衫，就只能用 a skirt：
> A：You know what?! I bought **a new shirt** yesterday.
> B：You did! I'd like to see it.

這樣的對話顯示，A 認為自己講的襯衫對 B 來說一定是陌生的、不明確的、未知的（unknown）、無法辨識指認的（non-identifiable），所以才用 a 來做為名詞標記。

可否辯識指認的例子 (2)

太太打電話到先生的辦公室，總機小姐接了電話，之後太太質問先生：

> Wife: I called you at your office, but **the operator** answered the phone.
> Husband: Oh, I was away from my desk for a while.

為什麼之前從沒提過的 operator，老婆第一次提到卻是用 the operator ？

這是「場景知識」所觸發的「已知」。operator 對彼此來說都是「可辨識指認」的，因為公司一定有 operator。在經驗範疇中，提到 office 就可能帶出一些相關、可辨識理解的特定對象，如 the operator、the manager、the janitor、the parking lot、the front gate、the key、the phone、the desk 等，這些都算是「公司場景」下共有的生活常識。

聽者的「已知、可辨識」由哪些條件構成？

歸納一下，溝通過程中的指涉對象，在哪些情況下我們可以認定對方會知道呢？語言學者 Givón（1993）認為通常是基於以下三種情況[9]：

（1）**Shared situation**（同處的時空環境：人、地、時、物）

Speaker & hearer: *I, you, we*

Demonstrative: *this whiteboard, that desk*

Adverbs of time: *now, later, tomorrow*

Adverbs of place: *here, there*

處在同一個情境當中的人，因為有一個共同的參照，因此很容易明白彼此所指稱的人、事、時、地、物。假設你和朋友在同一間教室裡，你跟他說 Look at the desk.，對方應該能夠立即明白你指的是哪一張桌子。

（2）**Shared discourse**（共享的言談對話）

這就是老師強調的，同一個人物，第一次提到用 a，第二次提到用 the。當我們闡述一件事的時候，剛開始聽者對傳達的內容還一無所知，必須先把指涉對象建立起來，所以第一次介紹的人物都用 a，之後才用 the 或是代名詞來指稱：

I saw **a friend** yesterday at Starbucks. **He** loves coffee and drinks it every day. **The friend** and I used to visit all the newly opened coffee shops in the area.

（3）**Shared background knowledge**（共同的背景知識）

A. Shared universe：*the Sun, the Earth, the Mars*

B. Shared experience：the President, the Mayor

9.Givón, T. 1993. *English Grammar: a function-based introduction*. Vol. I, p. 214. John Benjamins Publishing Co.

C. Shared knowledge frame:

He bought a house, but **the living room** was too small.

He was sent to the emergency room, and **the doctor**...

He told us that **his father** was ill.

「背景知識」可大可小。處於相同社會文化中的人,擁有對「環境」的共同認識。人類共享一個地球,看到同一個太陽,經驗中早已熟知。擁有相同的生活體驗的人也共享同一套背景知識;提到 the Mayor 的時候,只要是住在同一個市鎮的人,都能明白指的是哪一位市長。當你說 the movie,昨天跟你一起看電影的人也會知道你講的是哪一部電影。

此外,從小到大對日常生活各項事物的認知,會逐漸形成一套知識框架(schema);這些框架在我們運用語言的過程中扮演重要角色,影響訊息的傳遞與理解。例如,提到 house 就自然會想到 living room、kitchen;提到 emergency room 就想到 doctor。這些場景知識也是決定「已知未知」的必要考量。

III. 標 記 特 點

名詞出場,必有標記

英文的名詞出場,一定要「化妝打扮」,一定要加上兩種標記:1. 標示單複數,2. 標示「已知否」:

> I saw cat.(×)→ 錯誤的中式英文
>
> I saw a cat / the cat / cats / the cats.(○)

只要記住 the 代表「我知你知」,the 的使用規則不用背!

以前學英文的時候,可能很多人都背過使用定冠詞 the 的規則。但其實這些規則背後的道理只有一個,那就是考量溝通上的需要:我講的是哪一個,對方知不知道呢?是否「我知你知」?只要掌握這個原則,就不用再辛苦的「背文法」了。來看看是不是這樣:

1. 定冠詞用在特定的名詞前：

the capital of France、the United States

→ 法國的首都只有一個，世界上也只有一個美國，都是明確而特定的指涉對象，是「我知你知」的那個。

---

2. 定冠詞用在表示世界上獨一無二的事物或表示自然現象的名詞之前：

the Earth、the Sun

→ 這些都屬於全世界唯一、人類共享的背景知識，當然是「我知你知」的。

---

3. 定冠詞用在江河、海洋、海峽、海灣、群島、山脈、沙漠等專有名詞前：

I have been to the English Channel.

→ 這類名詞被稱為專有名詞，就像 the Sun、the Moon 是世界唯一的，其形式仍屬於 [the + 一般名詞]，如台灣海峽 the Taiwan Strait，Taiwan 修飾 strait，因 strait 是一般名詞，加上 the，並大寫，就成了獨一無二的，也是「我知你知」的背景知識。

---

4. 定冠詞代替不定冠詞，用於修飾上文已提過的人事物：

Last night I visited a man. The man is a famous singer.

→ 當雙方有共享的言談對話時，對聽者來說，指涉對象是明確且可以辨識的，就是前面已經提過、「我知你知」的那個。

---

5. 定冠詞用在序數詞，形容詞最高級和表示方位等的名詞前：

He won the first prize.

He is the best singer in the south.

→ 第一名只有一位，「最……的」也只有一位，東西南北都是固定的方向，皆屬於明確唯一的指涉對象、「我知你知」，因為只有一個。

---

6. 定冠詞用在單數名詞前，表示某一類的總稱：

The computer is a very important invention.

→ 這是一種「泛指類型」的用法，用「個體」來代表群體，a 或 the 都可使用，當作個體的標記，用來專指「類型」。用 the computer 時，可以算是「定指」意義的延伸，用「這個」代表「這種」，當然也是「我知你知」的特定類型！

7. 定冠詞用在形容詞前，表示某類人或物，相當於複數名詞：

the old、the young、the rich、the dead

→ 以形容詞屬性來表達類型屬性，形容詞 （old）用來代替名詞 （old people），是簡化的用法。the 仍然是用來指稱「我知你知」的類型群體。

- -

8. 定冠詞用在表示某姓氏的複數專有名詞前，表示某姓氏的一家人：

The Browns often come to see us.

→ the ＋姓氏，代表姓氏專有的一族，用來指稱「我知你知」的那家人。

- -

9. 定冠詞和計時、計量的名詞連用：

He is paid by the month.

Apples are sold by the pound.

→ 計時、計量名詞都是眾人皆知、獨特的計算單位，加上 the 仍是指「類型」，是明確特定「我知你知」的計量類型。

- -

10. 定冠詞用在常識範圍內的「已知」人物：

We went to a Chinese restaurant for dinner and the waiter was really funny.

→ 場景框架下的已知，在 restaurant 場景下，the waiter 是「你知我知」。

總之，the 所標記的，必然是「你知我知」的那個。

 翻轉三：可數、不可數的區別在於可否「個體化」

瞭解了 a 和 the 的用法，我們再來檢視另外一個「名詞出場、必有標記」的重要課題：名詞的單複數如何決定？

英文的名詞需要標記單複數，單數就是「單一」個體，複數則是「多個」的概念。複數名詞必然可數，並帶有複數標記 -s, 如 books / tables / houses / churches / ladies; 但有些複數形式較特殊，，如 men / women / mice / sheep。我們好不容易把複數的形式背下來了，但用的時候還是一頭霧水，問題可能是我們並未真正瞭解單、複數的意義何在，可數、不可數的區別又是怎麼回事？

可數 / 不可數的區別在於可否「個體化」。個體的概念並非完全由物理性質決定，rice 和 sand 是不可數名詞，但若硬要拿來數一數，仍是可以計算出有幾顆米，幾粒沙，所以「可數」的概念並不是指東西真的可不可以數，而是依「使用情況」與「認知判斷」而定。在大多數的情況下，大多數的人使用 rice 這個詞的時候，不會把它「個體化」，不會再細分米粒，而是把一堆米當做一個整體來看，在認知上和使用上，是「整體不可分」的概念。

因此，「可數」的意思就是可以「個體化」並強調「個體性」。「不可數」的意思就是不會再「細分」、不會「個體化」，但決定的關鍵是人的認知選擇。Water / rain 是液體，物理上的確無法再細分，所以是不可數；但是 tears（眼淚）也是液體啊，為什麼卻是可數？關鍵就在於人的認知隨著實際觀察到的現象而轉變，眼淚是一滴滴的掉落，就像珠子一顆顆地落下，似乎連成一串，卻又明顯可分，可以再細分成一滴一滴的眼淚「個體」，所以是複數的概念。

有一首著名的老歌就叫作 *Rain and Tears*：

Rain and tears are the same,　　　雨水和淚水外表都相同
But in the sun you've got to play the game.　　大太陽下你卻得玩花樣
When you cry in winter time,　　　冬季乾旱你掉淚
You can't pretend. It's nothing but the rain.　不能假裝沒事推說是雨水

❓ 為什麼 rice 是單數，但是 noodles 卻是複數？

有學生問：米飯和麵條都是食物，為什麼 rice 是單數，noodles 卻要用複數？

前面提到，rice 這個詞，不管用來指「米」還是「飯」，在認知和使用上都是「整體不再細分」的概念，吃飯時我們不會一粒粒的夾、洗米時也不會一粒粒的洗。米飯的顆粒小到在認知上不具分割的意義，在日常生活中也不會需要細分為一粒粒來使用，因此是「不可數」的概念。同樣的道理也適用於 flour（麵粉）這個詞，麵粉如細沙，不需細分，

也不會再細分,所以也是「不可數」。

但是 noodles 不同,麵條的「個體性」較明顯、較獨立,一條一條可以再細分。所以有人吃麵時是一條一條慢慢地享用。不管怎麼吃,吃麵條時一定不是只吃一條,而是吃很多條,所以通常用複數:

I like **noodles**; he likes rice.

- -

注意,北方人吃麵;南方人吃米,可不能說成:
Northerns eat **flour**; southerners eat rice.(×)　　→ 麵粉 flour 不是吃的

- -

可改為:
People in the north eat **noodles**; people in the south eat **rice**.
Northerns prefer food **made of flour**; southerners prefer food **made of rice**.

IV. 語 法 大 哉 問

? 1. 所以,到底是 World War II 還是 The 2nd World War ?

學生有時搞不清「第二次世界大戰」或「第二章」的說法,在英文裡
只能說: The 2nd Chapter 或 Chapter 2
　　　　 The 2nd World War 或 World War II
不能說:The Chapter 2(×)
　　　　 The World War II(×)

- -

原因何在?因為 Chapter 2 就像 President Ma 或 Professor Liu 一樣,是專有名詞的一種形式。將一般名詞大寫即可作為「稱謂詞」(Chapter、Presdient、Professor),其後再加上明確的限定修飾(Chapter 1, President Ma, Prof. Liu),就成為專有名詞,如

同人名 John 一樣，前面不可再出現多餘的冠詞。

另一種講法，The 2nd WW 或 the 2nd Chapter，前面出現 the，則是序數的標記要求，就如 the first、the second、the third、the fourth... 第一、第二、第三、第四名應該各只有一位，具有相當明確特定的指涉範疇，因此用 the。

所以 Chapter 2 和 the Second Chapter 這兩種講法，各有其來源，但都視同專有名詞，具有特定的指涉對象。

 2.「外文系」的英文有問題嗎？

台灣許多外文系的英文名稱中都有複數的 Literatuares，這是什麼道理？

交大外文系的英文名稱是：
Department of Foreign Languages and Literatures（外國語言與文學系）
Language 和 Literature 兩個詞都加上了 -s，但是 literature 在高中課本裡不是都教說是「不可數」嗎？外文系怎麼連記自己的名稱都搞錯了？

這個例子讓我們看到單複數的概念不是死板僵化、一成不變的，而是有可能隨著使用情境和溝通目的而改變的。外文系之所以要採用複數形式的 Literatures，就是要表達複數語意，表明外文系教的不只是一種文學，而是有多種不同的文學類別：小說、戲劇、詩歌、散文；英國文學、美國文學、歐洲文學等，包羅萬象，因此以複數的形式表達「不只一種文學」的複數語意。

形式搭配語意的前提下，特殊形式就是搭配特殊語意！

4-2 進階篇

在「名詞出場必有標記」的原則下，名詞一定要有單複數和冠詞的標記。基礎篇中已說明 a 和 the 的功用在於指出聽者「知或不知」兩種不同的情況。但是名詞一定都要加冠標記嗎？除了專有名詞以外，一般名詞前面一定要有 a 或 the 嗎？有沒有可能什麼都不加？

名詞都一定要有冠詞嗎？

名詞前加上 a 或 the，用意是要「提示」聽者名詞所指的個體究竟是哪一個。但當名詞的出現並非為了指涉個體，意即「無指定個體」，或是聽者無須辨明指涉對象時，意即「無須指認個體」，也就沒有必要「提示」了。因此在使用時，指涉性較弱、個體性不重要的名詞，前面就不一定要加上冠詞，成為無冠詞的名詞型態 （bare noun） ，以下是兩種常見「無個體指涉」的情況：

(1) 用複數名詞表示「無須辨明個體」：泛指類型、群體或種類，單獨的個體並不重要。

> 例如：I see dogs there. → 一群狗，不需細究是哪些狗

(2) 用不可數名詞表示「無須個體化」：無法指涉單獨個體，亦泛指類型。

> 例如：I eat rice. I like brown rice. → 這種類型的米

請注意：帶不帶 the 的標記是要看有沒有指涉個體的意圖。複數或不可數名詞也可能用於指涉個體，關鍵是要看這個名詞被使用的「目的」何在，若溝通目的仍是在說清楚出「哪一個、哪一些」，就仍要加上冠詞：

> I see **the dogs** there. → 你知道的那一群狗
> I'm eating **the rice** you bought yesterday. → 你昨天買的這包米

單數或複數名詞在冠詞的使用上有差別嗎？

原則上，單、複數名詞在 a / the 的使用上，考量是一致的。但在語用情境的暗示下，單、複數不同可能導致不同的語意解讀。以下兩組對話中的指涉對象，因單、複數的差異，可能造成不同的解讀：

A: What did you do lately?

B: I sold **a house**. 我賣了一棟房子。（聽者不知道是誰的）

I sold **houses**. 我賣房子。（說話者的工作很可能是房屋仲介）

- -

B: I sold **the house**. 我賣了那棟（你知我知的）房子。　→ 可能是自己的房子

I sold **the houses**. 我賣了那些（你知我知的）房子。

使用「無標」的複數名詞 houses，表示「多個」但又無個體指涉，因此解讀為房屋類別。同時，賣了很多房子形成「多數事件」，時間上較長久，傳達出額外的訊息：說話者可能是一名以賣屋維生的房屋仲介。

定冠詞和專有名詞一樣嗎？專有名詞可不可以加 the ？

既然 the 是用於指涉特定對象，那專有名詞也有特定的指涉對象，前面可不可以再加 the ？

只能說：I saw John yesterday.

I saw President Ma yesterday.

- -

不能說：I saw the John.（×）

I saw the President Ma.（×）

顧名思義，「專有名詞」就是特定對象「專有」的名稱，如人名（Mr. Lee、Mayor Hu、George Washington）或地名（Taiwan、Hong Kong）。一旦已指名道姓，聽者就知道所

指的特定對象是哪一個，既然「僅此一家，毫無疑義」，也就不需要額外用冠詞來標記。但**姓名**只是專有名詞的一種類型，還有其他兩類的專有名詞：

(1) 稱謂＋姓：藉由獨一的姓氏來指認稱謂下的個體

如 President Obama，就等同 the President of the US

(2) the ＋大寫的一般名詞：特指地球上獨一無二，眾人皆知的那一個

如 the Sun（太陽）、the Moon（月亮）→ 大寫標示專有性

英文中 sun 和 moon 是一般的天體名詞，sun 指恆星，moon 指衛星，小寫時都當一般名詞用。但在所有恆星中（suns），只有一個是對地球最重要的，就是 the Sun（太陽）；在所有衛星中（moons），有一個是最特別的，地球天天都看得到，就是 the Moon（月亮）。

為了形式上簡明方便，英文所有的專有名詞，都特別用**大寫**來標記，表明其指涉對象的專有性，即「專屬於一個固定獨特的對象」。但一般名詞並沒有「專屬性」，cats 有無數隻，到底是哪一隻？必須藉由冠詞的提示，以利聽者的辨識指認。因此，冠詞大都用於一般名詞。

在**指涉強度**上，[the ＋一般名詞] 的指涉明確性其實幾乎跟專有名詞相當，有相同效果。說話者每次使用名詞時，可以選擇不同的指涉強度。下圖顯示了由 a 到 the 的指涉強度階段變化，從最廣泛、最不明確的 something 到最明確的專有姓名 Sharron，其指涉範疇漸漸限縮，漸趨明朗[10]：

Do you see something there?　　　　　　　　　　　　　明確性弱
　　　　　　some animal there?
　　　　　　a cat there?
　　　　　　a black cat there?
　　　　　　a black cat sitting on a rock at the corner there?
　　　　　　a black cat with long whiskers sitting on the rock, licking her foot and wagging her tail at the corner over there?

　　　　　　THE cat there?
　　　　　　MY cat there?
　　　　　　SHARRON there?　　　　　　　　　　　　　明確性強

10. 同前，參考 Givón, T. 1993. *English Grammar: A Function-Based Introduction*. Vol. I, p. 225.

以上說明再一次強調英文有一個簡單又好用的標記 THE，只要加上這個小小的標記，功用就等於專有名詞，就等於明白告訴對方是「你知我知」的那個，the book / the man / the dog / the cat / the house... 都是你能夠認定、你知道、你熟悉、應該不會和別的搞混的、「特定」的那一個。定冠詞 the 幫助我們不用多費唇舌形容半天，就可輕鬆愉快的完成指涉標記，真的很好用！

a / the 的用法與時態有無關連？

瞭解 a / the 方便好用，我們要進一步探討名詞標記與時態的關連性。名詞是否有明確指涉和事件是否已經發生有密不可分的關連。因為，已知事件才可能有已知人物；未知的事件則預留「未知人物」的空間，因此時態會影響對名詞的解讀，這是很有趣的現象。

前面已說明，以 a 做為標記的名詞是指聽者「無法辨識」的對象，如：

> I met a friend. → 我的朋友，但你不認識
> I bought a car. → 我買了車，但你不知道是哪一輛

有沒有注意到？上兩句都是「已真實發生」的過去式。「事實」發生了，就一定有固定的參與人物，a 就是用來指涉這個確定的個體（a specific one），雖然聽者不知道是「哪一個」，但是至少知道「有一個」！

與「事實」相反的，就是「非事實」（non-fact），指的是「沒有真實發生過」的事情，所以舉凡未來、假設、條件、甚至疑問、否定 ... 等句式，都帶有「非事實」的屬性。在還未發生的事件中，a friend、a house、a book 有可能是一個確定的個體（a specific one），也有可能是尚未確定的任何一個（any one）。

以下這段在書店的對話，want 這個喜好動詞表達一個意願，想要買書，但現在還沒有發生，因此屬於非事實：

A：What do you want to buy?

B：I want to buy **a book**.　→ any book or a specific one?

B 回答 a book，代表他想要買的書是 A 不曉得的，這點沒有問題。不過再深入細究，B 自己曉得是哪一本書嗎？ B 的回答其實有兩種可能：

可能一：I want to buy a book, <u>but I haven't found it here.</u>　→ a specific book in mind
可能二：I want to buy a book, <u>but I don't know which one yet.</u>　→ any book

第一種可能是，B 知道自己要買的是什麼書，只是沒有找到，a book 指的是「特定而具體」的個體（token referring）。可能二則是，這本書是什麼書，連 B 自己也不曉得，因為他還沒有決定要買哪一本。這時候 a book 就不再是「特定而具體」的個體了，而是代表一種類型（type referring）：是要買書，不是要買雜誌，也不是筆記本。

再來看看另一個例句 [11]：

Richard would like to marry **a rich woman**.

A rich woman 對聽者而言是未知、無法辨認的，這點已很清楚。但再細究這個句子，因為時態是投射於未來的期望，因此也可以有兩種解讀方式：

可能一：Richard wants to marry a rich woman, <u>though he doesn't love her.</u>
可能二：Richard wants to marry a rich woman, <u>though he doesn't know any.</u>

可能一，Richard 想要娶一個有錢的女人，但是不愛她，這表示他已經有了確定的對象，知道「她」是誰。
可能二，Richard 想要娶一個有錢的女人，但是還沒找到，可見大概只是做白日夢，a rich woman 並沒有「確定」的指涉，只能當作一個類型。

這種解讀上的自由完全是因為時態使然。如果把這個句子變成確實發生過的「事實」，就無法如此「率性」了：

---

11. 同前，參考 Givón, T. 1993. Vol. 1, Ch. 5. pp. 213-219.

Richard married a rich woman.

可能一仍然存在：...though he didn't love her.（a specific one）
可能二就不成立：...though he didn't know any...??（×）
　　　　　　→不可能是 any one，因為已是事實

此處以過去式呈現事實，Richard 的確娶了一個有錢的女人，當然就是真有其人，就算聽者都不曉得是誰，仍然有那麼一個確定而具體的對象，因此只有第一種可能（a specific one）是成立的，第二種可能（any one）就完全說不通了！

冠詞的標記賦予名詞指涉功能，但實際的指涉對象在不同時態中，呈現不同的面貌。語言成分彼此影響，成為一個「生命共同體」！

The 的特異功能：萬一「我以為你知，你卻不知」怎麼辦？

A：You know what? I saw John on TV yesterday！
B：John? Which John? You mean THE John we met last week?

上面這段對話，乍看之下好像違背前面說過的原則：人名前面不加冠詞；怎麼會這樣呢？
這其實是把 the 的基本功能發揮到極致。如果講出人名還是不夠明確的話（這是有可能的，也許你認識好幾個 John），那麼加個 the 可以幫助進一步界定對象的「已知性」，這個 John 到底是哪個 John。再看看這個常遇到的句子：

He is THE Picasso in our class.

這是另外一種 the 基本功能的發揮，這裡的 Picasso 不再是一個指涉特定個體的專有人名（名畫家畢卡索），而是變成「很會畫畫的人」這個普通名詞的代稱（＝ the great painter），前面加上 the 來突顯這層意義，他是班上那個獨一無二、很會畫畫的「畢卡索」。

語法現身說

❶ Ms. Rivera is going to write to _____ to complain about the poor service she received during her stay at the hotel.

(a) a manager　(b) the manager　(c) managers

❷ Timothy lives in a hotel on the West Coast that rents rooms by _____ .

(a) month　(b) a month　(c) the month

❸ The governor's panel of experts reported that supervisors should continue to review safety standards _____ .

(a) on regular bases　(b) on the regular basis　(c) on a regular basis

❹ For each workshop, you must register and pay prior to _____ date on which _____ conference begins.

(a) the; the　(b) a; a　(c) a; the

❺ A flurry of promising economic news in _____ ten days has caused analysts to revise their forecasts for the stock's growth.

(a) last　(b) the last　(c) a last

Part II 請選擇適當的答案

　 (1) simple method of determining how fast savings grow is to use　(2) "Rule of 72." Divide　(3) number 72 by the interest rate to get　(4) number of years required for money to double. For example, in the case of a 6% interest rate, 72 divided by 6 equals 12, so it takes twelve years for money to double. This is based upon the 6% rate being compounded annually. If　(5) interest is compounded quarterly or daily, slightly fewer years will be required.

（1）(a) A　(b) The　　（2）(a) a　(b) the　　（3）(a) a　(b) the

（4）(a) a　(b) the　　（5）(a) a　(b) the

Part III

中英比一比：名詞的標記

根據本章所講的道理，分析 **a**、**the**、單數、複數的運用。

If a man is lazy, the rafters sag; if his hands are idle, the house leaks.

Ecclesiastes 10:18, ***Bible***

中文翻譯

因人懶惰，房頂坍塌；因人手懶，房屋滴漏。

《聖經》傳道書 10:18

Part IV 名詞標記大檢驗

以下這段文字取自威爾斯之《世界大戰》*The War of the Worlds*（簡易版），看看什麼東西侵略了地球，請觀察文章中一般名詞的標記，a 及 the 的用法有何不同：

No one would have believed that at the end of the nineteenth century that planet earth was being watched by beings more intelligent than humankind, who regarded our planet with envy and were drawing up plans against us.

…

Convinced that a meteorite had landed on the common, Ogilvy rose early the next morning and strode out to investigate. On the grassy hillside, he found that a huge hole and been blasted violently into the earth, with sand and gravel flung in every direction. In places, the heather was on fire.

Then he saw the thing itself, half buried in the pit. It was a metal cylinder, more than thirty yards in diameter. Ogilvy knew that it could not be a meteorite. A noise came from within the cylinder. 'Good heavens,' said Ogilvy. 'There's someone in it. They must be half roasted to death and trying to escape!'

…

A grey, rounded bulk was crawling from the cylinder. Its skin caught the light,

---

glistening like <u>wet leather</u>. Two large, dark <u>eyes</u> regarded <u>the crowd</u>. <u>The thing's</u> <u>head</u> was round, with <u>a lipless, v-shaped mouth</u> that quivered and panted and dribbled <u>saliva</u>.

The War of the Worlds, by H.G. Wells, retold by Eric Brown （聯經出版）

中文翻譯

　　沒人會相信，十九世紀末，一群比人類更為先進的智慧生物以嫉羨的眼光覬覦著地球，並正密謀侵略我們。

……

　　奧格維深信隕星墜落在霍塞爾公園，隔天便起了個大早前往現場探查。在草木叢生的小丘上，他看到地面被衝擊出一個巨坑，砂石四散。一處的石楠叢更燃燒起來。

　　接著他親眼瞧見了那個東西，幾乎大半全埋進了砂土裡。那是一個金屬的圓柱狀物，直徑超過三十碼。奧格維明白那物體絕不可能單純是顆隕星。陣陣嗡嗡聲從那圓柱狀物內傳出。「我的天阿！」奧格維說，「裡面有人！他們說不定快被烤死了，正想逃出來！」

……

　　一個碩大灰色的圓形物體正從圓柱狀物內爬出來。陽光照在它的身上，看起來像濕皮革一般閃閃發光。兩個大圓盤似的眼睛死盯著在場的人們。它的頭是圓的，少了嘴唇的 V 型嘴巴不停地抖動，一邊喘氣，一邊還淌著口水。

《世界大戰》威爾斯著（簡易版）（聯經出版）

解答

Part I 請選擇適當的答案

❶ **答案**：(b) the manager（那位經理）

道理：題目中提及 the hotel 是已知的旅館，其經理必然也是相對「可認定的」獨一人物；Ms. Rivera 要寫信的對象是她曾住宿飯店的「那位經理」，每個飯店都有經理，這是基於我們的背景知識，因「飯店必有一位經理」而斷定是「你知我知」的那一位，屬於「情節觸發」（script-induced）的已知，因此用 the manager。

❷ **答案**：(c) the month（月份）

道理：by the month（以月份來計算），"the month" 標記「為眾人皆知」的那種特定的計算單位，因此用 the。

❸ **答案**：(c) on a regular basis（規律地）

道理：a regular basis 只是指出「規律的」前提，但每個人或每件事都有不同的「規律標準」，也許是每天進行一次，也可能是一週進行一次，因此答案為 (c) on a regular basis。

❹ **答案**：(a) the; the

道理：若有 conference，就必然有 date，且都是「可認定的」，因為你要參加的會議必然是「你知」的，開始的日期也當然是「你知」的。因此是 the date on which the conference begins，指出一般人要參加的會議必然是「可認定」又「確知的」的會議，也必然有特定的日期，用 the 才能表達出這層意思。

❺ **答案**：(b) the last（最後的）

道理：the last ten days 是獨一無二的「最後那十天」，是「你知我知」的那段時間，因此前面加 the 才正確。

Part II 請選擇適當的答案

答案：a, b, b, b, b (A, the, the, the, the)

道理：

1. 第一題：A simple method 是第一次在文中提到，讀者並不知道是哪種方法，只知道「有一個簡單的方法」，所以用 a。

2. 第二題：The "Rule of 72" 是一個明確又獨特的法則，有特別的指涉，是人人「可認定」的那個獨一的「72 法則」，因此用 the。

3. 第三題：Divide the number 72 by the interest rate，數字 72 是一個明確獨特的數字，要用已知的利率去除 72 這個已知的數字，因此用 the。

4. 第四題：to get the number of years required for money to double，這裡的 number of years 後面有 required for... 是指特定要求下的「特定年數」，代表可讓本金加倍所需的那個「明確可認定」的年數，因此用 the。

5. 第五題：If the interest is compounded quarterly or daily，因為前面已經談論利息數字很多次了，表示讀者必然「可認定」所指的 interest rate 是什麼了，因此用 the。

Part III 中英比一比，各詞的標記

英文：名詞前須有標記，標明單複數與「知之否」：a man 表示任何一人，the rafters 與此人相關，因而是可認定的。his hands 清楚標記「誰的」；the house 也與此人有關而屬明確可知。

中文：沒有標記上的要求，可用單純的名詞「人、房頂、房屋」，其他語意由上下文推斷。

the nineteenth century：序數詞；明確唯一的指涉對象

Planet earth：獨一的地球、專有名稱

beings（外星生物）：未知、複數

a meteorite（隕星）：任何一個隕星，不知哪一個

the common（公園）：是主角居住地一個大家都知道的公園，你知我知，因此用定冠詞 the

the grassy hillside（草木叢生的小丘）是指公園裡面、你知我知的草丘，用 the

a huge hole（一個大洞）：奧格維發現草丘上有一個洞，是新發現，所以用 a

the earth（地面）：特定指公園裡面的地面

the heather（石楠叢）：草丘上必有草叢，已知的公園草丘引界可認定的 the heather

the thing itself（那個東西）：指奧格維所看到的不明物體，前面已提過，所以用 the

a metal cylinder（一個金屬圓柱）：描述物體的形狀、說明類型（one of the kind）

以下以此類推……

Chapter
05

什麼時候的事?!

英文的動詞為什麼要加 **ed**?

時態到底是怎麼回事?

現在、過去、未來怎麼分?

When does
it happen?

5-1 基礎篇

I. 溝通需要

當小明告訴別人他看見貓在追狗，對方一定想知道是什麼時候的事？貓在什麼時候追狗？**因為任何事件的發生，必然發生在時間座標的某一點上，因此「標記時間」就成了語言的必要任務。**但要如何標記時間呢？不同的語言可以選擇不同的方式。英語（及大多數印歐語言）選擇在「動詞形式」上來標記「發生的時段」，因此動詞就有了「時態」變化。

II. 標記方式

動詞所標記的「時段」概念到底有幾種？

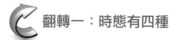 翻轉一：時態有四種

一般教科書往往只把英文的時態分為三種：現在、過去、及未來，然而根據 Givón（1993）的分析 12，英文所區分標記的時間概念其實有**四種**：過去、現在、未來、及「事實習慣」。

---

12. 本章內容主要參考 Givón, T. 1993. *English Grammar: A Function-Based Introduction*. Vol. I, Ch. 4. Amsterdam: John Benjamins Publishing Co.

要了解這四種時間的區分方式，必須先理解什麼是「現在」？如何定義「現在」？「現在」就是「說話當下」。現在不是一個固定的時間概念，而是隨著「說話人」的改變而改變，「說話當下」的時間就是現在。因此「現在」是變動的時間點，我說話的時間就是我的「現在」，你說話的時候就是你的「現在」。理解了這個觀念，即可明確定義出其他相對於「現在」的時間觀念：「過去」就是「說話之前的時間」；「未來」就是「說話之後的時間」；「事實習慣」則是橫貫時間座標，涵蓋過去、現在、未來各時段的時間概念：

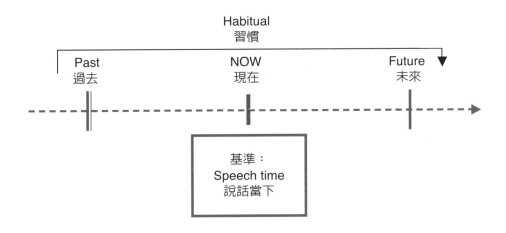

在此時間座標上，以說話當下的「說話時間」（speech time）為依歸，可將「事件發生的時間」分為不同的「時段」。英文依據「事件時間」與「說話時間」二者間的相對關係，發展出四種時段的區分及標記方式：

事件時間**早於**說話時間	過去式	A cat **chased** a dog.
事件時間**晚於**說話時間	未來式	A cat **will chase** a dog.
事件時間**等於**說話時間	現在式	A cat **is chasing** a dog.
事件時間**不固定、無定點：** 過去、現在、未來都適用	習慣式	A cat **chases** a dog.

◆ 什麼是「事實習慣式」？

傳統教學上只強調前三種時態的區分，而忽略了「習慣式」的時間概念。就上述「現在」的定義來看，只分三種時態的教法會帶來一個大問題，無法明確交待以下兩句話的不同：

I am eating apples.（我在吃蘋果）

I eat apples.（我是吃蘋果的）

如果 I am eating apples. 是現在式，在說話同時發生的，那麼 I eat apples. 是什麼時候發生的？絕不是「現在」！若在說話當時做 eat 這個動作，就一定要用「現在進行式」。但 I eat apples. 既不是說話時發生的，就不適用於「現在」的概念，而是一項放諸「四時」皆準的真理、事實或習慣，例如：

The sun rises in the East.

He goes to school by bus.

I only eat two meals a day.

這些事件在時間上都沒有一個明確的發生點，過去如此、現在如此、將來也如此，所以應該定義為「習慣式」。

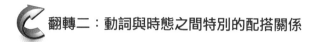

◆動詞出場，時態相隨

英語時態的標記特點是：動詞與時態同步，「動詞出場，時態相隨」。動詞與時態間有特別緊密的配搭關係。

⟳ 翻轉二：動詞與時態之間特別的配搭關係

第二章已說明，動詞語意決定語法形式。在英文中，四種時態跟不同類型的動詞也有特定

的配搭方式。如第二章所述，事件基本上可分為動作與狀態，表達「動作」者就是「**動作動詞**」，如 eat、go、hit、write 等，動作動詞用於「現在式」。必然成為「現在進行式」，因說話當時動作正好在發生。用於表達「狀態」者，則是「**狀態動詞**」，如 have、know、believe、understand 等，這類動詞為靜態語意，不會隨時間而改變，不可用於進行式，因此，「現在式」與「習慣式」的標記形式趨於一致。這兩種動詞搭配時態的運用方式如下表所列：

	狀態動詞 know	動作動詞 write
過去式	He knew the answer.	He wrote a novel.
現在式	He knows the answer. ▶ 無進行式 He is knowing the answer.（×）	He is writing a novel. ▶ 必然為現在進行式
習慣式	He (always) knows the answer.	He (always) writes a novel.

參考 Givón（1993：150-151）

❓ 狀態動詞與時態有何關連？

狀態動詞的「現在式」與「習慣式」形式相當，看起來好像一樣。原因是狀態本身是持久穩定的，現在的狀態可能已持續了一段時間，不是「現在」才變成的，因此與「習慣事實」有異曲同工之妙，兩者的標記形式一致，也是合理的。若要清楚區分「現在」與「習慣」兩種不同時段的狀態，可搭配不同的時間副詞，作為區別：

He knows the answer.

- -

現在式 → 針對眼前的問題，他知道答案：
He knows the answer **right now**.

- -

習慣式 → 他博學多聞，無論面對甚麼問題，總是知道答案：
He always knows the answer.

◆狀態動詞沒有「進行式」

狀態動詞是用來表達狀態性的事件，如擁有、知道、喜歡等等，趨向靜態語意，不像動作動詞一般，會隨時間變化而有「進行」的狀況發生，所以狀態動詞通常不會搭配現在進行式使用；上表中的例句 He is knowing the answer.（×）就是一個不合理的句子。但少數的狀態動詞可能發展出較為動態的語意，成為「多意詞」，而有了「進行式」：

Have：

I **have** a car. → 不能說 I'm having a car.（×） 語意：擁有（= own）

I'm **having** a great time. → 可以進行，語意：享受（= enjoy）

❓ 動作動詞與時態有何關聯？

對於動作動詞來講，現在式等於現在進行式，與習慣式的句意有明顯區隔：

現在式 = 現在進行式 → He is eating apples.（描述說話當時正在進行的動作）

習慣式 ≠ 現在式 → He eats apples.（陳述一項事實習慣）

動作與狀態動詞所表達的事件性質不同，因而造成不同的時態配搭關係。

◆ 為何有不規則動詞？

英文的四種時間標記都在動詞上打轉：現在式及習慣式使用動詞原形，但出現第三人稱單數主詞時要加上特別的標記 -s（如：He believes you.）；未來式藉用助動詞 will + V（如：He will go home.）；過去式則直接藉由動詞形式的變化來表達。大多數規則的變化是在字尾加上 ed，不規則的變化不外下列幾種情形：

	原形	過去式
無變化 形同、音同	set	set
	put	put
	cast	cast
形同、音不同	read	read
改變末尾子音	send	sent
	lend	lent
	spend	spent
改變母音子音	go	went
	say	said
	keep	kept
	bring	brought
	think	thought

	原形	過去式
改變母音	see	saw
	run	ran
	sit	sat
	give	gave
	take	took
	know	knew
	come	came
	begin	began
	find	found
	write	wrote

不規則的動詞變化是怎麼來的？大都是歷史演變造成的。語言和人類文化一樣，不同的歷史階段有不同的演變，一些音韻上的改變（如 Great Vowel shift）也直接影響了動詞。就像「前朝遺老」，這些不規則變化都是歷史遺跡，雖然有點格格不入，也很難記，但語言本來就是歷史的產物，各朝各代的「遺跡」在此一覽無遺。要記熟這些不規則變化，唯一的方法是多用幾次，就會越來越熟悉。

 翻轉三：同形動詞問題，以其他線索判定動詞的語意

動詞是形、音、義三者的組合，有些動詞的形式看起來一模一樣，但語意完全不同，就如下面這個「同形同音，但義不同」的例子：

The book **lies** on the desk.　→ 書躺在書桌上
The student **lies** to the teacher.　→ 學生對老師說謊

這兩個語意不同的 lie，在過去式的變化上就可看出清楚的分別：

lie 說謊：過去式 lied，過去分詞 lied，現在分詞 lying
→ He lied to me about his age.

- -

lie 躺下：過去式 lay，過去分詞 lain，現在分詞 lying
→ He lay down to take a break.

問題是：「lie 躺下」的過去式 lay 又和另一動詞「擺放 lay」同形：

lay 擺放：過去式 laid，過去分詞 laid，現在分詞 laying
→ He lays down the vase.

形式一樣就容易造成混淆，怎麼辦？當然，每個動詞的形式變化得先好好記住，但在使用時，其他的配搭成分才是斷定語意的關鍵。語言是活的，使用語言時，大都有明確的情境、主題、時間、還有句子裡其他的成份，這些相關的「線索」都可以幫助我們判定動詞的語意。如果我說：She is lying on the bed. → 因為有 on the bed，lying 的語意比較可能是「躺」（lie on the bed），而不是「說謊」，因為「躺」才需要講清楚「躺在哪」嘛！再試試下面的例子：

He lay flat on the sofa. → 第三人稱但沒加 -s → lay 應為過去式
→ 無受詞 → 自身的動作 → 不及物的「躺」

- -

He lays the book on the sofa. → 第三人稱加 -s → lay 不是過去式
→ 有受詞 → 移動書 → 及物的「擺放」

 翻轉四：未來式有多種標記方式，溝通涵意不同

另一個「形式與語意」的搭配問題，牽涉到未來式的幾種說法。在英文中，未來式的標記有以下三種，既然標記形式不同，其溝通功能當然也不太一樣：

標記方式	例句	溝通涵意
will (Modal Aux)	I will leave soon.	最為正式 確定性較高 最遠的未來
be going to / be gonna (Complex Aux)	I am going to leave soon.	較為口語 確定性較低 較近的未來
be V-ing (Progressive Aux)	I am leaving soon.	最為口語 確定性頗高 立即的未來

參考 Givón (1993:150)

在這三種標記方式中，以 will 最為正式，表達個人主觀的意願，所傳達的確定性也比其他兩種來得高，因為 will 的原意就是個人的意願或遺囑，如 my will。be going to 是將 going 所牽涉的空間移動轉化為時間上的移動，表達較近期將要「去」做的事。be...V-ing 則是藉由進行式來表達未來要做的動作似乎已在「進行」中，是「立即要發生」的事。若以未來距離現在的遠近來區分，will 可表達任何遠近的未來，但 be V-ing 只能表達的「立即要發生」的未來：

I am leaving this afternoon　→ 立即要離開

較不太可能說：

I am leaving next year.（×）　→ 可改為 I will leave next year.

IV. 語法大哉問

? 為什麼英文這麼麻煩，要分動詞時態？
中文沒有這樣的東西，溝通也很順暢呀！

中文同樣要表達事件的時間，但中文時間的標記不在「動詞」上，而是使用其他成分，如時間詞，或表「完成」的「了」，或依上下文意來判定。因此不論事件何時發生，中文的動詞都「不動如山」：

我昨天「去」跳舞。

我今天「去」跳舞。

我明天「去」跳舞。

但英文的標記特點是「動詞出場、時態相隨」：動詞一出場，時間就同步跟者來。時態需在動詞上清楚標記出來：

A: Where did you go yesterday?

B: I went to a ball game.

B 的回答中雖然沒有提及 yesterday，但動詞採用了過去式 （go → went）。有了這個標記，即便沒有上下文，還是清楚知道所講的是在過去發生。

然而受到中文動詞不隨時間區分而改變的影響，學生在學習英文時往往不習慣用「動詞過去式」來表達「過去的事件」，這是一個「語言慣性」的養成，必須透過理解與不斷演練來內化這個習慣。

5-2 進階篇

「動詞出場、時態隨行」是最高指導原則，要報導事件就一定要指明時間。但是動詞和所標記的時間及觀點之間，有沒有「無法隨行」、彼此不相容的情況？

動詞時態和語意有什麼關係？

一般而言，狀態動詞傳達靜態語意，不會搭配「進行貌」使用。不過，還是有些狀態動詞可以加上 ing 而「動態化」，只是這麼一來，動詞的語意已明顯改變。Givón（1993）舉出下面三個動詞為例來說明 [13]：

(1) 知覺狀態動詞 see

I see her.

→ see 表達知覺狀態，所以不能說 I am seeing her now.（×）

但是我們卻可聽到：

I am seeing my boss first thing tomorrow.

He's seeing the guests right now.

→ see 不是用來表達知覺狀態，而是「拜訪」或「會面」，因此可以加上 ing。

(2) 連接狀態動詞 be

Joe is tall.

→ be 表達存在狀態，所以不能說 Joe is being tall.（×）

Joe is being obnoxious.

→ 在這個句子中，be 不再用來表達存在狀態，而是用來描述主詞「暫時表現某種狀態」（act as），因此可以加上 ing。

---

13. 同前 Givón, T. 1993. Vol. I, Ch. 4, pp.151-152.

(3) 所有狀態動詞 have

Mary has long legs.

→ have 表達擁有關係，所以不能說 Mary is having long legs.（×）

Mary was having dinner at six.（吃）

Mary was having her first baby at six.（生產）

Mary was having a good time in Hawaii.（享受）

→ 在這三個句子當中，have 不再用來表達「所有」關係，而是轉變為括弧中動態的意思，因此可以加上 ing。

如何表達過去的習慣？

有些習慣只在過去發生，現在已經不一樣了。要表達過去的習慣，有兩種方式可以運用，但兩者在語意上有所不同。

(1) used to + V 表達只存在於過去的習慣

She used to play guitar.

→ 以前曾有彈吉他的習慣，但現在不彈了。

(2) would + V 表達過去的習慣持續到現在

She would play guitar when feeling down.

→ 過去就有彈吉他的習慣，現在與未來仍有可能彈。

同一句話中可不可以有兩種時態？

常常有學生問：一句話中可不可以有兩種時態？這個問題在第三章中有詳細的說明，此處簡答：

一句話可否有兩種時態真正的含意是：一句話中可不可以描述兩個時空不同的事件？
當然可以！

> I **guess** (that) his faith **helped** him face the challenge.
> I **think** (that) his talents **came** from his mother's side of the family.

這兩句話都是說話當下的想法或認知狀態，用 I guess / I think，但想法的內容卻是關於過去發生的事，所以補語子句中用過去式 helped him / came from。

時間本身也標記語意，不同的時態，表達對事件「存在區段」的認定。
以下兩句話，子句中不同的時態 was / is 表達出信念存在的階段：

> I thought English was difficult, but it is not.　→ 過去的信念，現在不認為如此
> I thought English is difficult and still do.　→ 對事實的認定，一向認為如此

麥當勞叔叔的英文好像怪怪的？

前面才說過，「心理狀態」動詞通常表達持久不變的狀態，無關動作，不適用於進行式。但速食連鎖店 McDonald's 的廣告詞「I'm loving it!」，將 love 這個表達情感的狀態動詞「動作化」，由靜態（state）轉為動態（action），傳達出「趕快行動／趕快去買」的潛在訊息。俏皮的廣告用語，看似違反語法規則，卻正是其獨到之處。靈活運用語言的標記形式，創造出一個嶄新的語意，充滿暗示的創意訊息：心動不如馬上行動！

語法現身説

Part I 請選擇適當的答案

❶ Mr. Bart _____ a trip with his family for the coming summer vacation.

   (a) is going to take   (b) took   (c) takes   (d) has taken

❷ Mr. Collins said that he was impressed because he _____ such nice speeches before.

   (a) had never heard   (b) has never heard   (c) never hears   (d) had ever heard

❸ Mr. Herman was afraid that the train which he wanted to take would depart before he _____ at the station.

   (a) had arrived   (b) arrived   (c) has arrived   (d) arrives

❹ Mr. Heiman usually _____ to his office in one hour, but sometimes it takes one and half hours.

   (a) got   (b) has gotten   (c) gets   (d) had gotten

❺ The temperature of substances _____ to be determined by the velocity of their molecules.

   (a) has been said   (b) are said   (c) is said   (d) was said

Part II 請選擇適當的答案

NOTICE

This is a notice from CableCom to all residents of this neighborhood. Underground television cable **(1)** as shallow as three feet all throughout this area last week. This was done in order to provide cable services for customers in this vicinity.

We would like to request that anyone who **(2)** to do any sort of project involving digging call us beforehand and tell us where you **(3)** to dig. In this way we can advise if the area has had cable put in, and thus avoid any accidental damage to the cable, which the person digging would be held responsible for. Our offices **(4)** open Monday through Saturday, 9 a.m. to 5 p.m.

（1）(a) has been buried　(b) was buried　(c) is buried　(d) had been buried

（2）(a) wishes　(b) wished　(c) has wished　(d) had wished

（3）(a) planned　(b) has planned　(c) are planning　(d) had planned

（4）(a) have been　(b) are　(c) had been　(d) were

Part III　中英比一比：發生的時間

請就以下中、英文對譯，分析此句所用的時式。

The sun rises and the sun sets, and hurries back to where it rises.

Ecclesiastes 1:5, **Bible**

中文翻譯

日頭出來、日頭落下，急歸所出之地。

《聖經》傳道書 1:5

Part IV　解構動詞時態

小說中常常看到不同時態交錯的使用，時態表達事件發生的時間區段。以下文章取自瑪麗·雪萊之《科學怪人》*Frankenstein*（簡易版）法蘭肯斯坦告訴船上同行者他所遭遇的經歷，請觀察敘事時態的選擇：

When I shared with Frankenstien the reasons for my journey, he experienced great violence of feeling. 'Unhappy man,' he groaned, 'do you share my madness and ambition?' He beat his fists against his forehead and his body trembled. 'Walton, you must hear my tale. You must hear my terrible, terrible tale so that you do not follow my journey to hell.' He leaned forward, his eyes wild, his cold hand gripping my arm. 'I have attempted what no man should attempt. I have pushed the boundaries of the natural world and they can never be restored.

I sat, entranced and terrified.

What follows here, dear sister, is Victor Frankenstein's story, and that of the monster he <u>created</u>. It <u>will fill</u> you with terror to learn of the horrors my friend <u>has</u> <u>endured</u>. I <u>tremble</u> as I <u>record</u> his words.

Frankenstien, by Mary Shelley, retold by Gill Tavner（聯經出版）

中文翻譯

　　我和法蘭肯斯坦分享我這次旅行的原因時，他的情緒非常激動。「不快樂的人啊，」他呻吟道：「難道你跟我一樣瘋狂，一樣野心勃勃嗎？」他用拳頭敲擊自己的額頭，全身顫抖地說：「華頓，你一定要聽聽我的故事，你一定要聽聽這個非常、非常可怕的故事，才不會步上我的後塵，墜入無間地獄。」他倚身向前，眼神倏地變得狂野，冰冷的手緊緊抓住我的手臂說：「我一直貪求於人類本來不該去追求的東西，我違抗自然的規律，觸怒了大自然，也受到了無情反撲。而這個結果是不可逆的，已經無法去改變些什麼了。」

　　我坐著，聽得入神，但也同時感到十分地駭人。

　　我親愛的妹妹，以下我將跟妳說的，就是有關維多 · 法蘭肯斯坦和他創造出來的怪物之間的故事。看過這個故事之後，你一定也能感受到我朋友的恐怖經歷。即使我只是單純地在紀錄他講述的內容，仍讓我害怕得直發抖。

《科學怪人》瑪麗 · 雪萊著（簡易版）（聯經出版）

1. 解構動詞時態：

本文的時間主軸是用什麼時態？

其他還穿插使用了哪些時態？

2. 實力挑戰：

文中最後一句用的是「事實習慣」式，為什麼？有什麼效果？

Part I 請選擇適當的答案

❶ **答案**：(a) is going to take（即將要去）
道理：題目中有指出未來的時間點 for the coming summer vacation，因此答案是表未來的 (a) is going to take。

❷ **答案**：(a) had never heard（過去某事之前未曾聽聞）
道理：said 之後的 that 帶出一整個「有主有從」的「果＋因」事件，主從兩個子句都發生在過去的時段；because 前的 He was impressed 已清楚表明一個過去的時間點，後面的附屬子句中又出現 before，表示 heard 這個動作必然是發生在 impressed 這個過去事件「之前」，因此用過去完成式 (a) had never heard。三個動詞的時間關係如下圖示：

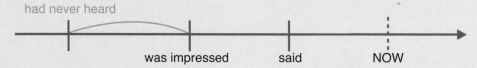

❸ **答案**：(b) arrived（到達）
道理：本題的關鍵在於整句話都保持以「過去」的時段概念來陳述，動詞的時間從 was afraid 到 wanted 到 would depart 到 arrived，都是在敘述過去的事情，因此答案為 (b) arrived。

❹ **答案**：(c) gets（到達）
道理：本題中的 usually 已標明是「習慣事實」式，從 sometimes 和 takes 亦可看出是在敘述 Mr. Heiman 的習慣，因此答案是 (c) gets。

❺ **答案**：(c) is said（被認為）
道理：本題是在敘述一種公認的物理原理，應該用「事實習慣」式，而且主詞是單數的 the temperature，因此答案是 (c) is said。

Part II 請選擇適當的答案

答案：b, a, c, b

道理：

1. 第一題：從本句的時間點 last week 可知道是過去的時間點，電視電纜是在上週埋設的，所以答案是 (b) was buried。

2. 第二題：本句的關係子句是修飾 anyone, 因此是 anyone [who wishes to do...]。請任何想要做挖掘工程的人要事先通知電纜公司，是描述一般可能的情形，如同事實習慣，所以用式 (a) wishes。

3. 第三題：本題接續第二題的句子，可能的情況是某人「在計畫」要於哪個區域動工，是說話時可能同時發生的事情，因此用現在進行式 (c) are planning。

4. 第四題：本題是說明一個習慣事實：公司上班的時間一直如此，因此用習慣式 (b) are。

Part III 中英比一比：發生的時間

英文：動詞形式有別，以標記時間：The sun rises. → 表示「習慣事實」，若改變動詞形式，例如：The sun rose. → 表示「過去發生」（動詞形式改變）

中文：動詞形式不變，不能直接表達時間。

Part IV 解構動詞時態

1. 解構動詞時態

本文在描述「說話之前」發生的事，因此以「過去式」為時間主軸：

When I <u>shared</u> with Frankenstein, he <u>experienced</u>... He <u>beat</u> his fists and his body <u>trembled</u>.

若直接引述說出的話則要「原音重現」，回歸「說話當下」，也就是當時的「現在」：

He groaned, 'do you share my madness and ambition?'

'Walton, you must hear my tale. You must…so that you do not follow my journey…'

以說話當下為基準，看之前完成的事，就要用「現在完成式」：

'I have attempted what no man should attempt. I have pushed the boundaries…'

說話之後才會發生的事，屬於未來的時間範疇，就以「未來式」標記：

It will fill you with terror to learn of the horrors.

2. 實力挑戰

文中最後一句用的是「事實習慣」式

I tremble as I record his words.　→ 以事實式表達永久的「事實真相」

若用 I'm trembling as I'm recording his words.　→ 則是以進行式表達一段時間下的進行

Chapter
06

事件的進展如何？

事件在進行中，還是已經完成了？

現在完成式是「現在」完成的嗎？

進行式有何特別？

How does
it happen?

6-1 基礎篇

I. 溝通需要

小明要清楚表達貓追狗的事件，一定要在動詞上標記兩個「點」：一是「時點」，一是「觀點」。「時點」就是以說話時間來看事件發生的時間點，落在哪一個時段中（過去、現在、未來、或習慣，見第五章）。「觀點」則是對事件進行的樣貌及相關性加以說明，是說話者選擇「看」事件的觀察角度，意即主「觀」的切入「點」。

> 在描述貓追狗這件事時，小明有三個不同的「觀點」可以選擇：
>
> (1) 把這件事看做一個完整，在時間上單純獨立的事件，這就是所謂的「簡單式」
>
>   The cat chased the dog.
>
> ---
>
> (2) 把這件事看做正在發生，正在進行中的事件，這就是「進行式」：
>
>   The cat was chasing the dog.
>
> ---
>
> (3) 把這件事看做在另一相關事件前已結束的事件，這就是「完成式」：
>
>   The cat has chased the dog (by now).

這樣的描述「觀點」是選擇「看」事件的方式，將事件發生的樣貌（temporal properties）與時間關聯起來，這就是「時貌」（Aspect）的含意[14]。

II. 標記方式

同一個事件既可有三種不同的觀點，就可有三種不同的標記方式。在這三個「觀點」的選擇中，簡單式是最「簡單」的，只要有了「時段」標記，就表示在時間上是完整獨立的事件，因此簡單式就是僅標記事件的時點。但「進行」與「完成」兩種觀點，則需加上額外的標記：進行 Be + Ving，完成式 have / has + PP。不同的標記形式是為了傳達不同的語意，最重要的是要瞭解這兩種「時貌觀點」所表達的溝通意涵。

---

14. 本章內容主要參考 Givón, T. 1993. *English Grammar: A Function-Based Introduction*. Vol. I, Ch. 4. Amsterdam: John Benjamins Publishing Co.

翻轉一：進行式表達一種近距離「聚焦式」的觀點（**zoom in**）

「進行式」就像進行曲，強調事件動作「正在發生中」（on-going），不管什麼時候開始的，也不管什麼時候會結束，只看到「一直在進行中」。這是一種近距離、特寫式的觀點（zoom-in），好像眼睛貼近事件來看，不見頭尾，只看見當中這一段「進行中」的樣貌：

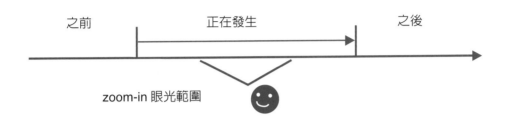

如果你問我：What did you do at 7 pm last night?（昨天晚上 7 點你在做什麼？）

> 我可以回答：
>
> I ate dinner at 7 pm last night. → 過去簡單 → V-past
>
> 這表示我選擇用最單純的觀點，將所做的事描述為一個「整體」事件。
>
> --
>
> 我也可以回答：
>
> I was eating dinner at 7 pm. → 過去進行 was + V-ing
>
> 這就是一種「聚焦特寫式」的描述，強調 7 點時「我正在吃飯」，這件事正好在進行中。

在進行式的「近距離」觀點中，說話者看不到這個事件的起始或結束，只關注「事件正在發生」的這個狀況，因此 V–ing 的標記形式就帶有「正在進行、正在發生」（ongoing）的意涵。

這種「聚焦特寫式」觀點，放到不同的「時間區段」中，使「時點」與「觀點」結合，就可表達四種不同時段下的進行式：

> 過去進行：I was eating dinner at 7 pm (before now). → 說話時間**前**在發生

現在進行：I am eating dinner at 7 pm (now).　→ 說話的**當下**在發生

- -

未來進行：I will be eating dinner at 7 pm (after now).　→ 說話時間**後**在發生

- -

習慣進行：I would be eating dinner at 7 pm (every day).　→ 通常**習慣性**在發生

用一個實例來說明各時段下進行式與簡單式的對照：假設現在我們講話的時間剛好是 7 點鐘，當下（7 點鐘）我在吃飯，之前（6 點鐘）我寫了功課，之後（8 點鐘）我會看電視：

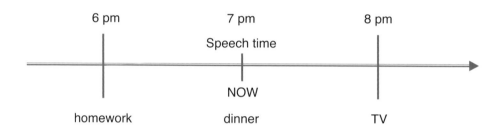

在不同時段下，配合不同「時點」的標記要求，可以用「簡單」或「進行」的觀點來表達所做的事，就會出現五種不同的標記可能：

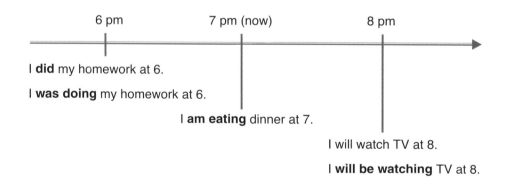

再次強調：如果是「動作」事件，在說話當下發生，就是「現在正在進行」（I'm eating dinner at 7 now.）！

翻轉二：完成式表達「在參照點之前」的觀點

有別於簡單與進行的另一種觀點是「完成式」，這是最讓台灣學生頭疼的一種時貌。問題的根本源於大多數人在概念上，並沒有真正理解什麼是「完成」？要如何定義「完成」？**完成是一個相對的概念，決定完成與否，要有一個基本的先決要素，就是「參照點」：以什麼時間為基準來看？在什麼時間之前算完成？**簡言之，要決定是否完成，必須先知道 by what time？

因此，要認定一個事件是否完成，必須先定出「參照時間」。在參照時間之前完成的，才算完成。若您每天上課的時間是 8 至 10 點，那麼在 10 點以前，「上課」這件事都還沒完成，但 10 點以後再看這件事，就已經「完成」了。因此，要認定某件事已經完成，一定得先定義作為「參照」的時間點；若沒有參照時間，則無從定義件事是否已經「完成」。「完成式」學起來較困難，就是因為「完成」的概念較複雜，必然牽涉到另一個相關的事件時間，做為參照之用。

將「參照點」定義清楚後，若事件在該參考點之前已達成，即謂「完成」。此概念可由下圖表示：

事件

參照點　Reference Point

◆ **現在完成式其實是在「過去」做的事，為什麼叫「現在完成」？**

我在學生時期有一個疑問：「現在完成式」表達的明明是在過去做的事，例如 I have done my homework. 功課明明是在「過去」做的，為什麼叫「現在」完成？若瞭解上述「完成式」的觀點，釐清了「參照點」的概念後，就不難理解：「現在完成式」中的「現在」，不是事件本身發生的時間，而是指「參照時間」：是在「現在之前」完成的！

- -

換言之，「完成貌」牽涉到兩個時間，一個是作為基準的參照時間，另一個是事件本身的時間。由於參照時間不同，因此有三種可能：現在完成、過去完成、未來完

成，其實正確的命名方式與解讀應該是：

現在完成：在「現在」之前完成 completed by now   - have / has + PP

過去完成：在「過去」之前完成 completed by a past time   - had + PP

未來完成：在「未來」之前完成 completed by a future time   - will have + PP

舉一實例來說明這三者的不同，若時間座標上依序有數個事件，完成式的觀點是將某兩個事件關連起來，以「參照點」為基準來強調另一事件已完成：

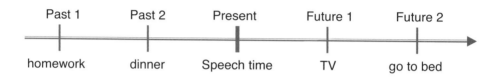

現在完成式：以**說話時刻**作為參照點，之前發生的事在「現在」之前已完成（completed by the present）：

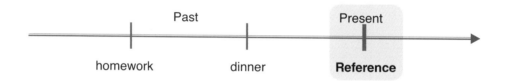

I **have done** my homework (by now).

I **have eaten** dinner (by now).

- -

同理，如果至今你已教了三年的書，則可說：

I **have taught** for three years (by now).

I **have been teaching** for three years (by now).

過去完成式：以過去發生的某件事或時間為參照點，強調之前更早的過去事件已完成（completed by a past time）

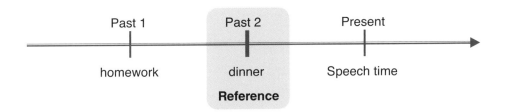

I **had done** my homework before dinner.

I **had done** my homework before I ate dinner.

I **had done** my homework before eating dinner.

未來完成式：以**未來**將發生的某件事或時間為參照點，另一較近的未來事件將會在其之前完成（completed by a future time）

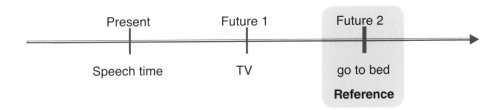

I will have watched TV before my bedtime.

I will have watched TV before I go to bed.

I will have watched TV before going to bed.

回到「形式」表達「功能」的搭配原則，我們再進一步細究這兩種時貌標記所表達的溝通特點。

III. 標 記 特 點

觀點記實，面面俱到

英語時態標記的一大特點是：「動詞出場，時態相隨」，除了時點外，觀點也要交代清楚，因此「觀點記實，面面俱到」。究竟該選擇進行還是完成，必須先充分瞭解二者所表達的溝通功能：

◆ 進行式的標記特色與溝通功能

前面已提綱挈領，提到進行式就是表達「正在進行」，與簡單式的觀點非常不同：

> When I came in, all students **were smiling** at me.（進行式）
> When I came in, all students **smiled** at me.（簡單式）

根據 Givón（1993）[15] 的說法，進行式的標記 V-ing，表達了三個語意特性：

◆ 持續發生（ongoing）

相對於中止或結束（terminated），進行式 were smiling 強調動作正在發生中，並且持續進行著（既未中止亦未結束）

簡單式則將 smiled 視為完整單一的動作，侷限於一點，並已結束。

◆ 近距離、特寫式的視角（zoom in）

相對於遠距離、全景式的視野（zoom out），進行式表達近距離、特寫式的觀點（zoom in）。說話者採取「貼近」式的描述，以封閉的觀測角度，「放大」學生們正處於微笑中的動作。

◆ 共時性（simulatneous）

相對於「時序性」（sequential），進行式強調同時進行的共時性，smiling at me「正好」和背景事件 I came in 同時發生，彼此重疊，並非先後孤立。

進行式的概念將動作「放大延展」，強調時間上持續存在。這樣的語意剛好符合「開始結束」類動詞的需要，因此又可延伸至三種特定的事件類型，Givón 將所有具備 V-ing 形式的用法串連起來：重複進行（continue / keep）、開始進行（start / begin）、以及中止進行（stop / finish），這三種事件都與進行式有關，分別說明如下：

---

15. 同前 Givón, T. 1993. Chapter 4, pp. 153-161

(1) 重複進行：

一再持續重複的動作，就像是在進行中，keep 即含有此意， 後面的動作要用進行式 V-ing 標記。同時，因動作本身語意不同，重複進行的意思可能是短時間內持續發生，或是間隔很久卻屢次發生：

The baby **kept sucking** his thumb (on and on).

→ 短時間中不間斷的重複（一直吸吮拇指）。

He **kept spraining** his ankle (again and again).

→ 長時間中間斷的動作（表示常扭傷腳踝）。

(2) 開始進行：

表示開始的動詞後亦可接進行貌，強調動作的確開始進行了：

He **started speaking** English. → 開始一直講英文

(3) 中止進行：

停止本來一直在進行的事，已經進行的事才能終止，所以動詞 stop、finish、quit 等詞後面用 V-ing。

He stopped reading his book and listened. → 結束單次的 reading 動作

He stopped reading comic books. → 結束多次的 reading 習慣

（注意：此處是用「複數」名詞來表多次事件）。

翻轉三：有些接 **V-ing** 的動詞後面也可接不定詞 **to-V**，但語意不同，不定詞表達「目的」或「接下來」的意涵

這個問題在第二章談動詞語意時曾談過。和 keep 一樣，continue 也是表重複進行的動詞，以進行貌表示無間斷的持續，但是 continue 多了不定詞的用法。不定詞是表達「目的」或「接下來」要做的事，時間上允許有一個 gap：

> She continued singing for three hours.　→ 持續唱了三個鐘頭，無間斷
>
> She continued to sing after lunch.　→ 中餐休息後，繼續唱

類似的用法，也適用於 go on：

> He went on singing.　→ 之前一直在唱歌
>
> He went on to sing.　→ 做完某事之後才唱起來

相對於進行貌的時間重疊，不定詞表達投射於下一時間點的目標，和主要動詞的時間不相連，可能出現如下的對比：

> He started speaking English.　→開始講起來了
>
> He started **to speak English**, but stopped.　→ 準備要開始講，但卻突然停止（沒講出英文）。

◆ 完成式的標記特色與溝通功能

每一次用完成式，先決條件是要有一個「參照時間」，並將所描述的事件與此參照時間關聯起來。根據 Givón（1993）[16]，完成式的語意很豐富，同時包括了四個特色：**前時性**（anteriority）、**達成性**（perfectivity）、**逆序性**（counter-sequentiality）以及**相關性**（relevance）。下文將逐一說明：

(1)「前時性」指的是「在參考時間之前」：

這個概念實在是「完成式」最重要的一點。每次使用完成式，都是將「事件」、「參照時間」、和「說話時間」三者關聯起來，「事件」必然在「參照時間」之前發生：

現在完成：

事件　　　　　　參照時間 = 說話時間

---

16. 同前，Givón, T. 1993. Ch. 4, pp. 161-169.

過去完成：　事件　參照時間　說話時間

未來完成：　說話時間　事件　參照時間

(2)「達成性」：

「達成性」指的是在參考時間之前，強調某一事件已經結束或完成了。例子如下：

A: Why don't you listen carefully?

B: I've already read the chapter.　→ B 在說話之前，已經將整篇章節內容讀完了。

(3)「逆序性」：

在一則敘事中，完成式可「先斬後奏」，「先」發生的事可「後」說，意即「不依照時間先後順序」來陳述事件。

若三個事件實際出現的順序是 A → B → C，則依照「發生順序」所做的陳述，也會有一樣的「陳述順序」→ (A)、(B)、(C)

He met his wife (A), found a job (B), and got married (C).

但使用完成式，則「陳述順序」可以不依照「發生順序」：

Before he found a job (B), he had met his wife (A) and got married later (C).

→ met his wife 發生早於 found a job。

(4)「相關性」：

是指完成式經由「參照點」將兩個事件「關聯起來」。這種時間上的關聯，又依動作、狀態本質上的不同，而有不一樣的解讀：動作沒有延續性，不會與參照點重疊；但狀態有延續性，可持續到參照時間：

She has read this book.

→ 現在之前完成了 read 的動作（已結束）；

→ 她曾讀過這本書，在參照時間前動作已結束

She has been a teacher.

→ 現在之前完成了 be a teacher 的狀態（已開始並持續到現在）；

→ 因狀態具有持續性，她現在仍是老師！

- -

若要表達完成的「動作」一直持續到參照點，就要用「完成進行」：

She has been reading this book.

→ 她完成了 read 的動作，且持續進行到現在；

→ 已經讀了且現在仍在讀，強調「從之前到現在」。

完成式所表達的語意如此複雜，難怪學生在學習上困難較大。但若能釐清「在……之前」完成的概念，就能掌握完成式最重要的溝通意義。

Ⅳ. 語 法 大 哉 問

? 老師都會說，「過去完成式」常和「過去式」併用，為什麼？

老師常常提醒同學：過去完成式要和過去式並用，原因何在？其實原因就在「完成式」需要一個「參照點」：過去式所標記的事件剛好作為過去的參照點。有了參照點，才能表達「過去完成式」，亦即動作在「過去式」之前已經完成了。例如：

I had married my husband [before I went abroad].

When he came home, I had finished cooking dinner.

→ went abroad 就是過去的參照點，had married 在此之前已完成了

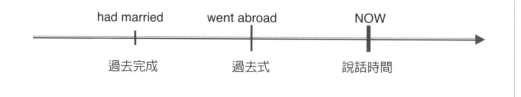

英法文法有道理！重新認識英文文法觀念

6-2 進階篇

完成和進行是兩種描述事件的觀點,加上觀點的表達可以讓事件的面貌更清晰,所以要「觀點記實、面面俱到」。不同的動詞與不同的觀點結合時,可能會產生語意上的推理及引申,因為動詞語意和觀點語意會互相影響、彼此整合。

been to 與 gone to 的正確用法

一般參考書常會告訴同學 been to 是指曾經去過某個地方,但是現在「人」已經回來了;gone to 則是指「人」目前還在那個地方,多數同學不經思考就背起來。其實這兩句話的不同是現在完成式的「完成語意」與「動詞語意」結合後必然的推理結果。只要清楚理解「現在完成式」的意涵與動詞本身的語意,就自然能分辨了,不須死背。

動詞 go 是動作,含義是指從一點「移動」向另一點,必然是遠離原先所在之處(away from the speaker)。因此,要表達完成「離開原地、移動到另一處」的動作,當然就是 gone to:

He's gone to Japan.　→ 已移動到日本,人當然就在日本　→ 他去了日本

而 be 動詞表狀態,基本含意是「存在、處於」的狀態,I'm at Taipei. 就是我「處在」台北。若要表達「處於那裡」的存在狀態,當然要用 been to:

He has been to Japan.　→ 曾經處於「人在日本」的狀態　→ 他去過日本

至於人現在是否還在日本,按照語意來說,既然 been to 是「曾經在」的意思,說話時人通常應該在日本以外的地方。但是這也和語用情境有關,完全視「說話當下」確實的地點來決定。所以對一個剛抵達日本的訪客,接機的人也可能問:

A:Have you been to Japan before?
B:Yes, I've been to Japan twice, before this trip.

由形意配搭的原則來看，been to 和 gone to 只有兩個成份：to 是指目標，剩下的就是 go 和 be 的不同。再配搭現在完成式，強調「此時此地之前完成」。所以，完成「移動」的動作，人就在路徑的另一端（gone to）；完成「處於」的目標狀態，人就曾經「在」那裡（been to）。兩句話的差異其實是「動作」和「狀態」與完成語意結合後的必然產物。

since 與 for 的正確用法

有些老師告訴學生說看到 for 就用完成式，基本上這是一個不正確的觀念。比如說我從 1990 年搬到台北，到目前 2012 年為止在台北住了 22 年，時間座標上的概念如下：

這可有兩種不同的表達方式：

(1) 用 for：

I lived in Taipei for 22 years.
單純陳述「過去一段時間」所發生的事　→ 簡單式
I've lived in Taipei for 22 years.
強調「到目前為止」所發生的事　→ 完成式

- -

因此，for 的使用不是「完成式」所專有的。而是指這個事件本身便持續了一段時間（duration）。

(2) 用 since：

也有老師會說 since 和完成式常常合用，強調事件的「起點」，學生就誤以為完成式是標記「開始」，而非「完結」，這也是一個誤解。since 和完成式合用，的確是標記「起點」，但仍是在相對於「參照點」的前提下。當「參照點」不言而喻，

不說也很清楚時，則可選擇另外標記完成事件的起點：

I've lived in Taipei since 1990.　→ 參照點是「現在」

I've lived in Taipei since 1990 until now.　→ （1990 至目前為止，都住在台北。）

因此，since 是強調從「起點」至「參照點」為止，所完成的動作或狀態。

有了以上對 for 及 since 的瞭解，我們可將「過去完成」也加入考量。如果 1990 年搬來台北以前，我在新竹住了 10 年，而 1990 年剛好我女兒 Becky 出生：

過去完成須有過去的參照點：

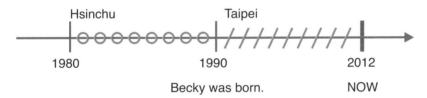

I had lived in Hsinchu for 10 years before 1990.

I had lived in Hsinchu for 10 years before Becky was born.

I had lived in Hsinchu for 10 years since 1980.

I had lived in Hsinchu for 10 years until Becky was born.

I had lived in Hsinchu for 10 years since 1980 until Becky was born.

進行貌的使用與分佈

(1) 分詞構句中的進行貌

一般的分詞構句常使用進行貌，表示「共時發生」的關係。這和敘述結構分為前景焦點（foreground）與背景說明（background）有關。通常作為前景的主要事件會有清楚的時間標記（過去、現在、未來、或習慣），而作為背景的次要事件則可用進行貌，表示同一時間發生的「共時」事件：

> I mopped the floor and cleaned the bathroom, **listening to** the Bee Gees.
>
> I mopped the floor and cleaned the bathroom while **listening to** the Bee Gees.
>
> -
>
> 主要子句中帶有過去式標記的動作,用來說明主線內容,表達前景焦點;而進行中的現在分詞是附屬子句,交代「共時發生」的背景事件。

進行貌表動作「進行」,進行的動作必然「存在」,因此動名詞也用進行 -ing 的形式。本書前面提到開始 / 結束及享受 / 感謝類動詞要求進行貌的補語,表達如同名詞般存在或進行的動作:

> He started **listening to** Bee Gees.
>
> He stopped **listening to** Bee Gees.
>
> -
>
> I enjoyed **meeting with you**.
>
> I look forward to **meeting with you**.

進行式也表達「持續」進行,ongoing 的事件通常與某個時間點重疊,只適用於「有限的」一段時間內,很難長久不變一直進行。以下兩個問答一個用習慣式,一個用進行式,含意明顯不同:

> Q:What does he do for a living?
>
> A:He works at a gas station.
>
> → 習慣式表明他長期在加油站工作,是較穩定長久的工作。
>
> -
>
> Q:What's he doing these days?
>
> A:He**'s working** at a gas station.
>
> → 進行式表明他這一陣子在做的事,只是目前的工作。

同理,以下兩句的意思也不一樣:

The sun rises in the east.　→ 習慣式：每天如此

The sun is rising in the east.　→ 進行貌：此刻正在發生

那要如何表達「習慣性的進行」？ 在時間上重複出現的條件下，進行式也可用於表達「某情況下重複進行的習慣」，試比較這兩個句子：

片刻進行：She **is watching** TV right now.　→ 此刻正在看電視

習慣性進行：Whenever I came in, she **would be watching** TV.　→ 屢次重複發生

◆ 與完成式相關的口語用法：**I've got to**

The Bee Gees「比吉斯」有一首歌叫 *I've Gotta Get a Message to You*（我得捎個訊給你）。這是一種口語式的用法，其中的完成貌（I've gotta），有固定的形式，語意上如同助動詞 have to，表達「必須要」：

I've gotta　→ I've got to

- -

在宴會中，你得先離開，就可告訴朋友：

I've got to go.　→ I've gotta go.

I've got to leave.　→ I've gotta leave.

語法現身說

Part I 克漏字

> (a) was (b) has overturned (c) caused (d) are directing
>
> (e) will go (f) is flowing (g) take (h) is being rerouted

A Road Condition

Those of you on your morning commute need to be aware that one mile section of 101 North has been closed. It seems that a truck carrying swimming pool chemicals __(1)__ about 15 minutes ago. Police __(2)__ traffic away from the scene, just south of Vintage Oaks Shopping Center in Paloma. At this time, we don't know what __(3)__ the accident, but it looks as if it will __(4)__ some time to clean up. If that is your normal commute route, we suggest you take Jefferson Parkway north to 3rd street before trying to get back on. Most other traffic __(5)__ to State Highway 37. There __(6)__ also a minor fender bender just east of Rowan Avenue, but other than that, traffic __(7)__ along nicely this morning.

And now we __(8)__ over to Dave in the studio for the 8:00 a.m. weather report. Hi, Dave.

Part II 克漏字

> (a) has developed (b) have been featuring (c) earned

An introduction of a TV program guest

As regular viewers of American Business Nightly know, this week we __(1)__ some of our country's most successful business executives. Tonight, we welcome Mark Holcomb, founder and marketing director of Holcomb Art Limited based in Englewood, Colorado. A self-trained graphic designer, he has shifted his artistic creativity from the computer screen to ceramic products. Along the way, Mr.

Holcomb __(2)__ his business from a four-person firm to a company that __(3)__ a pretax profit of over 19 million dollars last year alone. Mr. Holcomb, how do you explain your success?

Part III 中英比一比：時態的區別

請就以下中英文的對譯，分析使用的時態，道理是什麼？

❶

> "You've killed a man, you young law-breaker!" stormed the Sheriff. "You'll be charged with that crime." He turned to his men. "Take him away. Throw him into prison."
>
> ***Robin Hood and His Merrie Men***
>
> **中文翻譯**
>
> 「你殺了人，年輕的罪犯！」警長衝了過來。「你將因此罪名起訴。」他轉向他的人馬。「把他帶走。送進監獄裡。」
>
> 《羅賓漢傳奇》

❷ 再看一例：

> He started to stand up, but his knees were shaking so much he had to sit down again on the floor. He glanced behind him, thinking he could bolt back into the tunnel the way he had come, but the doorway had disappeared.
>
> ***James and the Giant Peach***, by Roald Dahl
>
> **中文翻譯**
>
> 他開始站起來，但膝蓋顫抖著，以至於他又坐到地上。再看向後面，認為應該可以循他之前進來的路逃回通道，但門廊卻已經不見了。
>
> 《飛天巨桃歷險記》羅德・道爾著

本章介紹了「時點」搭配「觀點」的標記方式，請就以下這段狄更斯之《塊肉餘生記》
David Copperfield（簡易版），David 感謝栽培他長大的 Agnes，也想盡力幫助她，觀察
文章中出現的時態與觀點的選擇：

The years <u>passed</u> happily, and David <u>grew</u> into a young man. Wickfield and
Agnes <u>kept</u> a calm home in which David <u>flourished</u>. Agnes <u>became</u> like a sister to
him, in whose presence he <u>felt</u> very comfortable.

'You <u>are</u> so good, so calming and sweet-tempered,' he <u>told</u> her on his final
day of school. 'You <u>have helped</u> me like no one else. <u>Can</u> I <u>help</u> you? I <u>fear</u> that
something <u>is troubling</u> you and your father, and I <u>think</u> that <u>involves</u> Uriah Heep.'

Agnes <u>put</u> her hands over her eyes. It <u>was</u> the first time David <u>had</u> ever <u>seen</u>
her cry, and it <u>grieved</u> him terribly. 'Oh David,' she <u>whispered</u>, 'Uriah <u>is going to</u>
<u>enter</u> into partnership with Papa.'

David Copperfield, by Charles Dickens, retold by Gill Tavner（聯經出版）

中文翻譯

就這樣過了好幾年愉快的日子，大衛已經長成一位青年了。威克菲爾德和艾格
妮絲打造了一個平靜的家，大衛就在這個家中成長茁壯。艾格妮絲就像他的姐姐一
樣，只要有她在，大衛就覺得非常安心。

「你是這麼善良、文靜、又有如此好的性情，」他在學校畢業的那一天告訴她，
「從沒有人像妳這樣全心全意地幫助我。妳能讓我幫助妳嗎？我覺得妳和妳父親似
乎在為什麼事煩惱，我想這件事跟優瑞亞 · 希普有關吧。」

艾格妮絲用手摀住她的眼睛。這是大衛第一次看見她哭泣，讓他也非常傷心。
「喔，大衛，」她啜泣著，「優瑞亞和爸爸準備要合夥經營了。」

《塊肉餘生記》狄更斯著（簡易版）（聯經出版）

Part I 克漏字

答案：b, d, c, g, h, a, f, e

道理：

1. 第一題： 路況報導必然是說明「此刻之前已發生」的事，可用現在完成式，而出事的是 a truck... ，只有動詞 overturn (翻覆) 可表達與 truck 有關的意外事故。因此選 (b) has overturned： "a truck... has overturned about 15 minutes ago." 。

2. 第二題： 報導現場警方的作為是一種近距離、特寫式的觀點，要讓聽眾有置身現場的感覺，因此是用現在進行式： "Police are directing traffic away from the scene."

3. 第三題： "At this time, we don't know what _____ the accident." 當時什麼造成意外？要用 caused，因為意外事故是發生在「過去」（15 minutes ago），此刻我們不清楚「當時」是怎麼回事，因此選 (c) caused。

4. 第四題： "...but it looks as if it will _____ some time to clean up." 清理事故需要「花一些時間」，事情「花」時間要用 take（人花時間則用 spend），答案是 (g) take。

5. 第五題： 同第 2 題，報導現場的交通情況，是目前正在發生的事情，因此可用現在進行式，且 traffic 是「不可細分」的單數概念，選 (h) is being rerouted（被引導轉向）： "Most other traffic is being rerouted to State Highway 37." 。

6. 第六題： 本題是敘述另外一個小事故，是之前發生的事，所以用過去式 "There was also a minor fender bender just east of Rowan Avenue..." 。

7. 第七題： 本題又在報導目前的交通狀況，是正在發生的事情，因此是現在進行式 "...traffic is flowing along nicely this morning."

8. **第八題**：本題題意是路況報導結束，準備轉場到氣象預報時段，因此用未來式 "And now we will go over to Dave in the studio for the 8:00 a.m. weather report."

Part II 克漏字

答案：b, a, c

道理：

1. **第一題**：本題是脫口秀節目的開場介紹，因為是本週以來已發生且持續發生的事情，因此用「現在完成進行」式 "..., this week we **have been featuring** some of our country's most successful business executives."

2. **第二題**：主持人介紹來賓的成就時，是從說話當下人去看他「過去至今」已有的成就，是「現在之前已完成」的事，因此現用完成式： "Mr. Holcomb **has developed** his business from a four-person firm to a company that earned a pretax profit of over 19 million dollars last year alone."

3. **第三題**：本題有明確的時間點 last year alone，因此用過去式： "Mr. Holcomb has rapidly developed his business from a four-person firm to a company that **earned** a pretax profit of over 19 million dollars last year alone."

Part III 中英比一比：時態的區別

1. **英文**：動詞形式不同，語意不同

   You've killed a man. 現在完成式，表示動作在說話之前已經完成

   You'll be charged... 未來式，表示未來即將發生的事

   中文：加上其他詞彙來傳達時態，如「了」、「將」等字。

2. **英文**：動詞形式不同，語意不同，此段敘述基本上是用過去式，但穿插著不同的時態觀點：were shaking 過去進行，強調站起來當時，膝蓋正在顫抖著

   the way he had come 過去完成，是指在 glanced 這個參考時間之前曾跑進來

   the doorway had disappeared 是指門廊在 glanced 之前已經消失了，在過去

的參考時間之前發生的

中文：加上其他詞彙來傳達時態，如「之前」、「已經」等字。

Part IV 時點與觀點的搭配

本文基本上是在描述過去發生的事，以「過去式」為敘事主軸：

The years <u>passed</u> and David <u>grew</u> into... Wickfield and Agnes <u>kept</u>... Agnes <u>became</u>... He <u>told</u> her... Anges <u>put</u> her hands. It <u>was</u>..., and it <u>grieved</u> him... She <u>whispered</u>...

直接引述所說的話也要「原音重現」，回歸當時的「說話當下」：'You <u>are</u> so good... You <u>have helped</u> me... <u>Can</u> I <u>help</u> you?'

強調當下「正在發生中，尚未結束」就用「進行式」：I fear that <u>something is troubling you</u>..."

強調在過去的時間之前已完成，則用「過去完成」：It <u>was</u> the first time David <u>had</u> ever <u>seen</u> her cry (by that past time).

Chapter 07

事件確實發生了嗎？

是真的？還是假的？看標記就知道！

Any 只能用在疑問句和否定句嗎？

假設句要溝通什麼？

Dumdo wishes that he was a superdog.
If Dumdo was stronger,
he could have kicked the cat black and blue.

kick

Is it

real?

I. 溝通需要

「你說的是真的嗎？」

小明說他看到貓追狗，怎麼知道是真的？「真實與否」是語言溝通上的一大重點，人們總想知道對方說的到底是不是真的，說話者也有義務要清楚標記事件是不是確實發生了。「真實性」的表達不但影響句型，也影響用詞，因為語言對「真實」與「假設」這兩種情況，有不同的處理原則及標記方式；也唯有如此，才能將兩者區分開來，讓聽的人可以清楚分辨出，你說的到底是確實發生的事情，還是你的希望夢想，或發呆時做的白日夢：

I bought a scratch card and won NTD 200.

→「過去式」標記過去確實發生的事

- -

I wish I bought a scratch card and won NTD 200.

→ I wish 如果這樣就太好了，可惜是白日夢！

◆白日夢有兩種

（1）**對未來的想望 / 未來有可能發生：**

If I win the top prize of NTD 20,000, I will buy an iPad for myself.　→ 買了刮刮樂但是還沒刮，所以對於中頭獎這件事，抱持著「希望」，未來有可能發生。

（2）**對過去的悵惘 / 不可逆轉的願望：**

If I had won the top prize of NTD 20,000, I could have bought an iPad for myself.

→ 買了刮刮樂卻沒有中獎，失望之餘，不免會想著「當時如果」中了頭獎，該多好？！

- -

這兩種白日夢就是一般所謂「條件句」和「假設句」的不同：**條件可能出現，假設不可逆轉。**

II. 標記方式

真實性的標記方式很多樣,本章將一一介紹。從前面談過的時態來看,發生的事在時間座標上必然有一個明確的時點,因此「真實性」的標記與動詞時態息息相關:「過去」發生和「現在」存在的都是「事實」(real),但「未來」要發生的或並無明確時點的「習慣」則很難預測,屬於「非真實」(non-real)。但不管句子的時態是什麼,若加上清楚的假設或條件標記 if, in case that, provided that 等,則明顯表示「非事實」。同樣,若加上表可能性的副詞、如 perhaps, maybe, possibly 等,也改變了「真實性」:

> I saw it.　→ 事實 real
>
> Maybe I saw it.　→ 非事實 non-real

英文還有一個用來標記「真實與否」利器就是「情態助動詞」:

 翻轉一:情態助動詞表達「非事實」

一般而言,英文用情態助動詞表達的事件都是「非事實」,例如:

> He **can** speak English.　→ 他有能力說英語,但不是「確實」說了英語
>
> He **may** drive a truck.　→ 他可能可以開卡車,只是表達一種可能性
>
> You **must** do your homework.　→ 你「一定要」做功課,就代表這件事尚未做

所以說,當我們使用 can、may、must、will、shall、could、might、should、would 等情態助動詞時,說話者都只是表達個人主觀的「期望值」,對「可能性」或「責任義務」的判斷,這些判斷其實都未確實發生。這些助動詞之所以稱為「情態」助動詞,就是幫助說話者表達其所認定的最佳「情境」或「態度」,意即對某事的可行性、可能性、確定性的「推理判斷」,或是對某人的能力、意願、責任做出「期待表述」。這兩類都屬於「非事實」:

> 對真實與否的推理判斷:It should be him.　→ 應該是他沒錯!
>
> 對好壞與否的期待表述:He should do it.　→ 他應該當仁不讓!

翻轉二：非事實的標記方式有多種不同句式

情態助動詞是標記「非事實」的一種方式，其他還有一些常用的「句式」，不管動詞是什麼，都必然表達「非事實」：

> 情態句：You may take any of these.
> 疑問句：Do you have any idea?
> 否定句：I don't have any money.
> 命令句：Take any of these!
> 未來式：I **will** do anything for you.
> 條件句：**If** you like any of these, ...
> 不定詞補語：I promise **to take** any of your advice.
> （此刻 promise 要去做的事必然尚未發生）

這些非事實有一個共通點，就是「尚未實際發生」。既然尚未發生，事件的參與者就有可能不確定，有可能是任何人，所以都可以和 any 合用。但對已實際發生的事，參與者是確定的，就不可能是 anyone 或 anything：

> Anyone did it.（×）　→ 不合邏輯，應是 Someone did it. 或 Anyone will do it.
> He did anything.（×）　→ 不合邏輯，應是 He did something. 或 He will do anything.

III. 標記特點

◆ 明辨真假、確實標記

真實性的表達講求「明辨真假、確實標記」。原則很簡單，但真假值與語法的各個層面都有關聯，因此標記方式也五花八門，各有講究。上面列舉的不同句式都能夠用來標記真假，就是基於多樣的關聯 [17]：

---

17. 同前，情態的語法關連參考 Givón，T. 1993. Vol. I, 170-176.

◆ 時態與真假的關聯

事件發生的時間可以幫助決定真假。無論是「現在進行」、「過去發生」或是「已經完成」的事件都是「確實發生的」：

I am writing a book.　→ 確實發生中

I wrote a book.　→ 確實發生過

I have written a book.　→ 確實已發生

如果是未來才會出現的事件，因為還沒發生，就屬於「非事實」：

I will write a book.　→ 尚未發生

I will have written a book by 2020.　→ 尚未發生

I would write a book if I have time.　→ 尚未發生

◆ 動詞語意與真假的關聯

有些動詞可表達訊息的來源，本身的語意已足以表現出事件的真實性，例如 guess（猜測）、wish（願望）或 promise（承諾），講的顯然都是尚未成真的事情，但是感官動詞 see、hear 則傳達「親眼見、親耳聞」的事件：

I guess he wrote a book. → 猜測而已，不能當真

I think he wrote a book. → 想想而已，沒有根據

I saw that he was writing a book. → 眼見為憑

◆ 情態副詞與真假的關聯

使用情態副詞可影響整句的真假值。副詞比時態更具影響力，即使是過去式，加了 maybe，perhaps 或 probably 等具有猜測意味的副詞，也可以改變這句話的真實及確定性：

He **probably** wrote a book.　→ 可能寫了，但不確定

Maybe he went to the States.　→ 可能去了，但不確定

◆ 情態助動詞與真假的關聯

前面已提過，情態助動詞都是標記「非事實」，只要有情態助動詞出現，都是清楚標記尚未發生，即使和表確定的副詞合用，也不能改變「非事實」的事實！

He **should certainly** work hard.　→ 他當然應該認真工作，可惜還沒發生！

It **may probably** rain tomorrow.　→ 有點囉唆，但可能性不變

◆ 條件／假設句與真假的關聯

前面提到條件與假設兩種白日夢，條件是「有可能」的假設，是對「未來」抱持的希望；假設則是「不可能」的條件，是對「過去」的追悔。無論哪一種，講的都是「非真實發生」之事，沒有時間上可對應的實點，因此在動詞時態的標記上，必須和「真實發生」之事的標記有所區別。

未來可能出現的條件　→ 以沒有特定時間的**習慣式**表達

If it rains tomorrow, we will cancel the outing.

違反現在的事實　→ 以**過去式**標記

If she was a man, her life would be different.

違反過去的事實　→ 以**過去完成式**標記

If I had known it earlier, I would not have made the same choice.

總括而言，「辨明真假」是溝通上的需要，「事實」與「非事實」就必須有標記形式上的區別。英語可藉由多種方式傳達事件的「真假值」（Truth value）。

翻轉三：區分「有可能的條件」（條件句）與「不可能的假設」（假設語氣）

很多學生一提到假設語氣就頭痛。假設的語意的確較特殊，但是要弄清楚假設句的用法其實不難，首先要瞭解前面提過的白日夢分為兩種，一種是「有可能」的條件，另一種則是「不可能」的假設。再三強調兩者的區別，用意是要釐清這兩種假設含意不同，因為有不同的標記形式，使用上也有不同的考量。

條件句是投射於「未知」的不確定，時態標記上與未來式相呼應。假設語氣則是投射在「已知」的反事實。我們來仔細看看兩者的形、意如何搭配：

◆ 有可能的假設（條件句）

在「未來」有可能發生的情況條件，但不確定是否成真
標記上，以沒有特定時間標記的「習慣式」表達「可能的條件」，以「未來式」表達「未來結果」：

> If you work hard, you will get a good grade.
>
> If it rains tomorrow, we will cancel the outing.
>
> I hope everything goes well for you.

此種條件假設一直被認為是以「現在式」表「未來」，其實更貼切的說法是**以「習慣式」表「可能」**。

◆ 不可能的假設（假設語氣）

亦即「與事實相反」的假設。所謂「事實」，是「真實已知的情況」，必然在現在或過去出現。「與事實相反」的假設就是與「目前狀態」或「過去事實」相反、違反事實的希望。

既與事實相違，在時態上就得和表達「事實」的標記有所區別。英文選擇用時間上的「錯亂」（將時態倒退）來標示「違反事實」。

違反**現在**的事實 → 以**過去式**標記

現在事實：She is a girl.

違反現在事實：I wish she **was / were** a boy.

（were 是形式固定的「反事實」標記，不隨人稱變更）

造句：If she **was** a man, she **would** join the army.

違反**過去**的事實 → 以**過去完成式**標記

過去事實：She **didn't** come home yesterday.

違反過去事實：I wish she **had come** home yesterday.

造句：If she **had come** home yesterday, she **would have enjoyed** the dinner with us.

我們會做「與事實相反」的假設，通常是希望「過去的事實」能夠改寫，或為過去「已成事實」的因果關係懊惱追悔，因而冀望出現「與事實相反」的因果關係：

Fact　　We **didn't** go to the concert, so we **didn't** meet Jay Chou (周杰倫).

He **didn't** study hard, so he **didn't** score 100.

They **didn't** eat at McDonalds, so they **spent** a lot of money.

Non-fact　If we **had gone** to the concert, we **would have met** Jay Chou (周杰倫).

If he **had studied** hard, he **could have scored** 100.

If they **had eaten** at McDonalds, they **would have spent** less money.

事與願違的情況下，同一個願望，投射在不同的時間點，就要有不同的時態標記：

要是你**現在**早一點告訴我……問題可能解決了！

→ The problem **would** be solved if you **could** tell me that earlier.

要是**當時**你早一點告訴我……問題可能早就解決了！

→ The problem **would have been solved** if you **could have told** me that earlier.

從以上例句中，我們也發現，投射在過去的反事實，都有固定的標記形式：

$$\text{主詞} + \left.\begin{array}{l} \text{may} \\ \text{might} \\ \text{would} \\ \text{could} \\ \text{should} \end{array}\right\} + \text{have} + \text{PP}$$

這種標記方式巧妙結合了兩種特別的語意：使用表示「非真實」的「情態助動詞」（may、might、would、could、should）指出句中所述「非事實」，而在動詞時態上則使用「完成式原形」，則表示事情應該發生於現在之前。

IV. 語法大哉問

? any 只能用在否定句和疑問句嗎？

前面已提到，在英語中「真實」與「非真實」的概念影響 any 這個詞的使用。相信大家一定在很多文法書上看過 any 的使用規則：「any 只能用在否定句和疑問句」。事實上，這樣的說法不完全、也不正確：

The cat will chase **any** dog.
You may take any **of** these.

上面兩個語法正確的句子，既非否定句，亦非疑問句，但仍可使用 any，這該如何解釋呢？

仔細想想，一件事情若是已經發生了（確定且真實），則必然有確實的參與者。只要說話者知道參與者是誰，就可以指名道姓的把它講出來，比如：John did it. 就算不曉得參與者是誰，也可以說：

> Somebody did it.
>
> Something happened.

但無論如何不會說：

> Anybody did it.（×）　→換成中文也不通：任何人做的。（×）
>
> Anything happened.（×）　→任何事發生了。（×）

因為 any 不具有指涉性，沒有確定的指涉對象，所以不能用在真實發生、必然有確定參與者的事件中。而 someone、somebody、something 雖然不是我們可指認的人、事、物，還是指涉了確定的某人、某事、某物，只是我們不曉得是誰罷了。

如果事件尚未發生，屬「非事實」，就跟上述情況相反，參與者未定，「誰」都有可能參與其中。因為事情尚未發生，人物也就尚未確定，所以任何人都有機會。這時候，「沒有確定指涉對象」的 any 就派上用場了：

> Anyone will do it.　→ 任何人都會做
>
> Anybody may come.　→ 任何人都可能來
>
> Anything may happen.　→ 任何事都可能發生

從這點即可推論出，由於否定句與疑問句的性質皆屬於「非事實」，所以才需要搭配無指涉性的 any。然而，any 的使用並不僅限於疑問和否定，而是可出現在前面列舉的所有「非事實」句式中，疑問和否定之外，還包括情態、祈使、條件、未來、承諾等句式。按一般推理，事件的「真實性」和名詞的「指涉性」彼此密切相關：

> 真實事件 → 確有其人（someone）
>
> 非真實 → 其人未定（anyone）

如此說來，事件的真實性直接影響名詞的指涉性，兩者的關聯依照基本邏輯推理即可得知。語言是認知的產物，語法不外乎情理。

7-2 進階篇

「明辨真假、確實標記」是誠實溝通的原則。Any 的用法讓我們體會到真實與否直接影響句子其他成分的選擇。真實發生的「事實」，必然有對應的時間點與固定的參與者；尚未發生的「非事實」，時間不確定，人物也不確定。「真實與否」影響深遠，在標記方式上也與其他成分息息相關。進階篇將進一步探討與真實性相關的幾個常見問題。

時態與情態：時點的意義

時態與情態親如手足，兩「態」彼此關照，語意上互通有無。就時態而言，「時點」標記事件的「存在點」；「觀點」僅是事件的樣貌。當事件落於時間座標現在與現在之前的各點上，不管觀點如何，都必然為真：

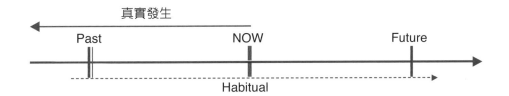

過去與現在的「既定」：

現在發生中：The cat **is chasing** the dog.

過去發生了：The cat **chased** the dog.

事件已完成：The cat **has chased** the dog.

未來與習慣的「未定」：

未來可能發生：The cat **will chase** the dog.

時間上不確定：The cat **would chase** the dog.

❓「習慣」是否屬實？

這是一個很有意思的問題。習慣式所表達的事件，看似不變的「事實 -fact」，卻可能只是善變的「傾向 -tendency」：

> He eats apples. → 但是確實吃了嗎？
>
> He gets up at 5 am everyday. → 但是今天五點起床了嗎？

習慣式在時間座標上，沒有對應的「時點」或「實點」，無法落實，這就是為什麼習慣傾向也可以用「非真實」的情態助動詞來表達：

> He would eat apples. →習慣傾向 → 加了情態助動詞 →非真
>
> He would get up at 5 am everyday. → 習慣傾向 → 加了情態助動詞 →非真

動詞與情態：預設前提

前面提過動詞語意可表達「訊息來源」，從而標記事件的真偽：

> 確定： I **saw** [a cat chasing a dog]. → 眼見為憑
>
> I **heard** a cat cry. → 親耳聽見
>
> -
>
> 不確定： I **believe** [a cat is chasing a dog]. → 相信不代表事實
>
> I **suppose** [a cat is chasing a dog]. → 純屬臆測

另有一組動詞，語意本身含有強烈的預設前提（presupposition），像 regret 和 recall：

> I **regret** that I told her the secret. → 後悔的事必然已發生
>
> I **recall** that I told her the secret. → 想起的事必然曾發生
>
> I am **sorry** that I told her the secret. → 抱歉的事必然已做了
>
> I **apologize** for having told her the secret. → 道歉的原因也必然先發生了

214

英法文法有道理！重新認識英文文法觀念

這些主要動詞都是在「表述」心理活動（to assert），但又藏有一個「預設」前提（to presuppose），前提為真，才會有後續的後悔抱憾。

動詞之外，WH- 問句也有異曲同工之妙：

> Who did you date last night?　→ 預設前提：你昨晚約會了
>
> What did you break this morning?　→ 預設前提：你打破東西了

想見識一下預設前提的殺傷力嗎？看看這個句子：

> Have you stopped skipping classes?
> → 看似詢問，其實是在指控！預設前提：你一直蹺課。
> -
> When did you stop beating your wife?
> → 法官質問家暴犯吧！預設前提：你打老婆。

這兩句話中的動詞補語都被轉為名詞，帶有名物化標記（skipping / beating），儼然成為如名詞般真實存在的事件：

> Have you finished reading this book?　→ 預設 reading 動作為真
> -
> 所以我也想問讀者：
> When did you fall in love with English?　→ 我預設你已經愛上它了

May 和 might 有何不同？

特別要提出來說明：很多人以為 might 是 may 的過去式，would 是 will 的過去式，所以如果要表示過去的可能性或非事實，助動詞就要改用 might 或 would；也有參考書說 might 所表達的可能性比 may 小，這些觀念都有問題，有必要進一步釐清！請看以下說明：

此處的差異不在於事情所發生的時間點，而是在於表達上的「婉轉、客氣」程度。may 較直接表達出說話者的猜測或推論，而 might 聽起來則較客氣婉轉、有所保留，所以對聽的人來講，也可由此「態度」判斷說話者的肯定程度有多高。

實際上，要表達「可能性」，或是對過去的「推測」，情態助動詞後面的動詞形式才是關鍵。請比較以下指向兩個不同時間點的可能性：

未來的可能或不確定 → might + V-root

You might see a cat chasing a dog.

- -

過去的可能或不確定 → might + have-PP

You might have seen a cat chasing a dog.

Must 的兩個用法

must 是情態助動詞之一，前面已經說明，情態助動詞就是用來表達說話者主觀認定的「情境態度」：情境是指事情「可能與否」，態度則是針對人的「責任義務」。must 可譯為「必須、應該」，等於 have to，這是對「責任義務」的判斷。當我們主觀的認為自己或他人必須做某件事的時候，就用 must 來表達這個態度：

I must go now. 我**必須**走了。

You must work harder. 你**必須**更努力。

另一方面，must 也可用於對「可能情境」的判斷，推測某事必然如此，表示「一定、必然」：

> It must be John! 一定是 John ！
> She must be sad. 她一定很難過。

簡單的說，must 有兩種用法：「一定要」（斷定責任）或「一定是」（斷定可能性）。因此下面這句話可有兩種語意：

> You must be his friend!
> (1) 加重 must，表責任 → 你一定要作他的朋友（You **must** become his friend.）
> (2) 不加重 must，表可能性 → 你一定是他的朋友（It must be the case that you are his friend.）

同樣的，should 也可有「責任」和「可能」這兩種語意，表達「應該要」或「應該是」：

> 責任：He should go to the party.（他該做什麼？他應該要去參加 party。）
> 可能性：He should be in the party.（他人在哪？他應該是在 party 上。）

再進一步看其他的助動詞，may 和 can 也都有幾種不同的語意：

> May：
> 許可的態度 → You may leave now.
> 可能性的推敲 → You may be right.
> -
> Can：
> 能力判斷 → You can do it. (= You are able to do it.)
> 許可的態度 → You can leave now. (= You are allowed to leave.)
> 可能性的推敲 → You can be wrong. (= It is possible that you are wrong.)

Can 的三個語意是息息相關的，有能力才有意願，有意願等於有認可，有認可才會有可能發生。這些詞的多義性其實是彼此相通的，所以有一個笑話：

上課時，學生問老師：Can I go to the restroom?　→ 我可以去上廁所嗎？

老師回答：I don't know. Can you?　→ 我不知道耶，你行嗎？

學生徵求老師的許可，老師卻故意曲解反問：你行嗎？只有你自己才知道你有沒能力去上廁所啊。

Given that 和 providing that 的比較

這兩個附屬連接詞，時常被認為用法相同，都是用來表示「條件」，真的是這樣嗎？來看以下這兩個句子，就知道差別在哪裡：

Providing that he has more time, he will do a better job.

→ On the condition that he has more time, he will do better. 只要有時間，就能做更好

在上句中，providing that 所帶的並不是一件確定的事，而是一個可能的條件，一個「未知的」假設（if...），只有在這個條件成立的狀況下，他才會做得好。然而，given that 卻是帶出「已知的」前提：

Given that [he had more time], he did a wonderful job.

→ For the fact that he had more time, he did better. 因為有時間，所以做得更好

在這個句子中，「他有時間」是一件確定的事，是一個「已知的」事實。考慮到這個「已知的」前提，他一定會有好的表現。

總結來說，given that 是用來標記已知事實，表示「有鑑於、考慮到……」；providing 或 provided that（兩者類似）則用來標記未知的假設或條件，意思為「如果、只要……」。

Given that she cooked, he volunteered to do the dishes.

→ Since she cooked, he did the dishes. 既然她煮飯，他就洗碗

- -

He will do the dishes **provided that** she cooks dinner.

→ If she cooks, he will do the dishes. 如果她煮飯，他就洗碗

Hope 和 Wish 誰強誰弱？

有人說 hope 和 wish 都有「希望」的意思，但 hope 的可能性較高，wish 則用於較不可能發生的事。其實 hope 跟 wish 後面可以接同樣的「心願」，但關鍵是對「希望之事」的態度不同、對事情也有不同的認定。hope 是以自我出發、針對未來、努力可及的「人間事」，懷抱積極希望；wish 則是謙卑的祈求許願，認定此事超出個人的能力範圍，是由「上帝」決定：

> 希望：I hope tomorrow is a sunny day.　→ 人間可能
> 祈願：I wish tomorrow is a sunny day.　→ 上帝決定

俗話說：Hope for the best and plan for the worst. 這就是 hope 的精神，是個人對未來懷抱的喜好。但是在與事實相反的假設語句中，事已發生且事與願違，就不能用 hope，而要用 wish：

> I wish I had got the job.　→ 事已發生
> 不能說 I hope I had got the job.（×）
> 只能說 I hope I will get the job.（✓）

為什麼？因為 hope 是「對未來懷抱希望」，是人間可能實現的「夢想」，只要努力付出就有可能達成；但 wish 則帶有祈求、「聽天知命」的意味，能不能如願以償，並不完全在人的掌控之內。

因此當我們的心願與事實相反時，光憑「人」自己的力量無法改變現實狀況，這種超出人掌控範圍的願望，當然只能是 wish。同理，當我們祝福別人的時候，發出的「祈願」是上帝才能給予的祝福，所以用的也是 wish：

> I wish you a happy anniversary!
> I wish you a blessed new year!

祝福的弦外之音

聖誕節的時候，我們常聽到一首歌：

We wish you a merry Christmas!

We wish you a merry Christmas!

We wish you a merry Christmas and a happy New Year!

同樣，我們可以用 wish 傳達各樣祝福：

I wish you all the best!

I wish you the best luck!

I wish you success!

I wish you a safe trip!

有趣的是，正因為 wish 有「超出人能力範圍」的祝福意涵，在特別的語境下，也可能用來表示「反諷」的言外之意。比如說，你的同事堅持要做一件你認為不可能達成的事，你只能用無奈的祝福來表達你不看好，送他一句 I wish you luck!

語法現身說

Part I 請選擇適當的答案

Bronnie Ware, an Australian nurse who provides care for dying patients, has recorded their most common regrets.

She found that people grow a lot when they are faced with their own mortality. They experience the emotions of denial, fear, anger, remorse, and eventually acceptance. Bronnie Ware asked them about their regrets. What do they wish they had done differently in their lives? Here are the five most common answers:

(a) had allowed (b) makes (c) had stayed (d) leads to (e) expected

1. They wish they __(1)__ true to themselves, instead of living the life that others __(2)__ of them.

2. They wish they hadn't worked so hard.
   This regret was expressed mainly by men.

3. They wish they had had the courage to express their feelings.
   Although some people may get angry or upset when you are honest with them, in the end, honesty __(3)__ better relationships.

4. They wish they had stayed in touch with their friends.
   In the face of death, love and friendship are the most important things.

5. They wish that they __(4)__ themselves to be happier.
   Life is a choice. It is each person's responsibility to lead a life that __(5)__ them happy.

請就以下中英文的對譯，分析「有可能」的條件句，和「不可能」的假設語句。

❶

> 'You can have cacao beans for every meal! I'll even pay your wages in cacao beans if you wish.'
>
> ***Charlie and the Chocolate Factory***, by Roald Dahl
>
> **中文翻譯**
>
> 「你們可以每餐都吃巧克力豆！你們想的話，我還可以用巧克力豆當作薪水。」
>
> 《查理和巧克力冒險工廠》羅德 · 道爾著

❷ 請再看一例

> "A Wonka candy bar!" cried Charlie. "Oh, wouldn't it be wonderful if I found the third Golden Ticket inside it?" Charlie said.
>
> ***Charlie and the Chocolate Factory***, by Roald Dahl
>
> **中文翻譯**
>
> 「旺卡糖果條！」查理大叫。「噢，要是我在裡面找到第三張金獎券該有多好？」查理說。
>
> 《查理和巧克力冒險工廠》羅德 · 道爾著

Part III 辨明真假

以下這段文字取自《偉人情書集》*The 50 Greatest Love Letters of All Time*，這篇是美國知名作家海明威 1945 年在古巴寫下這封給他未來妻子瑪麗 · 威爾希的情書。由於原文是私人書信，語句連結與標點都比較隨性，在此已稍做標點上的修正。請觀察文中事件的真實性如何標記，有可能的條件與非事實的假設有何區別：

Ernest Hemingway to Mary Welsh

So, now I'm going out on the boat with Paxthe, Don Andres and Gregorio, and stay out all day and then come in and will be sure there will be letters or a letter. And maybe there will be. If there aren't, I'll be a sad s.o.a.b.* But you know how you handle that of course? You last through until the next morning. I suppose I'd figure on there being nothing until tomorrow night and then it won't be so bad tonight....Please write me, Pickle. If it were a job you had to do, you'd do it. It's tough as hell without you and I'm doing it straight, but I miss you so I could die. If anything happened to you, I'd die the way an animal will die in the Zoo if something happens to his mate. Will send this with Juan. Much love, dearest Mary, and I know I'm not impatient. I'm just desperate.

《偉人情書集》 *The 50 Greatest Love Letters of All Time* （聯經出版）

中文翻譯
海明威致瑪麗 · 威爾希

我現在正準備和帕克斯泰、安德列斯先生、葛雷格里奧一起乘船外出整天後再回來，我確定一定會收到信。也許會有信。如果沒有，我會變成傷心的狗娘養的雜種。當然你知道麼處理這種事吧？妳會撐到隔天早上。我想我最好認為明天晚上之前不會有任何消息，今天晚上才不至於太糟……請寫信給我，淘氣鬼。假使這是妳必須完成的工作，妳一定會完成它。沒有妳在身邊的日子有如身在地獄，我還是會撐下去，但可能會因為太思念妳而死去。倘如妳發生什麼事，我一定會像動物園裡的動物那樣，在牠伴侶發生不測時死去。我會請璜捎這封信去。最親愛的瑪麗，請記住，我不是不耐煩，是快忍無可忍了。

《偉人情書集》 *The 50 Greatest Love Letters of All Time* （聯經出版）

＊較粗俗的用語 s.o.a.b.＝son of a bitch

Part I 請選擇適當的答案

答案：c, e, d, a, b

道理：

1. **第一題及第二題**：這是「與過去事實相反」的假設，They wish they had stayed true to themselves, instead of living the life that others expected of them. 句子是以 they wish 開頭，可知是假設語氣的型態，是對過去的追悔，與過去相反的事情，所以用「過去完成式」來表達，而 true 前面需要一個類似 Be 動詞的連接動詞（linking verb），所以選 (c) had stayed；逗點後面的句子則是陳述過去的事實，這些人過著他人「期望」他們的生活，因此用 (e) expected。

2. **第三題**："... in the end, honesty leads to better relationships." 本句是陳述一個事實「誠實可以導致更好的人際關係」，因此用 (d) leads to。

3. **第四題**："They wish that they ____ themselves to be happier." 以 they wish 開頭，可以得知是假設語氣，又是對過去的追悔，是與過去相反的事情，就用「過去完成式」來表達，因此答案是 (a) had allowed。

4. **第五題**："It is each person's responsibility to lead a life that ____ them happy." 本句是陳述個人應負的責任，是習慣事實式，因此用 (b) makes。

Part II 中英比一比：真實發生了沒？

1. **英文**：時態可表達真假，這裡用未來式，是之後可能發生的事。

   中文：中文動詞沒有時態，「真實發生沒」要看其他的標記成分：吃「了」或「要」吃。

2. **英文**：用時態標記假設語氣，因為查理還沒有打開糖果，不可能知道是否會得到獎券，因此這裡是屬於「違反現在事實」的假設法。

中文：中文沒有特別在動詞上標記假設，而是用「要是、假如」配搭上下語意來表現。

Part III 辨明真假

以進行式表示立即要做的事，未來總是尚未成真：

I'm going out 以進行表馬上要做的事 ...stay out 接續前面的進行未來 and come in 接續前面的進行未來 and will be sure there will be letters.

假設有兩種：

(1) 符合常情常理，可能出現的條件與未來結果：

If there aren't (any letters), I'll be a sad s. o. a. b.

An animal will die in the zoo if something happens to his mate.

(2) 與事實不符，不太可能的臆想：

If it were a job you had to do, you'd (=would) do it.

「若這是你的工作，你一定會完成。」事實上寫信並不是瑪麗的工作，屬於「與現在事實相反的假設」，因此以 were 標記。

If anything happened 不符事實 to you, I'd (=would) die [the way an animal will 可能發生 die in the zoo if something happens 可能條件 to his mate].

句子前半 If anything happened... 海明威以假設語氣來表達愛意：「要是你有什麼不幸發生，我會死掉。」但他寫作時，愛人並未發生任何不幸，所以是「違反現在事實」，以過去式 happened / would die 表達與事實相反的假設和結果。

後半部拿動物來做譬喻 ...the way an animal will die if something happens to his mate：「就像動物園裡的動物，假如伴侶發生不測，牠會死去」，這是實際可能發生的情況，因此使用「習慣式」happens 表達可能條件，未來式表達可能結果 will die。

再看看另外兩句：

I suppose I would figure on there being nothing...：「我想我得假設 ....」，故意胡亂臆想，與目前狀態不符，因此用過去式 would。

and then it <u>won't</u> be so bad tonight：「這樣，今晚就不會那麼糟了」，是今晚有可能出現的結果，因此用未來式 won't

I <u>miss</u> you so [I] <u>could</u> die.

「我太思念你而可能死去。」思念是事實，以「事實式」據實以告：I miss you，但「死去」卻是誇張之詞，與現在事實相反，因此用過去式 could。

Chapter
08

誰該負責？！

主動、被動的區別何在？

什麼時候用主動？什麼時候用被動？

現在分詞和過去分詞有何不同？

Gafei tricked Dumdo.
Dumdo was tricked by Gafei.

Who is
in control?

8-1 基礎篇

I. 溝通需要

◆ **兩個角色、兩種關係**

小明想要描述的這個「貓追狗」事件中有兩個主要角色：

追人的（the chaser）：握有主控權、造成事件發生的一方，是事件的**負責人**

被追的（the chased）：被控制、影響的一方，是事件的**受害者**

- -

其實每一個及物事件中，都會有這兩種角色，例如：

John **hit** Joe.　→ 負責人是 John；受害者是 Joe

Mary **wrote** a book.　→ 負責人是 Mary；受造者是 a book

◆ **主動、被動的決定因素：哪一個角色作主詞？**

在描述這個貓追狗事件時，這兩種角色帶出兩種可能，主詞和動詞間也因此形成兩種關係：

造成事件發生的負責人作主詞 → 主動句型 → The cat **chased** the dog.

被事件影響的受害人作主詞 → 被動句型 → The dog **was chased**.

當句子以「被動」的一方作主語時，主詞與動詞間存在的就是被動關係。對於英文來說，只要是「被動關係」就一定要用「被動形式」來標記，動詞必須改變為被動形式 Be + Past Participle（過去分詞 PP）：

過去被動：He was chased.

現在被動：He is chased.

未來被動：He will be chased.

習慣被動：He is always chased.

 翻轉一：被動句是將「主題焦點」放在「被處置、受影響」的一方

主動／被動句的選擇，基本上是對於「主題焦點」的考量。一般說話或寫作，大多使用主動句，因人很自然會以「主動做事」的一方為切入點，來描述事件的發生。主動句的主語焦點通常放在「造成事件」的主控者身上。

主動句：主詞＝主控者

John broke the window.

The architect built the house.

The police sent the victim to the hospital.

The gangsters burned down the place.

但被動句剛好相反，是將焦點放在「被處置、受影響」一方。在此情況下，「受影響者」的重要性高於「主控者」，甚而「主控者」可以省略。

被動句：主詞＝受影響者

The window was broken.

The house was built in 1990.

The victim was sent to the hospital.

The place was burned down completely.

就溝通功能而言，被動句的使用表達了以下四個特點 [18]：

(1) 主控者的重要性降低　→ 受影響者的重要性提高

(2) 維持連貫的主題焦點　→ 主題剛好是受影響者

(3) 描述動作造成的結果狀態　→ 動作狀態化：Be 動詞 + 過去分詞

(4) 淡化人的主動性　→ 強化事實結果的客觀性

以下就這四個溝通特點，分別說明：

◆ 強調「受影響者」

通常表達動作事件，最自然直接的方式是以「主控者」的角度切入，但有時「主控者」的角色並不重要，使得「受影響者」的重要性相對提升，成為關注焦點。

 翻轉二：主控者重要性降低時，便可以「受影響者」為主語

當主控者的重要性降低，或不需出現，因而選擇由「受影響者」者的角度來描述事件的原因，有以下幾種可能性（Givón 1993）：

❶ 主控者不詳

He was killed in an accident.
→ 只曉得發生了這件事，但不曉得確切的主控者是誰。

❷ 主控者已經提過

The students went into the stadium and soon **the whole place was packed**.
→ 學生進入後球場才擠滿了人，學生就是主導者，不需再提一次。

---

18. 參考 Givón（1993）*English Grammar: a function-based introduction*. Vol. II, Ch.8, 48-56.

英法文法有道理！重新認識英文文法觀念

❸ 主控者不需言明

> **The bus was parked** in the garage.
> → 如果沒有特殊情況，公車必然是在駕駛員的操控下停妥的。

❹ 主控者相當於所有「路人甲乙丙丁」：

> **It is known that** the Earth is the third planet from the Sun.
> → It 這個虛主詞，代表 that 後面的內容。此句在闡述一個事實，因此 know 的主控者可以說是所有人。

❺ 主控者刻意被隱藏，以推卸責任

> **The window is broken.**
> → 事情的真相可能是「窗戶被小明打破了」，但這個句子只做出部分描述，另外一部分的資訊則被隱藏起來了。

◆ 維繫連貫的主題焦點

> 被動句式的使用有時是為了維繫前面已提過的主題焦點，承接上下文意：
> I have a dog whose name is **Spark**. He likes cats but **is always chased by them**.
>
> ---
>
> Mr. Lin went to the US and **was invited** to a talk show. **He was interviewed** by the host with tough questions.
>
> ---
>
> 以上這兩例的主題焦點分別是「我的狗 Spark」以及「林先生」，為了持續把焦點放在同一主題上，即使他們的角色變為被動仍持續作為主詞，句子就得以被動式呈現；如果改用主動式撰寫，就得換一個主詞，會使主題焦點不連貫，無法緊密承接前文了。

◆ 動作狀態化

一般而言，主動句是描述「動作」，但被動句則是描述動作發生造成的「狀態」。就其標記而言，以 Be 動詞為首，再加上過去分詞。Be 動詞作為主要動詞，本來就是表達狀態連結，所以強調的是結果狀態。若要表達「動態式」的被動，可以用 get 來取代 Be，這樣的用法會賦予不同的動感：

動態事件 John **got** killed in the accident.

→ 結果狀態 He **was** killed in an accident.

動態事件 Mary **got** promoted yesterday.

→ 結果狀態 She **was** promoted yesterday.

用 got 可表達「動態化」的被動事件，強調事件的出現，但用 was 則是結果狀態的描述。

要注意的是，Be 動詞標記的被動狀態是不能刻意控制的，不能用在祈使句。

我們不會說：	但卻可以說：
Be found!（×）	Don't get killed.（✓）
Be killed!（×）	Don't get caught.（✓）

◆ 彰顯客觀立場

根據 Givón（1993：50）的統計顯示，在學術論文、小說、新聞、體育報導這四種文體中，學術論文出現被動句的機率較高，體育報導則偏重主動句。這是因為學術論文強調「客觀性」，通常以觀察到的事物為主題，強調「被發現」的事實，被動句可以隱藏個人的主觀性與操控性，彰顯敘事立論的客觀公允：

It is found that English behaves differently from Chinese.

English is found to behave differently from Chinese.

III. 標記特點

釐清責任，分辨角色

英文在主動／被動的標記上，強調「釐清責任，分辨角色」：該誰負責，就由誰負責，主詞的角色一定要釐清。中文因是標記「主題」，有「主題 + 評論」的句式，所以說「書，出版了」，而不需用被動「書被出版了」，但英文要求「責任清楚」，一定要用被動表達書不是自己出版的，而是被出版的：

> The book **was published.**　→ 書被出版了
>
> The magazine **was issued.**　→ 雜誌出刊了

翻轉三：分辨主控者、被影響者，選擇表達主動或被動的句意

以下兩個句子的句意有何不同？

> The chairs are moved.
>
> The chairs are moving.
>
>
> I moved the chairs.　→ The chairs are moved. 椅子被移動了
>
> → 移動椅子的人其實是我，只是沒有講出來。
>
> -
>
> The chairs are moving. 椅子在移動。
>
> → 椅子自己有操控力，不受外力影響的情況下，自己移動起來。這要不是「哈利波特」的魔法場景，就是鬧鬼了。

要掌握被動句式的標記特點，首先要分清楚事件當中「誰是主控、誰被影響」，即使在分詞構句中也不得疏忽。常有人問我：現在分詞和過去分詞到底有何不同？其實，就其語意，現在分詞該稱為「主動分詞」，因為現在分詞和主語間是主動的關係；過去分詞該稱為「被動分詞」，因為分詞和主語間是被動的關係：

主動分詞：**Introducing** her fiancée, he spoke loudly to the audience.
→ He introduced his fiancée.

被動分詞：**Introduced** by her fiancé, she smiled and waved to the audience.
→ She was introduced.

分詞作為形容詞時，依舊保持主動、被動的區別：

主動：some encouraging words → 激勵人的話
被動：an encouraged child → 受到激勵的孩子

有關分詞的用法，在進階篇中有更詳細的說明。

Ⅳ. 語法大哉問

? 英文的被動式，就是中文的「被」字句嗎？為什麼學生學習被動式總是有困難？

請試將以下的中文句子翻譯成英文：
今天的報紙送來沒？
房子賣了 1000 萬。
許明財選上了新竹市長。
車子修好了
作業寫完了。
報告已經交了。

翻譯這些句子時，首先要考量「主詞」所扮演的角色：是負責動作的還是受制於動作的？
這幾句中，主詞焦點都不是動作的負責人，而是「受影響的物」：

「報紙」是「人」送來的。

「房子」是「人」賣的。

「市長」是「選民」選的。

「車子」是「人」修好的

「作業」是「人」寫完的

「報告」是「人」交出去的。

雖然例句裡的主詞和動詞間都是一種被動關係，但中文沒有任何標記，翻譯成英文時，卻一定要用被動形式。台灣學生常將英文的被動關係想成了中文的「被」，但事實上，英文的被動關係不等於中文的「被」。在中文裡，「被」這個字最早只用於悲慘、受害（adversity）的情況：被打、被殺、被罵，但在英文的影響下，亦逐漸用於描述「人」處於非自主狀況下受到的影響：被褒揚、被提名、被選上、被肯定等好事。若是「物」受影響，只有不受歡迎（undesirable）的情況會用「被」，如：電腦被偷、車子被砸，表示受損狀況，其他一般「用物」情況可用「主題 + 評論」的句式，不需用「被」字來標記：

> 報紙送了。　→ The newspaper was delivered.
>
> 房子賣了。　→ The house was sold.
>
> 報告交了。　→ The paper was turned in.

以上的被動關係在中文裡「全無標記」，但英文的標記法則要求「釐清責任、分辨角色」，只要是「被動關係」就一定要有「被動形式」的標記：

> Mr. Hsu **was elected** the Mayor of Hsinchu.
>
> The car **was being fixed** in the garage.
>
> The homework **is done** by the deadline.

主動 / 被動是主詞和動詞間的兩種「責任關係」：主詞負責主導動作，就是「主動」；主詞是被動作影響的，就是「被動」。只要有主詞和動詞，兩者之間就一定存在這種主動或被動的關係。

英文每一個子句都要清楚標記這種責任關係。無論子句的位階是主是從，都必須要「釐清責任、分辨角色」。在分詞構句上也一樣，要先釐清以分詞形式出現的動詞和主詞之間，是主動還是被動的關係。

如何區別「現在分詞」和「過去分詞」？

前面提過分詞表達「共時出現」的次要事件，用以修飾主要事件。但是究竟該用「現在分詞」（present participle）還是「過去分詞」（past participle）？這兩種分詞形式到底有何不同？一般所說的「現在分詞」vs.「過去分詞」其實和「現在、過去」無關，現在分詞可以用在過去式，過去分詞也可用在現在式，這樣的用語是從構詞形式來命名，但忽略了分詞所表達的溝通意涵，很容易造成誤解與混淆。正本清源，更貼切的說法應該改為「主動分詞」vs.「被動分詞」：現在分詞表達「主動」的關係，過去分詞表達「被動」的關係：

主動分詞：**Helping** my mom, I volunteered to do the dishes.

我幫媽媽 → 主動幫媽媽的忙，我自願去洗碗

分為兩句：I helped my mom. I volunteered to do the dishes.

- -

被動分詞：**Helped** by my mom, I finished doing the dishes in 30 minutes.

我被媽媽幫 → 接受媽媽的幫忙，我在三十分鐘內就把碗洗好了。

分為兩句：I was helped by my mom. I finished doing the dishes in 30 minutes.

簡單分詞的「共時性」也可由 As- 子句來凸顯，既是時間也是原因：

> As I was helping my mom, I volunteered to do the dishes.
>
> As I was helped by my mom, I finished doing the dishes in 30 minutes.

若將表達「共時」的單純分詞改為「完成式」分詞，則表達「之前已作好」的事：

> **完成式主動分詞：**
>
> **Having asked** the doctor, the nurse gave the kid a shot.
>
> 護士主動問了醫生 → 問過醫生之後，護士才給小孩打了一針。
>
> 分為兩句：The nurse had asked the doctor. The nurse gave the kid a shot.
>
> -
>
> **完成式被動分詞：**
>
> **Having been asked** by the doctor, the nurse gave a shot to the kid.
>
> 護士被醫生要求了 → 在醫生的要求之後，護士才給小孩打了一針。
>
> 分為兩句：The nurse has been asked by the doctor. The nurse gave a shot to the kid.

分詞的主詞

既有主動 / 被動之分，與分詞構句相關的「主詞」到底是誰，就要先弄清楚。下面是一個學生作文裡常出現的錯誤：

> Working hard to win the game, **the biggest enemy** we had to face was the American team.（×）　→ working hard 的主詞是誰？

上句把 the biggest enemy 當作主要子句的主詞，也就成為 working hard 的主詞。但請問究竟誰在 working hard? 是 the biggest enemy 嗎？ 當然不是！分詞 working hard 的主詞應該是 we。既然如此，就要把 we 放在主要子句的主詞位置，修正後的正確說法是：

Working hard to win the game, **we** had to face the biggest enemy from the American team.

所以，在使用分詞構句時，請務必先釐清主角是誰，分詞的主詞就是主要子句的主詞，如第三章中所強調的：分詞的主詞 = 主要子句的主詞

分詞做為形容詞

⑦ 威脅人還是被威脅：threatening or threatened?

將現在分詞及過去分詞正名為「主動分詞」及「被動分詞」，有一個好處是：不管分詞的用途為何，其基本意涵仍保有主動 / 被動之分。我們學過現在分詞和過去分詞都可以做形容詞，但兩者的差別卻常常搞混。其實，兩者的差異仍是在主動和被動的區別：現在分詞帶有主動、「使得……」的意味。過去分詞則含有被動、「受到……」的意味：

a **health-threatening** man（現在分詞作形容詞 → 主動）
一個威脅他人健康的人 → 可能為傳染性疾病的帶菌者

- -

a **health-threatened** man（過去分詞作形容詞 → 被動）
一個健康受到威脅的人 → 可能為癌症患者

下面將一些常用的現在分詞及過去分詞做一對比，就更能看出「主動」及「被動」的對照：

現在分詞	過去分詞
a selling agent 主動銷售員	a sold car 被賣出的汽車
a baking machine 烘培機	a baked cake 被烤好的蛋糕
a record-breaking winner 破紀錄的勝利者	a broken record 被打破的紀錄
a heart-breaking experience 令人傷心的經歷	a heart-broken person 傷心的人

總之，不管分詞出現的位子在哪，現在分詞（present participle）的形式都是用來表達主動的關係，過去分詞（past participle）的形式則都是用來表達被動的關係。

❓ 誰無聊：boring or bored?

在中文裡，當我們說「他好無聊喔！」，是指：「他閒閒沒事做，覺得日子很無聊？」還是「他是個讓別人覺得無趣的人？」

都有可能，因為這兩種解釋在中文都是「無聊」。但在英文中，卻沒有這樣的灰色地帶，因為兩種不同的意思各自有不同的表達形式：

> He is **bored**. 他覺得無聊。　→ 他「被影響」的情緒狀態
>
> He is **boring**. 他讓人覺得無聊。　→ 他「影響別人」、帶給別人情緒

所以要記得，如果要表達「我是閒閒美代子，好無聊」，一定是說：I am bored.
而不要說成：I'm boring.　→ 這就變成自己罵自己了！（苦笑）。

不同角度：主動 / 被動都有可能

描述同一事件的方式往往不只一種，可由不同角度切入，比如「擁有 vs. 屬於」的概念，用 own 和 belong to 就是從兩個不同的參與角度切入；「買與賣」（sell vs. buy）的區別也是如此。選擇用不同角度來描述一個事件，在動詞形式上的選擇也就不一樣：

> I **own** the car.　→ The car **belongs to** me.
>
> I **bought** the car from Tom.　→ Tom **sold** the car to me.

有一些物理現象也可能有兩種不同的描述角度，可選擇用自動或被動的視角：

> **自動**：The ice **melts**.　→ 強調冰本身自動融化
>
> **被動**：The ice **is melted**.　→ 強調冰是受到外力影響而融化

此外，若將真正負責的人加進來，強調「他動」，就成為一般的及物句式：

> **他動**：He melted the ice. → 強調是他把冰融化了

這些動詞表達明顯的狀態改變，有「他動」、「自動」與「被動」三種可能。下表中的三種句式幫助我們表達這三種不同的描述角度：

他動（及物）事件	自動變化	被動改變
John **sank** the ship.	The ship **sank**.	The ship was **sunk**.
John **broke** the vase.	The vase **broke**.	The vase was **broken**.

是遛狗還是被狗遛？

我們一家都愛狗，最高紀錄同時養了五隻狗，出去遛狗時，有時搞不清楚是人在遛狗，還是狗在遛人，這時主動 / 被動的區別就成為關鍵了：

Q：Have you walked the dog?

A：Yes, I've walked the dog.
　　The dog was walked.

Q：Have you walked the dog?

A：Poor me, I was supposed to walk the dog, but I was actually WALKED by the dog!

語法現身說

Part I 請選擇適當的答案

❶ Children who are two years old and younger are _____ free of charge to most concerts and films.

(a) admit　(b) admits　(c) admitted　(d) admitting

❷ Drivers must _____ passengers _____ to fasten seat belts before starting any journey.

(a) be ensured; are reminded　(b) ensure; are reminded

(c) ensure; remind　(d) be ensured; remind

❸ The customers _____ that no reservations could _____ on weekend nights because the restaurant was too busy.

(a) were told; be made　(b) told; make　(c) tell; be made　(d) are told; make

❹ It has _____ that an increasingly weak dollar will _____ tourism in the United States.

(a) predict; stimulate　(b) been predicted; stimulate

(c) been predicted; be stimulated　(d) predicted; stimulate

❺ It has _____ that employees continue to work in their current positions until the quarterly review _____ .

(a) been suggested; is finished　(b) suggested; is finished

(c) been suggested; finishes　(d) suggested; finishes

Part II 克漏字

(a) headquartered　(b) announced　(c) owned　(d) combine　(e) founded

Homewood Global is the leading global provider of serviced apartments, with locations throughout the US, England and Asia Pacific. A unique hospitality business, Homewood serviced apartment buildings __(1)__ the spacious comfort of a luxury home with the service of a hotel. __(2)__ in 1960 and __(3)__ in New York, privately __(4)__ Homewood has more than 5,000 employees across the globe, and an annual turnover exceeding US$700 million.

Homewood has __(5)__ major expansion of its business in Japan with the March opening of Homewood Residence Daikanyama, featuring 83 superbly appointed and serviced apartments.

Part III 中英比一比：被動語意的標記

請就以下中英文的對譯，分析主動、被動用法的不同。

❶

Having been adored, constantly praised, and quite spoiled by her father, Emma was not looking for a friend whose talents might rival her own.

Emma, by Jane Austen, retold by Gill Tavner （聯經出版）

中文翻譯

艾瑪是掌上明珠，經常受到讚美，又得父親溺愛，她並不想找一個一樣多才多藝的朋友。

《艾瑪》珍・奧斯汀著（簡易版） （聯經出版）

❷ 另一段文字也可看出明顯的對照：

Poor Harriet was at first heartbroken, but within months she herself was married. Yes – Robert Martin once again proposed to her. This time he was accepted.

Emma by Jane Austen, retold by Gill Tavner （聯經出版）

中文翻譯

可憐的海莉葉一開始相當心痛，但幾個月過後她就結婚了。是的 — 勞勃・馬汀再度向她求婚。這次終於得到肯定的答覆。

《艾瑪》珍・奧斯汀著（簡易版） （聯經出版）

Part IV 釐清責任，區分主被動

以下這段文字取自威爾斯之《時光機器》*The Time Machine*（簡易版），穿越了時空的情景是什麼樣呢？請觀察文章中主動、被動，以及現在分詞、過去分詞的用法。改變的發生由誰主導？

...I looked through the window. The land was misty, but the whole surface of the earth <u>was changed</u>, the land <u>melting</u> and <u>flowing</u> as I flung myself into futurity!

Soon I beheld great architecture <u>rising</u> around me, more massive than any buildings of our own time... The dials on my machine stated that I had traveled more than eight hundred thousand years into the future.

Like an impatient fool, I pulled on the <u>stopping</u> lever too hard, and the machine shuddered and flung me through the air. I sat up and looked around me. I was in a small garden, <u>surrounded by bushes</u> with great purple blossoms.

I picked myself up and stared at a huge <u>carved</u> figure in white stone. It was a sphinx, with immense wings <u>spread</u> so that it seemed to hover, but <u>was</u> greatly <u>worn by the weather</u> and <u>patched with green mould</u>.

中文翻譯

我向窗外看去。地面上霧濛濛的，而整個地表都變了模樣，地面彷彿融化了一般，不斷地流動著，此時我飛陷入未來的時空裡！

不久我看見周圍許多龐然巨大的建築物拔地而起，比我們時代裡的任何建築物都還要碩大。……時光機器上的刻度盤顯示我已經穿越了八十多萬年，來到了未來。

我像個不耐的傻瓜，猛拉那個停止桿，因太過用力，機器產生震動而將我整個飛拋出去。坐起身，環顧四周。我在一個小花園裡，四周都是一簇簇的紫花叢。

我站了起來，凝視著一個巨大的白石雕像。那是一個獅面人身像，伸展巨大的翅膀彷彿在空中盤旋一般，但卻已被大自然強力地摧打侵襲，上面可見青銅修補的痕跡。

實力挑戰：冰塊融化是主動還是被動？

解答

❶ **答案**：(c) admitted（被准許）

道理：兩歲以下孩童是「被」允許免費進場的，前面已有被動的部分標記 are，後面要接過去分詞，才是完整的被動標記 are admitted，答案是 (c) admitted。

❷ **答案**：(b) ensure; are reminded（確保；被提醒）

道理：本題題意是：駕駛必須「確保」乘客有「被提醒」繫好安全帶後再上路。前者是主動的動作 ensure (that) ...，後者是被動 are reminded，答案為 (b) ensure; are reminded。

❸ **答案**：(a) were told; be made（被告知；被預訂）

道理：顧客是「被」餐廳告知，由於週末夜晚人多，餐廳位置不能「被」預訂；兩者都是被動的動作，答案是 (a) were told; be made。

❹ **答案**：(b) been predicted; stimulate（被預測；刺激）

道理：It 是指後面由 that 引導出來的那件事，是「被預測」的情況，[人] predict [事]，[事] 被 [人] predict，因此要選被動 has been predicted; 子句補語 that 之後 an increasingly weak dollar 將可以「刺激」旅遊業，[刺激物] stimulate [受刺激者]，是主動的動作，因此答案為 (b) been predicted; stimulate。

❺ **答案**：(a) been suggested; is finished

道理：It 是指後面由 that 引導出來的那句話，建議是「被」人說出的，因此是被動；quarterly review 是「被人完成」的，也是被動的動作，因此答案是 (a) been suggested; is finished。

Part II 克漏字

答案：d, e, a, c, b

道理：

1. **第一題**：主詞是 Homewood serviced apartment buildings，動詞和後面的 with 相關，指飯店式服務套房「結合」寬敞舒式的豪華住宅與飯店式的服務管理，是主動的動作，因此答案為 (d) combine。

2. **第二至第四題**："_____ in 1960 and _____ in New York, privately _____ Homewood has more than 5,000 employees..."，第一個空格與時間有關，是指公司設立的時間，主詞是 Homewood 公司，公司是「被人」設立的，所以用 founded in 1960；第二個空格後是地點 in New York，是指公司總部所在的地方，公司總部是「被人」建在紐約，所以用 headquartered；第三個空格則是形容公司為私人擁有，privately owned 是指 Homewood 是「被」私人擁有的公司，所以用 owned。

3. **第五題**："Homewood has _____ major expansion of its business in Japan..." 主詞是 Homewood 公司，做了一個宣布，這是 Homewood 公司作為一個經營主體，主動發出的動作：「宣佈」在日本擴展事業，所以用 announced。

Part III 中英比一比：被動語意的標記

❶

英文：動詞上有明顯的主、被動標記：

被動完成式：

Emma has been adored.：被視為珍寶

Emma has been praised.：被讚美

Emma has been spoiled.：被寵愛

轉換為被動分詞：

Having <u>been adored</u>, <u>praised</u> and <u>spoiled</u> by her father，一直被父親珍視、讚美、溺愛：被動的概念，使用被動標記 → Be + 過去分詞

Emma was not looking for a friend ... 不是在尋找一種朋友：尋找是主動的概念，使用主動標記

whose talents might rival her own 是指該人的才藝可與她匹敵，rival 是彼此較量，主動的競爭，使用主動標記

中文：以主題式方式寫作，可藉由詞彙語意表達被動的概念（Emma 受到讚美、寵愛），不一定要用「被」。

❷

英文：動詞上必有主、被動標記

Harriet was heartbroken：心不會自己碎，是被傷而破碎

she was married：marry 是彼此影響，He married her. → She is married.

Robert Martin proposed to her：求婚是主動的，向 [對象] 求婚

he was accepted：被她接受

中文：主題前移，搭配適當詞彙，而不一定需要用「被」來表現被動：

[海莉葉]主題 心碎了。

[勞勃 ‧ 馬汀]主題 得到女方肯定的答覆，也就是被接受。

Part IV 釐清責任，區分主被動

判斷改變的發生由誰主導？

被外力改變：...the whole surface of the earth <u>was changed</u>...「地球表面被改變了」：地表不會自己動，是被改變的。

自身的改變：...the land (was) melting and flowing...「土壤在溶解流動」：土壤自身崩解鬆塌而任意流動。

實力挑戰：冰塊融化是主動還是被動？

兩種解讀都可以：

The ice melts. → 自身改變

The ice is melted. → 受外力影響

再看看其他的主、被動標記：

I beheld great architecture <u>rising</u> around me...：用現在分詞 / 主動分詞 rising，表示建築物自身上揚、主動「升起」

...I pulled on <u>the stopping lever</u>...：stopping 是現在分詞 / 主動分詞，作 lever 的形容詞，表示這個槓桿是「用來停止其他東西的」工具。

I was in a small garden, <u>surrounded by bushes</u>...：主角身處在一個小花園，被矮花叢包圍，所以使用「被動分詞」，同時也將「圍繞者－矮花叢」強調出來。

...a huge <u>carved</u> figure in white stone：這座石像是「被雕刻出來的」，因此使用被動分詞 carved，當作形容詞

It was a sphinx, with <u>immense wings spread</u> 過去分詞：翅膀是被展開的，用過去分詞 spread 表被動。名詞後的分詞修飾語有如省略了關係子句：with immense wings (which were) spread。

...but (it) <u>was greatly worn by the weather and patched with green mould</u>...：sphinx 是受風吹雨打，被天氣影響，被動受害的一方，所以用被動式 was worn and patched，並且將「主控者」by the weather 表明出來。

Chapter 09

在哪裡發生的?!

介系詞到底在標記什麼?

介系詞該怎麼用?

該用 **in Taipei** 還是 **at Taipei** ?

Where does
it happen?

I. 溝通需要

在描述貓追狗的事件時，若小明要清楚表達事件發生的地點，就要用介系詞帶出地點：

The cat was chasing the dog **on the street / in the backyard / at the coffee shop**.

同樣都是地點，究竟 on、in、at 有何不同？該怎麼用？

II. 標記方式

◆ 介系詞的標記功能：介系詞表達了什麼？

英文的介系詞稱為 preposition，這個字可拆為兩部分：pre + position，意即放在地點位置（position）之前（pre-）的詞[19]。顧名思義，英文的介系詞一定出現在地點名詞之前，用來標記「地點方位」，如 on the table、in the box、at the shop、behind the car 等。既然是用來標記地點位置，每一個介系詞的基本核心語意必然是空間上的概念，用圖解就一目了然：

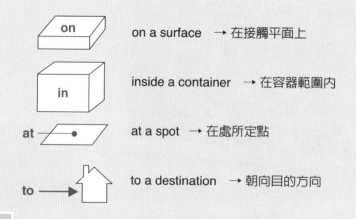

on　　on a surface　→ 在接觸平面上

in　　inside a container　→ 在容器範圍內

at　　at a spot　→ 在處所定點

to　　to a destination　→ 朝向目的方向

---

19. 有些語言的介系詞是放在地點詞之後，稱為 post-position。如中文裡說「房子後」「桌子上」就是將方位標記放在地點之後。

這個「圖案式」的核心概念，成為每個介系詞的中心語意，由空間、到時間、到其他範疇，都有這個核心概念的影子。在詳細探討介系詞的溝通功能及基本空間概念前，我們先要釐清介系詞在標記上的兩個特點：

（1）介系詞既是地點方位的前置詞（pre-position），後面一定要接名詞 → P + NP

（2）介系詞的核心語意既是具體的空間概念，此空間概念可提供一個認知上的基模（schema），來理解描述其他非空間或非實體的概念。由具象到抽象的延伸如下：

She is in the car.　→ 在車的範圍內：在車裡

→ She is in blue.　→ 在藍色的範圍內：穿著藍色

→ She is in love.　→ 在愛的範圍內：在戀愛中

- -

He is behind the car.　→ 在車子後面

→ He is behind the class.　→ 在全班面：成績落後

→ He is behind the schedule.　→ 在時程後面：進度落後

翻轉一：on、in、at 表達最基本的空間概念

如上圖示，on、in、at 表達三種最基本的**空間概念**：on 在接觸面上、in 在範圍內、at 在定點。其中，in 和 at 的用法似乎很相近；有些老師會教 in 是大範圍，at 是小範圍，但這個說法很有問題。因為這兩者有時可接同一個處所地點，如：

I am **in** the park.

I am **at** the park.

這兩句的語意一樣嗎？當然不一樣！第〇章一再強調語言的形式（Form）與語意（Meaning）間有固定的配搭關係，不同的形式（in vs. at）必然有不同的語意，就像不同的穿著打扮一定有不同的含義。因此，in the park 表達的是 in 的概念：「在公園這個範圍之內」，at the park 表達的是 at 的概念：「就在公園這個定點」。所有 in 的用法都是從「包含於內」這個基本語意言延伸而來的；所有 at 的用法也都是由「在此地」這個基本語意延

展而來的。由於兩者的空間概念不盡相同，其後常用的空間名詞也不盡相同，in 通常接一個三度立體空間，作為明確的範疇邊際（a boundary），at 後面通常接一個地理位置，作為明確的處所地點（a spot）：

> I saw the dog **in the car**.　→ 在一個範疇之內 = in a boundary
>
> I saw the dog **at the corner**.　→ 在一個定點 = at a spot
>
> He's **in school.**　→ 把學校當做一個範疇 = in a boundary
>
> He's **at school.**　→ 把學校當做一個定點 = at a spot

那麼，on 和 in 又有何不同？「我看見一隻鳥在樹上」該怎麼說？是 **on** the tree 還是 **in** the tree？

> I saw a bird **on** the tree.
>
> I saw a bird **in** the tree.

按照「形 - 義」搭配原則，這兩句話的形式既然不一樣，語意就不一樣。in 的語意仍是 in a boundary，是「包含於某範疇內」的概念，on 則是 on a surface「在接觸表面上」的意思。當我們把樹當作一個「涵蓋範疇」，就可說 a bird **in** the tree，若把樹當作是一個「接觸表面」，則可說 a bird **on** the tree。語言是活的，不同的形式幫助我們表達不同的概念意義。

翻轉二：介系詞空間概念可延伸，用於時間或抽象概念

第○章中提到「時空轉換」是人類認知的基本原理：空間關係較為具體，提供一個認知基礎，來幫助理解時間和其他抽象概念。在介系詞的用法上，「時空轉換」就是介系詞語意多樣的來源。究竟介系詞的空間原型**如何用於標示時間**？

相信大家都學過，英文裡不同的時間單位要用不同的介系詞，如幾點幾分用 at，星期幾用 on，月份和年份用 in。要理解如何標記不同時間類型，仍然得由各介系詞的核心概念出發：

in 表「在範圍內」

標示一段「時間上的範圍」,可長可短(in a year / in the morning),而年、月的基本功用就是表示長短不同的「時間範疇」:

in the afternoon

in March

in 1994

除了固定的時間範疇外,in 還可用於標示任何「一段時間範疇之內」的概念:

I finished the homework **in an hour.**　→ 一個小時之內完成的

on 表「在接觸面上」

標示時間上的接觸面,有「在明確時日上」的含意,而「日期」的意義就在於提供一個可以置放事件的接觸面,作為明確又方便指認的時間單位:

on Monday

on Monday afternoon

on March 17th

at 表「在定點」

標示時間軸上的一個「定點」,如同空間定點一般,是可以明確指出的一個「時間點」:

at 5:30 pm

at 7 o'clock

at noon

按照此原理,我們可將 in、on、at 的基本語意及延展用法整理如下,由空間出發,延展至時間,再用於其他抽象概念的表達:

◆ **In / on / at** 的語意延伸路徑

in a room（空間範圍）→ in an hour（時間範圍）→ interested in English（興趣範圍）

on a table（空間接觸面）→ on Monday（時間接面）→ write on a topic（主題面向）

at a store（空間定點）→ at 5 pm（時間定點）→ good at English（專長點）

原型概念	空間 space	時間 time	抽象 abstract
in a boundary × 在範圍內	空間範圍內 in a room in a box	時間範圍內 in five minutes in an hour in a month in a year	抽象範圍內 a lady in red →被紅色包覆 in love →被愛包覆 interested in English →興趣範圍內
on a surface × 在接觸面上	空間的表面接觸 on the desk on the roof	時間的接觸面 on Monday on July 7th on Tuesday morning	接觸面向 The paper is on linguistics. → 研究主題 spending money on books → 花費方面
at a spot × 位於定點	空間的定點 at the bus stop at the store	時間的定點 at 5 pm at noon at midnight	相關定點 look at him 視覺點 good at music 專長點 amazed at his change 訝異點

III. 標記特點

原型出發，時空轉換，多樣延伸

介系詞的語意變化多端，到底該怎麼記？相信這是學英文的過程中，大家必然有過的困擾。
其實，介系詞的標記原則很簡單：由原型出發，經時空轉換，做多樣延伸。

翻轉三：to 標示「行動的趨向目標」，核心語意不變，可作其他延展，介系詞的訣竅就在此

翻開英文字典，我們往往發現，只要是標示為介系詞（prepositions）的字，底下列出的字義往往有一長串。原因就是來自上述介系詞的轉換機制：由原型出發，經時空轉換，做多樣延伸。

介系詞具有「時空轉換」及「認知轉換」的特性：其核心語意都是最具體、最容易理解的空間概念，人類的認知即是以空間概念為出發，延展至時間及其他的抽象概念。每一次的延伸與轉換，就構成一個新的語意，因此介系詞的用法是可不斷「延伸」的。

到底該怎麼記住這些語意呢？下面我們以 to 的使用方式為實例，加以分析，大家就會了解，在介系詞多變的外表下，其核心意涵是「萬變不離其宗」的。

to 主要是標記由 A 點趨向 B 點的空間位移，有明確的方向性，後面接的大多是「空間標的」如：I went to the park. 然而經由時空轉換的認知機制，其後的空間目標可變成時間上的目標，I look forward to seeing you.。進一步，可接任何具有「目標對象」含意的人或物，I wrote a letter to him.。再進一步，可延伸至非實體的結果或理想趨向：

空間趨向：I go **to the supermarket** every day.　→ 超市是要前往的目的地

時間趨向：It's a quarter **to five**.　→ 五點鐘是一個時間標的

人物趨向：I gave the book **to Jim**.　→ give 的致贈對象

結果趨向：I was moved **to tears**.　→ 感動的終極結果

夢想趨向：I live up **to my dream**.　→ 生活的目標方向

重點是：在這些多樣的延伸用法中，to 的核心語意仍然保持不變：標示行動的趨向目標。甚至這個 to N 的模式（介系詞）還可延展至 to V 的模式（不定詞），空間上要到達的目標，轉變為時間上要達到的目的，也就是接下來要做的事：

I went **to his house**.　→ I went **to tell** him what happened.

空間上要到達的目標 → 時間上要達到的目的（= 接下來要做的事）

人是活的，所以語言也是活的。語意間的變化和延展其實都是人在認知上的一種轉變。從介系詞 to 到不定詞 to，看起來好像是截然不同的兩種用法，其實仍然是奠基於認知的連結轉化，這種語意的轉化也再次印證語法最基本的「形意搭配」原則：什麼「形」就表達什麼「意」。

因此學習介系詞的訣竅是掌握核心語意的空間概念，經由認知轉換的大原則，瞭解語意延展的豐富可能。

IV. 語法大哉問

? 1. 英文的 to 和 for 有什麼不一樣？

很多學生時常把 to 和 for 搞混，「這是給你的」究竟是 for you 還是 to you？其實這兩者的語意來源不同，要用 to 還是 for，就要看你想表達的是什麼？

To 是源於空間位移的「方向標的」，用來標記「授予對象」，即「接收者」；for 則是標記受益關係中的「受益者」，這兩種角色的對照如下：

> I mailed the package **to** Becky. → to a goal
> I baked the cake **for** Becky. → for a beneficiary

前面介紹了 to 從空間概念出發，指向目標方向（goal），所以從 A 轉移到 B 的「對象」要用 to。但 for 不是空間關係，而是角色關係，主要功能是在表達「為誰的好處」，標記事件的「受益者」（beneficiary），I did it for you!

「受益者」和「對象目標」是可以區分的，我們可以說「我為他賣這本書給你」：

> I sold the book **to** you **for** him.
>   ↓   ↓
>   對象   受益者

但也有可能受益者就是實際的接收者：

This gift is for you. I gave it to you.

學生會分不清楚 to 和 for，是因為換成中文，都可能變成「給」：

> 把書買給你 → bought it for you
>
> 把書賣給你 → sold it to you

在「買給」的關係中，對象就是「受益者」：在「賣給」的關係中，對象就是「接受者」。

> The book was sold to you. → 我把書「賣給你」
>
> 你是我賣的對象，是「目標」的概念（goal）：中文可以用「給」：書賣給你。
>
> -
>
> I bought the book for you. → 我把書「買給你」
>
> 書是為你買的，所以你就變成買的受益者：中文仍可用「給」：書買給你。

看見了吧，對中文來說，目標跟受益者這兩種關係，都合併在「給」這個詞裡，但英文選擇藉由 to 和 for 兩種不同的形式來區分這兩種不同的概念：

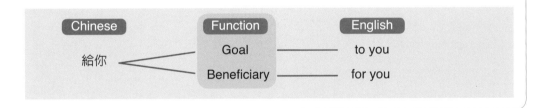

? **2. 同樣都是 to，有的是不定詞 to，有的是介系詞 to，該如何分辨呢？**

> I want to walk to the party.
>
> 　　　　↓　　　↓
>
> 　　不定詞　 介系詞

學生有時也搞不清介系詞 to 和不定詞 to 到底有何不同？前面已簡略提到：這兩者的形式

相同，都是 to，必然有語意上的關聯。表面上，介系詞 to 後面接名詞（to the party），不定詞 to 後面接動詞短語（to walk），看起來功能不太一樣。但其實這兩個 to 的根源是相關的：空間上要往赴的「目標地點」可轉換為時間上要從事的「目標事件」，意即接下來要去做的事。空間上的「趨向性」轉化為時間上的「未來性」，一樣都有「趨向目標」的含意。只是，空間位移的目標是一個實體（名詞），而時間上的位移則是尚未發生的未來事件：

---

to 的時空轉換：

空間位移：地點 A ⟶ 地點 B　→ 移向要去的地方

時間位移：事件 A ⟶ 事件 B　→ 移向要做的事

不定詞 to 後面須接動詞原形（to do something），原因在於時間上的目標都是未來才要做的事，必然尚未發生，因此搭配未來式中出現的動詞原形，表示下一時間的目標，意圖去做，但尚未做。

介系詞是英語重要的一環，瞭解其語意延展的路徑和認知原理，就可觸類旁通、舉一反三。

9-2 進階篇

事件發生的地點用**介系詞**來表達，不同的介系詞帶有不同的「空間原型」。基礎篇已介紹 in 是「在範圍內」；on 是「在接觸面上」；at 是「在定點」。除了這些基本空間概念外，其他介系詞有何特點？

用於標示一段時間的 in 和 for 有何不同？

基礎篇中提到，經由時空轉換，in 可用來標記「在某時間範圍內」，如：in April, in 1949。除了這些專有時間範疇外，in 也可用於標示任何「一段時間範疇之內」的概念，如：in a week, in a month, in a year：

> I finished the homework **in an hour**.　→ 一個小時之內完成的
>
> ----
>
> 另一介系詞 for 似乎也可表示「一段時間」，如：
> I've stayed here **for three days**.　→ 在這待了三天

到底 in 和 for 有何不同？還記得 in 的空間原型是「在範圍內」，強調「界限範疇」（boundary）；而 for 則是標記「一段持續的時間」，強調「持續時程」（duration）。來比較一下兩者的不同：

> He will be here **in 5 minutes**.　→ 5 分鐘之內會到這（界限範圍）
> He will be here **for 5 minutes**.　→ 會待在這 5 分鐘（持續時間）
> 我會在半小時內結束演講，然後會有 10 分鐘回答問題：
> I will finish my talk **in** 30 minutes, and will answer questions **for** 10 minutes.

介系詞片語到底是跟著誰走？修飾誰？

介系詞片語（Prepositional Phrase）就是介系詞加名詞所組成的單位（P + NP），基本上

是用來標示處所地點或空間關係，可跟在名詞後面，當作名詞的修飾語，指出人或物的所在地：

> a book on the chair
> a man in the room

一個有趣的問題是：當句子中有好幾個參與者時，到底介系詞片語該跟誰走？如果我說 I saw a dog in the car. 究竟是誰在車裡？理論上，in the car 有三種可能的解讀：

> 可能一：I was in the car.
> 可能二：The dog was in the car.
> 可能三：Both the dog and I were in the car.

這種語意上的歧義性（ambiguity），是由於介系詞片語是可分離的修飾語；也就是說，它在句中出現的位置不一定會和修飾對象（head) 緊緊相連。Givón（1993）也給了一個類似的歧義句 [20]：

> He plans to teach a course on the mysterious civilization **at India**.

仔細看看，這個句子可以用兩種方式來解讀：

❶ He plans to teach a course at India. 他計劃在印度教一門課。

→ at India 是跟著前面不相鄰的動詞事件 teach a course

❷ The course is on the mysterious civilization at India. 這門課是關於印度文明史。

→ at India 是跟著相鄰的前置名詞 the mysterious civilization

以上這些例子說明系詞片語的出現可能會讓一個句子的意思產生多種可能性。單從 form 和 function 配搭的角度來看，這種現象是因為介系詞片語與修飾對象間之間的解讀有著「一對多」的關係。請看以下圖示：

---

20. 修改自 Givón (1993), English Grammar: a function-based introduction. Vol. I, p. 6.

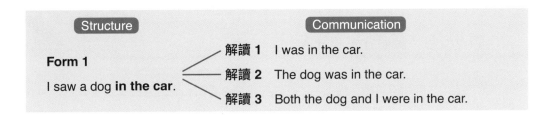

雖然從理論上來說，歧義會造成誤解，在句意解釋上形成多種可能，但是當我們實際運用語言時，往往不會查覺有任何歧義。因為日常生活中的對話都是在已知的情境（context）中發生，上下文的情境往往使我們很自然的選擇最有可能的解讀，而不需要太過自擾。因此在大多數情況下我們都能夠順利溝通，不致於會產生誤解。

介系詞片語的其他角色

所謂「介系詞」，顧名思義就是「介紹關係」的詞。那麼，介系詞片語（PP）能用來修飾什麼樣的關係？雖然介系詞大都具有空間的核心語意，但經由認知轉化，就發展出非空間的語意。介系詞片語本身是一種修飾語，和不同的名詞合用，就形成不同的角色功能。例如，with 本來是表達空間上同時存在的「相伴」關係，但也可延伸做更廣的用法：

a man **with long hair**　→ 擁有（長頭髮）
He wrote the letter **with caution**.　→ 態度（小心翼翼）
I opened the can **with a knife**.　→ 工具（用刀）

後兩句的介系詞片語是用來說明動作的態度或方式，等同於副詞（修飾動詞或形容詞）的功能，也可改用對應的副詞：

He wrote the letter **cautiously**. (= with caution)　→ 小心翼翼的態度
He made the tool **manually**. (= with hands)　→ 用手工的方式

究竟介系詞的用法要如何掌握？最聰明的作法是清楚掌握其核心語意的「圖像概念」。不管介系詞有多少種用法，都是從其空間原型推展而出的。看看以下 over 的用法：

The plane is flying over the hill.

Sam is walking over the hill.

Sam lives over the hill.

The wall fell over.

Sam turned the page over.

Sam turned over.

She spread the tablecloth over the table.

The guards were posted all over the hill.

The play is over.

Do it over, but don't overdo it.

以上例句是語言學者 Lakoff（1987：435-36）所舉的一些 over 的用法 [21]，這麼多不同的語意和用法間到底有何關連？我們不可能一一背下來，但若由 over 的基本空間概念出發，並瞭解認知轉換可能造成的語意延伸，就可將這些用法生動地連結起來。

根據 Lakoff 的分析，over 的基本語意是 above 和 across 的意思，就像下圖所表示的概念：

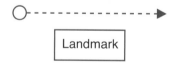

over 所有的用法都是這個基本概念的延伸和轉換。如第一句 The plane flew over the hill. 其路徑如下圖所示：

21.Over 的例子與圖形參考 Lakoff, George (1987). Woman, Fire and Dangerous things, Case Study 2 Over, 435-450. Chicago University Press.

若換成 The bird flew over the fence. 就像下面的圖示：

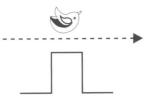

所以 over 牽涉到物體移動的路徑（path），這個路徑是 above and across a landmark。

但路徑和地標都有延伸變化的可能，這就是多樣語意的來源，如以下各圖所示：

Sam walked over the hill. 路徑就有些不一樣：

當我們說 Sam lives over the hill，指的是路徑最終的端點：

如果是 The painting is hung over the fireplace.，就變成靜態的關係：

再進一步，The tablecloth is over the table.，會變成覆蓋的語意：

同理，當我們說 The guards were all over the place.，路徑的概念就變成點狀的分佈：

或者 over 的路徑也可變成連續的線狀延伸，I searched all over the place.：

這些空間的路徑概念進一步成為其他較抽象用法的依循：

The play is over. → 結束了　→ 沿用路徑終點的概念

I can't get over with it. → 克服、渡過　→ 也是路徑延伸通過的意思

空間圖像是理解記憶的基礎，介系詞達人當然不可不知！

介系詞和介副詞有何不同？

介系詞的多樣性還牽涉另一個困擾學生已久的問題：介系詞和介副詞的使用有別，二者究竟有何不同？

最大的不同就是：介系詞是「介詞」，介副詞是「副詞」。介詞是「介於」名詞間，後面一定要有名詞；副詞是修飾動詞，語意與動詞相關，但位置可變動。所以，介系詞一定要跟著名詞走，介副詞卻可以自由行！

介系詞跟著名詞走：

He turned **to** his boss **for** help.　→ 後面要接名詞！

He turned to.（×）　→ 沒說完啦！後面一定要有名詞！

- -

介副詞可自由行：

I turned **on** the computer.　→ 放在名詞前，強調名詞訊息

I turned it **on**.　→ 放在代名詞後，強調 on

The computer is **on**.　→ 單獨出現，表結果狀態

介副詞表達既像副詞又像介系詞的兩種語意，既標記動詞相關的副詞語意，也標記名詞的空間狀態。但基本上，因為是副詞，所以可以單獨出現，表示結果狀態。以下的對照，介系詞不能脫離名詞單獨出現，但是介副詞可以：

I put the book **on the table**. → The book is on?（×） → 無此說法

I **turned on** the microphone. → The microphone is on. → 打開了

He took his shoes **off the car**. → The shoes are off the car. → 離開車子

He **took off** his shoes. → The shoes are off. → 鞋子脫掉了

以上可知，介系詞跟著名詞走，「on the table」是一個詞組。但是介副詞與動詞相關，「take off」成為一個詞組。

Take off 的語意是什麼？是「脫掉」還是「升空」？

但是問題又來了，take off 是什麼意思？這個詞又有不同用法：「脫掉」衣襪，還是飛機「起飛」？甚至是「拖走」飛機？

He took off the jacket. → 脫掉夾克

The airplane took off. → 飛機起飛

The airplane was taken off the runway. → 被拖離跑道

這三句的動詞都一樣，但是語意不同，怎麼回事？學習分辨這些用法的時候，不要忘了語意是活的，是藉由不同成份組合產生的。上面三種用法除了動詞外，句子裡還有其他「共現」成份幫助釐清語意。所以，「飛機」作主詞時的動詞語意，和飛機作受詞時當然不一樣。若我硬要說 I took off the airplane.，語意可能又改變了：

The carrier **took off** the airplane from the apron, before it could take off.

→ 把飛機從停機坪拖出來

同樣，put out 是「拿出來」，還是「撲滅」也要考慮周邊的語意成分：

He put out a show. → The show is out. → 上演了

He put out the fire. → The fire is out. → 撲滅了

如此多樣的語意用似乎很難背，但由「形意搭配」的角度想一想，put out 的語意仍有 put 和 out 結合的軌跡：put something out 是「拿出來」，out 與動詞分離，所以保持了副詞 out 原始的語意；對照 put out the fire，put out 不可分，形成單一概念，又和 fire 合用，自然另有其義：

> Put the fire out! → 把火拿出來
>
> Put out the fire! → 把火熄滅

介系詞有多好用？

英文的介系詞因為含意豐富且配搭性強，所以妙用無窮，只要搭配 be 動詞，就可以表達出多樣化的意思，豐富生動的程度不亞於一般動詞：

> I'm **in**; she is **out**. → in / out 是「在內 / 在外」，指「參不參加在內」
>
> She is **in** red. → in 是「在內」，有「包覆穿戴」的意思
>
> She is **into** yoga. → into 是「進入」，有「熱衷進入……」的意思
>
> ----
>
> Are you **for** or **against** the plan? → for 是「為了」，有「支持」的意思
>
> → against 是「牴觸」，有「反對」的意思
>
> He can't sleep **for** coughing. → for 是「為了」，有「因由」的意思
>
> We are **with** you. → with 是「同在」，有「贊成」的意思
>
> The dinner is **on** me. → on 是「在上」，有「在……身上」的意思
>
> He is **on** drugs. → on 是「在上」，有「在使用……」的意思
>
> We are **off** the right course. → off 是「脫離」，有「離開」的意思

後面不加名詞時，介系詞還可以當作形容詞來使用，一樣有言簡意賅的效果：

> She is **off** today. → off 表示「脫離」工作
>
> The TV is **off**. → off 表示「脫離」電源
>
> The wedding was **off**. → off 表示「脫離」時程

He is **off** on a trip. → off 表示「脫離」此處

We prefer to travel in the **off** season. → off 表示「脫離」旺季

The radio is **on**. → on 表示「在電源上」

She is **on** tomorrow. → on 表示「在工作上」(上班)

What's **on** in Vieshow Cinemas now? → on 表示「在螢幕上」(上演)

The demonstration is still **on**. → on 表示「在平面上」→ 在時間上出現

What styles are **in** this season? → in 表示「在圈內」→ 在流行中

The **in** party lost at the election. → in 表示「在圈內」→ 當權勢力內

Hey, what's **up**? → up 表示「上來」→ 出現發生

Time is **up**. → up 表示「上來」→ 上到盡頭

介系詞的多樣用法，實在是考驗我們的「聯想力」。

情感的對象為何如此多變？

情緒狀態的後面用不同的介系詞，道理何在？這同樣還是要回到介系詞的原型概念來理解：

I'm **afraid of** math. → because of / full of → 表「成因內含」

I'm **interested in** math. → in a realm → 表「沈浸其中」

I'm **amazed at** his math ability. → at a target → 表「目標對象」

I'm **attracted by** his math ability. → by force → 表「助力來源」

不同的介系詞由其原型語意出發，和情緒動詞所側重的語意相結合，而產生不同的用法。
在學習時，先由「理解」著手，再以「練習」強化，應該是無往不利的上策！

什麼是「擁有」？ with vs. have

英語母語者在表達「擁有」這個概念的時候，基本上是用及物的概念：

> I have a car.
>
> I have a house.

但是，「擁有」也可以是「在一起」而已，中非的查德語言中，時常會用 with 來表示擁有：

> I'm with a cow. → I have a cow.
>
> I'm with a hut. → I have a hut.

這其實是很有趣的現象，以 have 表達的「擁有」，比較強調所有權，主導、掌控的色彩較為濃厚；相較之下，with 則比較溫和，著重的是「在一起」、「時空相連」的觀念，而不是「佔有－被佔有」的關係。這種語言上的差異，無形中也反映出不同文化對「擁有」這種關係抱持著不同的態度與解讀方式。

語法現身説

Part I 請選擇適當的答案

❶ The sales representative from Correct Copies, Ltd., returned Mr. Rodriguez' call while he was _____ .

(a) through   (b) along   (c) out   (d) aside

❷ The apartments on the lower floors cost less because they are more exposed _____ dust and the noise of traffic.

(a) to   (b) without   (c) from   (d) against

❸ The conceited minister swept aside the criticism _____ an opposition member at the Diet session.

(a) at   (b) to   (c) from   (d) through

❹ Mr. Jacobson has stayed home for more than a month because he is _____ jobs.

(a) away   (b) between   (c) off   (d) out of

❺ People in this country are irritated because there is no sign of economic recovery _____ the horizon.

(a) on   (b) in   (c) at   (d) for

Part II 請選擇適當的答案

Tio's Table opened on Catalina Boulevard four years ago without much fanfare or publicity. __(1)__ then, the owners and their friendly, reliable staff have quietly made Tio's Table the best Mexican restaurant __(2)__ town. Chef Juan Saldibar skillfully creates authentic Mexican dishes. Juan credits the kitchen's emphasis __(3)__ freshness, but it just may be his formal training at the Culinary Institute of Jalisco that sets Tio's Table apart.

In addition to the tasty entrees, Tio's Table features excellent appetizers of sautéed Guaymas shrimp, deep-fried jalapenos and scrumptious homemade tortilla chips topped with your choice of salsa: regular, spicy or extra spicy. Watch out, you may want to order a glass of cold water before trying the extra spicy. Of course, no meal at Tio's Table would be complete without a handmade frozen margarita or one of their excellent Mexican beers. And don't overlook the wine menu that features many excellent wines __(4)__ Mexico's northern region.

Tio's Table is worth a try, and the prices are lower than what you would expect from such a fine dinning experience.

（1）(a) on　(b) from　(c) since　(d) in
（2）(a) on　(b) from　(c) since　(d) in
（3）(a) on　(b) from　(c) since　(d) in
（4）(a) on　(b) from　(c) since　(d) in

Part III　中英比一比：介系詞

請就以下中英文對譯，分析介系詞的使用有何不同：

❶

He was a large man <u>in</u> rough grey clothes. He wore an old rag <u>around</u> his head. He was soaked, smothered <u>in</u> mud. He shivered and glared <u>at</u> Pip.

Great Expectations, by Charles Dickens, retold by Gill Tavner（聯經出版）

中文翻譯

這個高大的男子，身穿粗布灰衣。他頭上包著一塊破布，整身溼透，且沾滿污泥。他全身發抖，瞪著皮普。

《遠大前程》狄更斯著（簡易版）（聯經出版）

❷ 英文有一句名言，利用介系詞來表達人際關係：

Whoever is not <u>against</u> you is <u>for</u> you.

中文翻譯

不反對你的就是幫助你的。

Part IV 介系詞達人出列

以下這段文字取自 *Winnie-the-Pooh* 以及《小熊維尼》中文譯本，小熊維尼想吃蜂蜜，但卻從樹上摔了下來，只好求助克理斯多夫‧羅賓，請觀察文章中用到的介系詞，用本章介紹的觀念來理解，是否全部都讀通了呢？

One day when he was <u>out</u> walking, he came <u>to</u> an open place <u>in the middle of</u> the forest, and <u>in the middle of</u> the forest was a large oak-tree, and, <u>from</u> the top of the tree, there came a loud buzzing noise.

Winnie-the-Pooh sat <u>down</u> at the foot of the tree, put his head <u>between</u> his paws and began to think.

.....

"Oh, help!" said Pooh, as he dropped ten feet <u>on</u> the branch <u>below</u> him.

"If only I hadn't------" he said, as he bounced twenty feet <u>on to</u> the next branch.

"You see, what I meant to do," he explained, as he turned head-<u>over</u>-heels, and crashed <u>to</u> another branch thirty feet <u>below</u>,".....

"It all comes, I suppose," he decided, as he said good-bye <u>to</u> the last branch, spun <u>around</u> three times, and flew gracefully <u>into</u> a gorse-bush, "it all comes of liking honey so much. Oh help!"

He crawled <u>out of</u> the gorse-bush, brushed the prickles <u>from</u> his nose, and began to think again. And the first person he thought of was Christopher Robin.

.....

"A balloon?"

"Yes, I just said <u>to</u> myself coming <u>along</u>: 'I wonder if Christopher Robin has such a thing as a balloon <u>about</u> him?' I just said it <u>to</u> myself, thinking of balloons, and wondering."

"What do you want a balloon <u>for</u>?" you said.

Winnie-the-Pooh looked <u>around</u> to see that nobody was listening, put his paw <u>to</u> his mouth, and said <u>in</u> a deep whisper: "Honey!"

"But you don't get honey <u>with</u> balloons!"

"I do," said Pooh.

Winnie-the-Pooh, by A.A.Milne

中文翻譯

有一天，他出去散步，走到森林中間的空地上，空地當中有棵大橡樹，樹頂上傳來好響好響的嗡嗡聲。

維尼坐在樹下，把頭托在兩掌之間開始想了起來。

……

「唉喲！救命呀！」等維尼掉到十呎下面那根樹枝時，他大叫。

「要是我沒有 -----」他邊叫邊被彈到二十呎下面的另外一根樹枝上。

「我本來只想 ----」然後他又翻了個大觔斗，撞到三十呎下面另外一根枝頭。……

當他離開最後一根樹枝，轉了三圈並優雅地滑進一叢金雀花裡時，終於找出一個結論：「全都是因為我太喜歡蜂蜜了。唉喲！救命呀！」

他從那一叢金雀花裡爬出來，拍掉鼻子上的刺，又想起來。他最先想到的人是羅賓。

……

「氣球？」

「對呀，我一邊走一邊想著氣球，就自言自語的說：『不知道羅賓家有沒有氣球？』」

「你要氣球做什麼？」你問。

維尼左右前後看一看，肯定沒有人偷聽，然後用手掌遮住嘴巴，小聲說：「弄蜂蜜！」

「氣球怎麼能弄到蜂蜜呢？」

「我有辦法。」維尼說。

《小熊維尼》米恩著 (聯經出版)

達人幫幫忙：

Winnie 摔下時後悔的大叫："If only I hadn't...." 他想要說什麼？請幫他完成這句話。

解答

Part I 請選擇適當的答案

❶ 答案：(c) out

道理：out 是指由內向外移動，有「在外」的意思，while he was out 指在他「外出」的時候。

❷ 答案：(a) to

道理：to 主要是標記「空間目標」，exposed to 指被暴露於某「標地」，「暴露於」就等同「朝向」某目標，因此答案是 to。

❸ 答案：(c) from

道理：criticism 是從反對者發出的，所以用 from；介系詞 from 指出來自於哪裡，標記「來源、出處」，在此表示「來自」反對一方的批評。

❹ 答案：(b) between

道理：Mr. Jacobson 在家待業，表示他沒有工作、在失業中，但客氣且正面的說法是 between jobs（在兩個工作的空檔中），也可以說 out of job，但空格後是 jobs（複數），因此只能選 between。

❺ 答案：(a) on

道理：on 是指接觸在某個平面之上，horizon 就是地平面，在這個「平面」上，當然是用 on，意思是在「可預見的未來」（＝可望見的地平面上）看不到任何經濟復甦的跡象。

答案：c, d, a, b

道理：

1. 第一及第二題： $\underline{~~(1)~~}$ then, the owners and their friendly, reliable staff have quietly made Tio's Table the best Mexican restaurant $\underline{~~(2)~~}$ town。空格 (1) 後面是 then，是標記時間的詞，與前一句的 four years ago 相關，因此選擇 since then（自從那時以來）；空格 (2) 後面是 town，表地方範圍，在這個城鎮的「範圍」之內，所以答案是 in。

2. 第三題： "Juan credits the kitchen's emphasis $\underline{~~(3)~~}$ freshness,..." 空格前面是 emphasis，表示強調重點「在……之上」，因此答案是 on。

3. 第四題： "And don't overlook the wine menu that features many excellent wines $\underline{~~(4)~~}$ Mexico's northern region." Region 指出產地區域，表示餐廳裡販售的酒是「來自」墨西哥北部，答案是 from。

第一題及第二題：

英文：多使用介系詞表達空間視覺概念

· <u>in</u> grey clothes：被衣服包覆

· <u>around</u> his head：環繞

· <u>in</u> mud：被泥土包覆

· glared <u>at</u>...：視覺的定點

中文：空間視覺關係往往隱含在空間名詞和動詞語意間：

身**穿**粗布灰衣，頭上**包**著一塊破布

有人**反對**；有人**贊成**

Part IV 介系詞達人出列

※介系詞的含意以灰底標示

One day when he was <u>out</u> [出去的方向] walking, he came <u>to</u> [往……目標] an open place <u>in the middle of</u> [in 表示在……範圍之中，in the middle of 在……中間] the forest, and <u>in the middle of</u> the forest was a large oak-tree, and, <u>from</u> [從 ……] the top of the tree, there came a loud buzzing noise.

Winnie-the-Pooh sat <u>down</u> [往下] <u>at</u> [位於定點] the foot of the tree, put his head <u>between</u> [在兩者之間] his paws and began to think.

...

"Oh, help!" said Pooh, as he dropped ten feet <u>on</u> [在……接觸面上] the branch <u>below</u> [在……之下] him.

"If only I hadn't------" he said, as he bounced twenty feet <u>on to</u> [=onto 接觸到……目標] the next branch.

"You see, what I meant to do," he explained, as he turned head-<u>over</u>-heels [頭朝腳，<u>over</u> 覆蓋……之上], and crashed <u>to</u> [往……目標] another branch thirty feet <u>below</u> [在……之下],"....

"It all comes, I suppose," he decided, as he said good-bye <u>to</u> [往……目標] the last branch, spun <u>around</u> [圍繞……四周] three times, and flew gracefully <u>into</u> [進入……裡面] a gorse-bush, "it all comes of liking honey so much. Oh help!"

He crawled <u>out of</u> [從……出來] the gorse-bush, brushed the prickles <u>from</u> [從……] his nose, and began to think again. And the first person he thought of was Christopher Robin.

....

"A balloon?"

"Yes, I just said <u>to</u> [向……對象] myself coming <u>along</u> [伴隨]: 'I wonder if Christopher Robin has such a thing as a balloon <u>about</u> [=around 圍繞……四周] him?' I just said it <u>to</u> [向……對象] myself, thinking of balloons, and wondering."

"What do you want a balloon <u>for</u> [為了……目的]?" you said.

Winnie-the-Pooh looked <u>around</u> [圍繞四周] to see that nobody was listening, put his paw <u>to</u> [朝……目標] his mouth, and said <u>in</u> [在聲音範圍內] a deep whisper: "Honey!"

"But you don't get honey <u>with</u> [以⋯⋯方式] balloons!"

"I do," said Pooh.

英法文法有道理！重新認識英文文法觀念

Chapter
10

溝通清楚了嗎？

如何活用規則、有效溝通？

「規則必有例外」是怎麼回事？

中、英文大不同的實際展現

Can people
understand?

本書第○章一開始問了一個重要的問題：語言的法則到底是什麼？語言的法則不像數學法則，一加一永遠等於二；語言的法則卻是每一個規則都有例外，到底這是怎麼回事？

回到「貓追狗」這個場景，大多數人看到一隻貓氣呼呼地追狗，大多會直接用 chase（追）來描述這個事件：

> A cat was furiously chasing a dog.

但是也可能有些人因為特殊的目的，想要表達特別的語意，就把這件事說成：

> A cat was passionately "pursuing" a dog.　→ 熱情的追求
> A cat was vehemently "courting" a dog.　→ 熱烈的求歡
> A cat was crazily "loving" a dog.　→ 瘋狂的愛戀

這些「另類」的描述也不能說是錯的，只是不同的解讀罷了。這是少數人，在少數情況下，為少數的目的，所做的特別選擇，這也就是例外產生的原因。

語法的出現既是為了完成溝通，**規則的意義也要從溝通目的來看**。語言學家 T. Givón 為語法下的定義是：為了達成有效溝通所運用的「共通策略」（a set of commonly used strategies for coherent communication）[22]。 既然是「共通」的，就表示有一致性（＝規則），但又只是「策略」，就可能有「個人巧妙不同」的變化（＝例外）。究其本質，不管是規則還是例外，都是為了達成溝通目的。所以，語言的規則要從溝通情境、溝通目的、及溝通者三個角度來定義。

語法規則是 | 大多數人，在大多數情況下，為著大多數的目的，所使用的大多數「溝通策略」。

例外是 | 少數人，在少數情況下，為著少數的目的，所使用的少數另類的「溝通策略」。

22.Givón, T. 1993. *English Grammar: a function-based introduction.* Vol. I, p. 1. John Benjamins Publishing Co.

用第四章中提到的可數 / 不可數名詞來做說明，有關 literature 這個詞的規則及例外用法，可以歸納如下：

規則　literature 不可數，指文學這個「學門」，相對於哲學、語言學

成因　大多數人在大多數情況下，為大多數目的使用 literature 這個詞的時候，是要表達「文類 / 學門」這種整體的概念，不會再做細分。

例外　literature 可數，如 Department of Foreign Languages and Literatures

成因　少數人在少數情況下，為著少數目的而使用 literature 這個詞的時候，刻意強調文學可再細分為不同類別的文體，有很多種的文學類型。

同理，rice 的規則是不可數，但若是在特別的米食大會上，有人想要強調多樣不同的米種，也可能刻意把 rice 加上 s：I bought a variety of "rices." 例外的用法，就是要表達例外的語意！

另外還有一些常常困擾台灣學生的語法問題，若是回到最根本的溝通常理來看，就較容易瞭解。

◆ 現在分詞和動名詞如何區分？

第八章中提到不管分詞出現在哪，現在分詞（present participle）的形式都是用來表達主動的關係，過去分詞（past participle）的形式則都是用來表達被動的關係。分詞除了可出現在附屬子句，修飾主要主詞外，還可當形容詞，修飾相關的名詞。但由於「現在分詞」的形式和「動名詞」一致，都是 V 加上 ing，這兩者有時不容易分清。以下兩例中，形式類似的 V-ing，因為執行不同的溝通功能，而有不同的身份。前者是形容詞性的現在分詞，後者為名詞性的修飾語：

現在分詞做形容詞 → a **smiling** girl
動詞名物化 → a **flying** machine

分析：**smiling**_{Adj} girl 是形容詞＋名詞 → Adj + N

→ 微笑的女孩 = **a girl who's smiling**

分析：**flying**_N machine 是動名詞＋名詞，作為複合名詞 → N + N

→ 飛行器（專門術語）≠ **a machine that is flying**

道理：這裡的 flying 在功能上是動名詞（動詞作名詞），因為 machine 不會飛（除了在 *Harry Potter* 小說中），所以 flying machine 通常不是指「在飛的機器」（溝通意涵不合常理），而是指一個專門的術語「飛行器」；這是兩個名詞組成的複合名詞（N + N compound），結構和功能類似少數形式相當的複合名詞：

N + N compound：

sewing machine 縫衣機 ≠ a machine that is sewing

driving range（golf range）高爾夫練習場 ≠ a range that is driving

如果 flying 和其他可能會飛的名詞合用，如 a flying plane, a flying kite, a flying balloon，溝通意涵上較合理自然，就成為常見的現在分詞做形容詞，表示「正在飛」的東西：

a flying plane = a plane that is flying　→ 在飛的飛機

a flying kite = a kite that is flying　→ 在飛的風箏

a flying balloon = a ballon that is flying　→ 在飛的氣球

❓ 介副詞怎麼用？為什麼要放在名詞前，代名詞後？

我們背過的規則是：介副詞要放在名詞前，代名詞後。例如：

I turned on the radio.

I turned it on.

I turned in the homework.

I turned it in.

有沒有想過英文為什麼會出現這個有點「莫名其妙」的規定？原因仍要從溝通的角度考量。介副詞不同於一般的介系詞，多了副詞性的功能，因此可以移動，但是只能放在名詞前，不能放在名詞後，原因是名詞有無限延展的可能，如果名詞太長，介副詞放在後面就會妨礙溝通，試讀下面這個句子：

> I turned [the small radio that was on the round table near the large window in the beautiful living room in his new house] on.

若是長長一串名詞後才加上介副詞 on，可能早就忘了動詞是什麼了，容易造成理解上的困擾。另一方面，語意比重也是考量因素，名詞通常承載較新、較重要的訊息（new information），所以放在最後 turn on the radio 。同理，on 放在代名詞後 turn it on，也可能有兩個原因：其一，與介系詞的用法作一區隔；其二，語意上介副詞比代名詞的訊息重要，是新的訊息，傾向放在後面。

◆ 為什麼回家要說 **go home**，上學是 **go to school**，都不需要加冠詞？

當一個名詞未帶有名詞「標準、典型」的標記形式，沒有單、複數及冠詞的標記，這個名詞的溝通功能也從「標準、典型」語意轉變為其他較特殊的語意。go home 和 go to school 中的名詞 home / school 不再是指實體可數的建築物（the physical, countable entity）而是指其「社會功能」（the function of home / school）：

She goes to **school** everyday.　→ 上學讀書受教育，而不是指去學校這個地點
She went to **the school** yesterday.　→ 到學校這個地點做別的事

語法規則是為了讓我們輕鬆溝通，但是規則畢竟是有限的，標記形式和語意間並非總是「一對一」完美的配搭關係，有時會出現句子的表層形式相同（one form）但深層語意不同（different meanings）[23]。仔細讀讀下面的句子，都可能發現兩種以上的解讀：

> Visiting relatives can be annoying.
>
> I am looking for someone to teach.
>
> She told me that her husband was promoted last week.

第一句 | **Visiting relatives can be annoying.** 問題關鍵在於 Visiting relatives 有兩種可能的結構，表示兩種不同的語意：

語意 1：Relatives who are visiting　→ 來拜訪的親戚　→ Adj + N
語意 2：To visit relatives　→ 去拜訪親戚　→ V + N

第二句 | **I am looking for someone to teach.** 關鍵在於 to teach 的主詞受詞為何？someone 是老師還是學生？這句話可能是學校校長或找家教的大學生說的：

語意 1：a teacher to teach a class　→ 找能教書的老師　→ to teach a class
語意 2：a student for me to teach　→ 找要教的學生　→ to teach a student

第三句 | **She told me that her husband was promoted last week.** 關鍵在於 last week 這個時間詞跟哪一個動詞走？

語意 1：She told me last week　→ 上星期告訴我的
語意 2：Her husband was promoted last week　→ 她老公上星期升官的

雖然形式和語意間不是完美的、一對一、毫無疑問的搭配對應，但是語言仍舊可以達成流暢的溝通，這就是語法標記和使用情境間相互輔助、彼此關聯的結果。對話當下的情境、

---

23. 同前，歧義部分參考 Givón, T. 1993. Vol. I, p. 31-35.

主題、人物、背景、時地、上下文等因素都有助雙方彼此理解，並減少誤解。語法不能脫離溝通而存在，溝通也不能脫離語法而完成。學通語法的不二法門就是回歸語法的原動力，由溝通功能來理解語法形式的意義，以期活用規則，有效溝通。

After all, grammar is for communication!

10-3 中、英文的對照

最後，講了這麼多道理，來看看真正使用英文時，前述的標記特點如何落實。下面列出一段中、英文對照的文章，提供一個比較的機會，應用前面十章所學的來仔細檢視中英文不同的特質（文章出自 *From Orphan to Physician*《從孤兒到醫生》Chun-Wai Chan, MD 陳振威醫生著）：

當時的香港，需要幫助的孤兒實在太多。為了有足夠時間栽培兒童，正面的影響他們的生命，基督教兒童福利會的孤兒院有一個規定，就是只收容六歲以上和十歲以下的孤兒。那時我八歲，是家中唯一符合年齡的。那孤兒院，實際上也是一間學校。母親告訴我，要送我到一間寄宿學校，住在那裏。本來我很不願意離開家人，但是一想到我可以再度入學時，也就不怎麼在乎離開家人了。

[1]As there were so many children in Hong Kong needing help at that time, Christian Children's Fund was forced to make a choice. [2]A decision was made to accept only children between the ages of six and ten to the orphanages so that they could concentrate their resources to make a positive impact in those lives. [3]I was eight years old then and the only child in the family who was qualified to go to Faith-Love. [4]I remembered my mom trying to tell me that there was a boarding school where I could attend school each day. [5]Even though I did not like the idea of leaving the family, the thought of having a chance to attend school again was very appealing.

中英文大不同

- 第一句中的主動分詞 needing help at that time 是在修飾誰？

  英文的重點在前，分詞修飾語放在名詞後面 many children needing help，但中文重點在後，修飾語在前「**需要幫助**」的孤兒。

- Christian Children's Fund was forced to make a choice. 英文直接用被動形式表達基督教兒童福利會是「被迫」做一個決定，但中文是用因果關係間接表達：

  為了有足夠時間……，基督教兒童福利會有一個規定……。

- 因果關係的順序不同：中文先交代背景因素「為了有足夠時間栽培兒童，正面的影響他們的生命」。英文則先說出決定 A decision was made，再解釋原因 so that they could concentrate their resources to make a positive impact in those lives. 中文的習慣是「先因後果」，英文則是「先果後因」，這和「重點在前」的特性有關。

一個陽光普照，風和日麗的早上，哥哥和母親送我到信愛學校。我們乘坐火車到粉嶺，是香港新界近中港邊界的一個小鎮。甫出火車站口，便看見一大群載客腳踏車車夫，擠在火車站出口，招徠乘客僱用代步。母親和車夫討價還價後，才知道每輛腳踏車只能坐一名乘客。最後為了省錢，我們就由火車站步行到信愛學校。走了近一個小時，沿途都是稻田，路旁有一連串的白千層樹，涼風吹過時，清香四溢。過了一條河，便是龍躍頭新屋村。穿過這個村莊，便到達「信愛學校」。

[6]It was springtime when my brother and my mother took me to Faith-Love Home. We took the train to Fanling, a small town in the New Territories. [7]As soon as we got off the train, we were greeted by a fleet of bicycle peddlers who offered to take us to the destination for a fee. [8]My mother tried to negotiate with them initially. She finally decided to walk to the orphanage instead to save money. [9]It took us about an hour to walk there. [10]I really enjoyed seeing the countryside, with rice paddies everywhere, and the entire route was lined with eucalyptus trees. [11]When the soft wind blew, we could smell the fragrance from those trees. [12]After crossing a river and cutting through a village, we finally arrived at the gate of Faith-Love Home.

中英文大不同

- 子句間的連接標記要求不同：中文先形容天氣背景「一個陽光普照，風和日麗的早上」，然後就說「哥哥和母親送我到學校」，兩句間沒有主從標記；但英文需清楚表達「主從關係」要明確加上附屬標記 when：第 6 句 It was springtime when my brother....

- 第 7 句中 We <u>were greeted</u> by a fleet of bicycle peddlers... 用被動的原因何在？
  為了保持主詞一致，用被動來表達小販蜂擁而上，主詞 we 處於被動的處境。

- 因果順序先後不同：中文的說法是「先因後果」：「<u>為了省錢</u>，我們就步行」；對照英文的「先果後因」：She decided to walk <u>to</u> save money.

- 這段最後一系列事件的描述，中文在共同主題下省略了主詞，但英文的主詞一定要標記清楚，分詞中沒說出的主詞，必須在主要子句中還原：After crossing a river..., <u>we</u> finally arrived at the gate.

到了門口，有一位老師在門口接見我們，帶我們進入辦公室。填了一些表格之後，老師就吩咐一個和我同年齡的孩子，帶我去參觀校園。對於當時的我來說，這學校甚是豪華。有宿舍、飯廳、禮堂、課室、醫療室，都是用石灰，水泥，及花岡石建成的。還有籃球場、羽毛球場、鞦韆、滑梯、搖搖板等。我迫不及待，便和我新認識的小朋友在操場上玩，玩得很開心，連母親和哥哥也暫時拋到腦後。

[13]We were greeted at the gate by a teacher who took us to the office. [14]After filling out the proper paper work, the teacher asked a boy of my age to give me a tour of the Home. [15]Compared to our living condition at home, this school was a luxury indeed. [16]The dormitories, dining hall, classrooms, and infirmary were all built with concrete and granite. [17]There was also a basketball court, badminton court, and playground with swings, slides, and see-saws. [18]I couldn't wait any longer and I started playing with my new found friends there.

中英文大不同

- 主詞一致：英文以主詞為「主題」（topic），為了保持主題一致，不會隨便跳動，更換主詞。第 13 句中繼續用 we 作主詞，就必須以被動句式呈現：We were greeted at the gate by a teacher. 但中文的主詞可獨立於「主題」之外，在共通主題下，小句的主詞可經常變換：（我們）到了門口，有一位**老師**在門口接見我們，（老師）帶我們進入辦公室。

- 分詞要與主要詞對齊：第 15 句主詞是 this school，這所新學校「被」拿來和家裡的環境作比較，因此要用被動分詞：<u>Compared to</u> our living condition at home, <u>this school</u> was a luxury.

- 開始進行：第 18 句作者迫不及待和新認識的小朋友「開始玩了起來」，表達無間斷的開始進行：I <u>started playing</u> with my new-found friends.

原來母親和哥哥趁著我不在他們身邊時，就起程回家了。當我發現母親和哥哥已經離開的時候，心裏是多麼的驚慌和害怕。這是我第一次離開家人。我才只有八歲，沒有家人在旁，叫我怎麼生存呢？我更不明白，為什麼母親如此忍心把我丟在這個地方，連「再見」也不說一聲？因此我有被遺棄的感覺。後來我更發現，原來這不是一間學校，而是一間孤兒院。她為什麼要這樣來欺騙我呢？為什麼她偏偏把我送到孤兒院，而不是我的哥哥和姐姐？難道是我做錯了什麼事，才使她這樣把我拋棄？這些疑問困擾了我很久，因為我想來想去也想不出來究竟是什麼原因母親把我送到孤兒院。此一被遺棄的經歷令我深受打擊，使我對任何人都不再信任。這經歷造成的心理障礙，令我日後很久都沒有辦法消除。

---

[19]Apparently my mother and my brother left while I was taking the tour. [20]When I found out they were gone, I was scared. [21]This was the first time in my young life I was away from home. [22]I did not know how I could survive without my family. [23]At the same time, I was puzzled and felt abandoned because I did not understand why my mom would leave me in a strange place without saying goodbye. [24]Later on, I found out that it was not a boarding school but rather an orphanage. [25]I felt cheated. [26]I was angry at my mother. [27]How could she do that to me? [28]Why did she decide to put me in an orphanage and not my brother or sisters? [29]Did I do something wrong to cause her to abandon me like that? [30]All these questions bothered me for a long-time, because I could not find a good explanation. [31]This had a profound impact on my trust of others, and it took me a long time to overcome it.

中英文大不同

- 重點先講：第 19 句母親和哥哥趁我不在就離開了，按英文「重點先講」的特性，先講 They left 這個重點：My mother and my brother <u>left</u> while I was taking the tour.

- 英文段落內的鋪陳,也是先果後因、重點先講:整段英文中,第 23 句先講明了結果重點 I was puzzled and felt abandoned because I did not understand why... 然後才提出一長串的問題,後面 24-26 句的問題在中文的段落中,是先提出的。中文先提出問題,再歸納出結論重點。英文則先把結論重點講清楚,再一一說明細節,兩個語言不同的「語性」,在此表露無遺。

> **結語**

這本書一再強調每一個規則都是為了完成溝通需要而出現的標記模式,一個固定的語法「形式」必然表達某個明確的溝通「功能」,最終的目的是希望每位讀者都能夠理解、欣賞英文,都能夠將語法的標記特點和溝通目的連結起來,使每一條規則都成為有意義、可活用的原則。

本書藉由真實情境中產生的溝通需要,一一檢視過去所學的語法規則,並和中文做一對照,不知您是否真實體會到:不同語言因應溝通需要而產生不同的標記形式,按「形意搭配」的原則來標記語意,語意的延伸又與認知推理息息相關。學習語言的關鍵在於充分「理解」語言各自的特殊「語性」,語性決定語法,語法則是為有效溝通而出現的有效策略,策略背後必有其道理可言。現在您對英文是否有些嶄新的認識?

Can you make sense of English now?
相信您的文法概念已全然翻轉!

英文達人必讀系列

英文文法有道理！：重新認識英文文法觀念

2012年9月初版　　　　　　　　　　　　　　　　　　定價：新臺幣360元
2023年5月初版第二十一刷
有著作權‧翻印必究
Printed in Taiwan.

著　　　者	劉　美　君
叢書編輯	李　　芃
文字編輯	梁　文　薰
	李　靜　儀
	江　姿　儀
企畫編輯	郭　韋　吟
插　　畫	盧　小　桃
	鄭　幃　真
封面設計	江　宜　蔚
內文排版	鄭　幃　真
	菩薩蠻數位文化

出　版　者	聯經出版事業股份有限公司	副總編輯	陳　逸　華
地　　　址	新北市汐止區大同路一段369號1樓	總編輯	涂　豐　恩
叢書主編電話	(02)86925588轉5305	總經理	陳　芝　宇
台北聯經書房	台北市新生南路三段94號	社　　長	羅　國　俊
電　　　話	(02)23620308	發行人	林　載　爵
郵政劃撥帳戶	第0100559-3號		
郵撥電話	(02)23620308		
印　刷　者	文聯彩色製版印刷有限公司		
總　經　銷	聯合發行股份有限公司		
發　行　所	新北市新店區寶橋路235巷6弄6號2F		
電　　　話	(02)29178022		

行政院新聞局出版事業登記證局版臺業字第0130號

本書如有缺頁，破損，倒裝請寄回台北聯經書房更換。　ISBN　978-957-08-4050-6 (平裝)
聯經網址 http://www.linkingbooks.com.tw
電子信箱 e-mail:linking@udngroup.com

國家圖書館出版品預行編目資料

英文文法有道理！重新認識英文文法
觀念/劉美君著 . 初版 . 新北市 . 聯經 . 2012年
9月（民101年）. 288面 . 18×26公分
（英文達人必讀系列）
ISBN　978-957-08-4050-6（平裝）
[2023年5月初版第二十一刷]

1.英語　2.語法

805.16　　　　　　　　　　　　　　　101017075